JLPT 新日檢文法實力養成

U0046370

N1 篇

內附 MP3 音檔、模擬試題暨詳解

EZCourse／YOTTA／Hahow／VoiceTube Vclass日檢人氣名師 **Hiroshi** 著

第一篇・觀念養成

PART 1. 重點文法①：來自古文的現代文句型

PART 2. 重點文法②：非古文必考句型

第二篇・日檢實戰

全書音檔線上聽

重點文法①
來自古文的
現代文文法

べし、まじ家族

* 「べし」家族在古文當中代表「當然、勸誘、推測、可能、命令、意志」等含意；而「まじ」家族則是有「禁止、不該」的含意。本節介紹的句型都與其古文動詞變化有關。

日文句型 ① 〜べき、〜べきではない 🎧 001

> 動詞辭書形＋べきだ／べきではない；動詞辭書形＋べき＋名詞；
> 例外：します→するべき、すべき

「べき」是「べし」的古文連體形，用來修飾名詞或連接助動詞，現代文仍常用「べきだ（應該）」來當作句尾。「べし」的否定型「べからず」及「べからざる」在現代文中則常用「べきではない（不應該）」。

- 子供は親の言うことをちゃんと聞くべきだ。

  孩子應該好好聽父母的話。

- 一度の失敗ぐらいで、諦めるべきではない。

  不應該因為才一次的失敗而放棄。

- やるべきことがたくさんあって、休む時間もない。

  該做的事情太多了，連休息的時間都沒有。

- 自分の上司でも、尊敬すべき人でなければ、私は敬語を使いません。

  就算是自己的上司，如果不是值得尊敬的人，我也不會使用敬語。

Level UP

* 有一些慣用句會使用「べき」

- 恥ずべきことは何もしていない。

  可恥的事我什麼都沒做。

・インフレに対して<u>しかるべき</u>対策を講じなければならない。

必須對通膨進行應有的對策。

*「べきだった（當時應該要）」、「べきじゃなかった（當時不該）」等過去形式有後悔的意涵。

・若いころ、もっと<u>勉強するべきだった</u>。

年輕時應該要多唸點書的。

・寝る前にホラー映画を<u>見るべきじゃなかった</u>。悪夢を見たよ。

睡前不該看恐怖片的。做惡夢了。

日文句型
② ～べし 🎧002

動詞辭書形＋べし；する→すべし（古文）、するべし（現代文）

「～べし」用於句尾，代表應當如何、必須如何的意思，是「～べきだ」古文的形式（終止形）。

・筋トレは、ユーチューブを<u>活用すべし</u>。

健身應該活用 Youtube。

・契約は細部まで<u>確認するべし</u>。

契約應該連細節都仔細確認。

・準備は早めに<u>始めるべし</u>。

應該要早一點開始準備。

・学生たるもの、勉強や部活に<u>励むべし</u>。

作為學生，應該努力讀書努力玩社團。

* 慣用句

1．推して知るべし　應可推想而知

- 世界ランキング 100 位の選手があの強さなのだから、上位の選手の実力
は推して知るべし（だ）。

世界排名 100 名的選手都強成那樣了，其他高排名選手的實力，就可想而知。

2・恐るべし　令人可畏

- 睡眠の世界選手権で優勝したの？ヒロシ先生、恐るべし。

在睡眠世界盃奪冠？ Hiroshi 老師真是令人可畏。

日文句型 ③ 〜べからず 🎧003

| 動詞辭書形＋べからず；する→するべからず、すべからず |

「ず」代表否定，「べからず」為「べし」的否定形式，意思相當於現代文的「〜べきではない」用於句尾代表禁止的意涵。生硬句型不用在日常對話中，常出現在標語或告示牌中。口語使用「べきではない」即可。

- 初心、忘るべからず。（※ 忘る是忘れる的古文形式）

勿忘初衷。

- 働かざる者、食うべからず。

不工作的人不得吃飯。

- 展示品に手を触れるべからず。

禁止觸摸展示品。

・工事中のため、この先通るべからず。

施工中，前方禁止通行。

日文句型 ④ ～べからざる 004

動詞辭書形＋べからざる；する→するべからざる、すべからざる

「ざる」代表否定，「べからざる」是「べからず」的連體形用於連接後方名詞，意思等同「～てはならない（不該、不可）」。與「べからず」同屬生硬句型，僅用於極正式的場合或書面。

・首相は言うべからざることを言ってしまって、国内外からバッシングを受けた。

首相因為說了不該說的話而遭到國內外撻伐。

・ヒロシ選手はチームにとって欠くべからざる存在だ。

Hiroshi 選手對團隊來說是不可或缺的存在。

・このようなテロは、許すべからざる極めて卑劣な行為だ。

這樣的恐怖攻擊，是不可原諒的極卑劣行為。

・「do's and don'ts」は日本語に訳せば「すべきこととすべからざること」になります。

「do's and don'ts」翻成日文就是「該做的事及不該做的事」。

⑤ 〜べく 🎧005

> 動詞辭書形＋べく；する→するべく、すべく

「べく」是代表意志的「べし」的連用形，用來連接後方內容，意思類似「ために」、「〜しようと思って」代表一個目的或意志。由於是古文留下來的，文體較硬，適合嚴肅正式的談話及文章中使用。

· 二酸化炭素の排出量を削減するべく、様々な対策が取られている。

　為了減少二氧化碳的排放量，正採取各式各樣的對策。

· これからも医師として一人でも多くの命を救うべく、全力を尽くしたいです。

　今後我作為醫師，希望能為了拯救更多生命竭盡全力。

· オリンピックで金メダルを取るべく、血の滲むようなトレーニングを続けている。

　為了在奧運奪得金牌，我持續進行著魔鬼般的訓練。

· 社会の課題を解決すべく、我が社は AI を中心とした先進技術の研究に力を入れてまいりました。

　為了解決社會的問題，我司至今致力於以 AI 為主的先進技術研究。

Level UP

「べく」較生硬，一般生活對話會使用「ために」

　　· ミルクを買うべくスーパーに行った。（？）
　　→ミルクを買うためにスーパーに行った。
　　　為了買牛奶去了超市。

日文句型⑥ 〜べくもない 🎧006

べし、まじ家族

動詞辞書形＋べくもない；する→するべくもない、すべくもない

從「べくもあらず（べく為推量助動詞べし的連用）＋も＋あらず（表示である的あり動詞的否定，置換為現代的ない）」來的，簡單來說「べく（も）あらず」是「べし」的否定，而「べし」家族有意志、當然、可能等意涵，因此「べくもない」意思是「沒有這樣的可能性、想做也無法」，與「はずもない」意思相近。

- 仕事柄、1週間以上の休暇は<u>望むべくもありません</u>。

  因為工作的關係，無法期望有一週以上的休假。

- ファミコンは、グラフィックやサウンドエフェクトこそ現在のゲーム機とは<u>比べるべくもない</u>ものの、独特なゲームが多くて私の幼少期の良き思い出である。

  紅白機雖然在繪圖視覺及音效上無法與現在的遊戲機相比，但有特色的遊戲很多是我童年的美好回憶。

- 唯一の目撃者が死んでしまっては、当時の状況はもはや<u>知るべくもない</u>。

  唯一的目擊者死掉的話，當時的狀況已經無法得知了。

- ヒロシがイケメンであることは、<u>疑うべくもない</u>事実であろう。

  Hiroshi 是帥哥這件事，應該是不容置疑的事實吧。

動詞辭書形＋べくして、～；する→するべくして、すべくして

句型拆解為「べく（べし的連用形）」＋「して（古代接續助詞）」，簡單來說就是表示判斷應該如何的「べし」為了連接後面的內容改成「べくして」的形式。常見的構句形式是「A 動詞辭書形＋べくして＋ A 動詞た形」，表達「本應該發生 A 而發生 A 的必然結果」。

・ハリーポッターは、ファンタジー小説でありながら、読者が身近に感じる要素も数多く取り入れてあるので、ベストセラーに<u>なるべくして</u>なった作品だ。

哈利波特雖是奇幻小說，卻又放入許多讓讀者感覺是生活周遭的元素，所以會成為暢銷作品也是必然。

・甘いものばかり食べてるし、運動も全然してないし、<u>太るべくして</u>太ったとしか言いようがないよ。

都只吃甜食，又完全不運動，這樣也只能說會胖是必然的。

・相手の実力を考えれば、この試合は<u>勝つべくして</u>勝ったと言える。

想想對手的實力，這場比賽的勝利就可說是必然的。

・私たちは<u>出会うべくして</u>出会い、<u>別れるべくして</u>別れたのだ。

我們是註定相遇而相遇，註定分手而分手的。

・このバス転落事故は<u>起こるべくして</u>起こったのだ。運転手の長時間労働を改善しない限り、また似たような事故が起こるだろう。

這次的巴士墜落事故是必然發生而發生的，只要不改善司機工時長的問題，應該還會有類似事故發生。

日文句型 ⑧ ～じ  008

> 動詞ない形ない + じ

「じ」是古代助動詞，代表否定意志或推測，相當於現代文的「まい」。現在留存的用法極少，記得常用的「負けじ」即可。

- 小学生の娘に<u>負けじ</u>と僕も英語の勉強を始めました。
  ＝小学生の娘に<u>負けまい</u>と僕も英語の勉強を始めました。

  為了不輸給讀小學的女兒，我也開始讀英文了。

日文句型 ⑨ まじ、まじき 009

> 動詞辞書形＋まじ；動詞辞書形＋まじき＋名詞；する→するまじ、すまじ／
> するまじき、すまじき

「まじ」是古代助動詞，代表不該、禁止的概念，相當於「べきではない」、「～てはならない」。放句尾時使用「まじ」，修飾名詞時使用連體形「まじき」再連接名詞。此為古文用法現代留存極少，常用的有「あるまじき（不該有）」及「許すまじき（不該允許）」。常以「～としてあるまじき＋名詞」、「～にあるまじき＋名詞」的句構表示「作為某個身分不應該有的～」。

- セクハラは、<u>断固許すまじ</u>！

  絕不原諒性騷擾。

- 手抜き工事は、<u>許すまじき</u>違法行為である。

  豆腐渣工程是不能原諒的違法行為。

- 女性に手を上げるとは、男としてあるまじき行為だ。

  打女人是男人不應該有的行為。

- 彼は教師にあるまじき発言をしたため、ネットで批判されている。

  他說了身為教師不該有的言論，所以在網路上被抨擊。

古文的形容詞
～たる、～なる、～き

* 古代的形容詞與現代的「い形容詞」「な形容詞」較為不同，常見的均以連體形的方式修飾名詞，這些連體形包含「～なる（ナリ活用）」、「～たる（タリ活用）」、「～き」。現代文中，「～たる」常變化成「～とした」、「～なる」變化成「～な」，而「～き」則是「～い」的形式，後兩者就與現代的形容詞相同。「～なる」及「～たる」兩個系統分別有常搭配的字詞，建議結合記憶即可。

日文句型
① ～たる（～とした） 010

- 目的地に着いたら、荒涼たる景色が目の前に広がっていた。

  到了目的地之後，眼前景色一片荒涼。（荒涼的景色在眼前展開）

- 授賞式が 21 日に行われ、会場には錚々たる顔ぶれが揃っていた。

  頒獎典禮於 21 日進行，會場聚集了許多響叮噹的大人物。

- 卒業生は一人一人、堂々たる態度で、校長先生から卒業証書を受け取りました。

  畢業生一個接著一個，以莊重的態度從校長手中領取了畢業證書。

- ヒロシ選手は 2 勝 1 5 敗という惨憺たる成績で今シーズンを終えた。

  Hiroshi 選手以 2 勝 15 敗如此淒慘的成績結束本季賽事。

- 我が社は、半導体製造装置のリーディングカンパニーとして、確固たる地位を築きました。

  我司作為半導體製造設備的龍頭企業，已建立起屹立不搖的地位。

- 友人たちが皆いい大学に受かったのに、自分だけが落ちてしまった。一応、友人たちにおめでとうと言っておいたが、内心忸怩たる思いだ。

  朋友們都考上很好的大學，只有我自己落榜。我還是向朋友們說了恭喜，但內心卻有無比羞愧的心情。

② 〜なる（〜な）🎧011

- エジソンは、人々が想像もしなかった画期的な発明を数多く生み出した**偉大なる**発明家です。

  愛迪生是一個偉大的發明家，創造出許多人們連想都沒想過的劃時代發明。

- 『**親愛なる**君へ』という映画を見たことがありますか。

  你有看過『給親愛的你（原劇名：親愛的房客）』這部電影嗎？

- 人間を火星に送る。この**壮大なる**計画は、果たして実現するのだろうか。

  把人類送上火星這個宏大的計畫，真的會實現嗎？

- この**高貴なる**あたしを侮辱した罪は重いよ。今すぐ謝りなさい。

  污辱這個高貴的我可是罪孽深重，現在馬上給我道歉。

- 梅雨前線に伴う豪雨が、全国各地に**甚大なる**被害をもたらした。

  伴隨梅雨鋒面的豪雨，為全國各地帶來了嚴重的災情。

③ 〜き（〜い）🎧012

- この曲を聴くと、あの**古き良き**時代を思い出してしまう。

  聽到這首曲子，就會想起那段美好的舊時光。

- ヒロシに**清き**一票をお願いします。

  請將神聖的一票投給 Hiroshi。

- **親しき**仲にも礼儀あり。

  最親密的關係之間也應該有禮數。

- **犯人らしき**人物が銀行の防犯カメラに映っていた。

  疑似犯人的人物被銀行的監視器拍到了。

なり、たり
相關用法

日文句型
① 〜なり 🎧013

「なり」助動詞在古文中放句尾是斷定的意思，相當於「だ」。諺語中為了保留其古色古香的氛圍，現代使用時仍繼續沿用「なり」構文。

- 時は金なり。

  時間就是金錢。

- 事実は小説よりも奇なり。

  事實比小說更離奇。

- 医は仁術なり。

  醫術就是仁術。

- 沈黙は金なり。

  沉默是金。

日文句型
② 〜ならず 🎧014

相反的，表示否定斷定古文會使用「〜ならず」。

- 情けは人のためならず。

  好心不是為了別人；終究也會迴向自己

- 徳は孤ならず、必ず隣あり。

  德不孤必有鄰。

- 光るものすべて金ならず。

  會發光的東西，不是都是黃金。

- アニメは日本の重要な文化であるのみならず、巨大な産業でもある。

  動畫不僅是日本的重要文化，也是巨大的產業。

Level UP

否定修飾名詞時會用連體形「ならぬ」；常用在報導上，強調並非大家熟知的那個，也常用在文字遊戲。「並々ならぬ」為慣用句，代表不是普通的。

- 会場に着いたら、なぜかただならぬ空気が漂っていた。

  到了會場之後，不知為何瀰漫著一股不尋常的氣氛。

- ラッシュアワーになって、信じられない光景が…。それは満員電車ならぬ無人電車だった。

  到了尖峰時刻眼前出現不可置信的景象……「不是擠滿人的電車的」無人電車。

- こちらは、豚骨ラーメンならぬ牛骨ラーメンです。

  這是「不是豚骨拉麵的」牛骨拉麵。

- 成功の裏には並々ならぬ努力があったのです。

  成功背後有非凡的努力。

日文句型 ③ 〜ならでは 🎧015

構造為「なら（斷定助動詞なり的未然形後方接否定內容）」＋「で（連接未然形的接續助詞＝〜なくて、〜ないで）」＋「は（表強調對比的副助詞）」＝「〜でなくては」表示「若不是 ~~ 的話則無法、只有 ~~ 才能」。常見的句構包含「名詞 A ＋ならではの＋名詞 B」「名詞 A ならでは〜ない」「〜のは、〜ならではだ」等等。

- 馬祖に来たら、この時期ならではの夜光虫見物をぜひ楽しんでください。

  來到馬祖的話，請一定要享受只有這個時期才能看到的藍眼淚。

- 冬になったら２か月間冬眠するなど、ヒロシ国ならではの風習がたくさんあります。

  像是到了冬天就要冬眠兩個月之類的，有很多 Hiroshi 國特有的風俗。

- 日々違う分野の話が聞けるのも、通訳の仕事**ならでは**ですね。

  可以每天聽到不同領域的談話內容，這也是口譯工作才有的好處。

- こんなクリエイティブなデザインは、想像力に富んだ佐藤さん**ならでは**ですね。

  這麼有創意的設計，也只有想像力豐富的佐藤才做得到。

Level UP

「ならでは～ない」雖為古文正統用法，但現代文已少見

- 古文：古都「台南」**ならでは**味わうことができ**ない** B 級グルメをご紹介します。

  現代：古都「台南」**ならでは**の B 級グルメをご紹介します。

  向各位介紹只有古都台南才能品嚐到的小吃。

日文句型 ④ ～たるもの、～ 🎧016

「たる」是代表斷定的助動詞「たり」的連體形，後面直接連接名詞。「～たる者」意思是身為這種身分、立場的人，後面常接義務或是該做的事情。

- 医者**たるもの**、金儲けより患者の命を優先すべきだ。

  身為醫師，比起賺錢應該優先考慮病患的性命。

- プロ選手**たるもの**は、体調管理もしっかりしなくてはならない。

  身為職業選手，也必須做好健康管理。

- セレブ**たるもの**、常に上品でなければならない。

  身為貴婦，必須要隨時高雅端莊。

- 未知なる世界を探求するのは、科学者**たるもの**の務めです。

  探索未知的世界，是身為科學家的責任義務。

- 教師<u>たるもの</u>は、教育に身を捧げるべきである。

  身為教師應該獻身於教育。

- 政治家<u>たるもの</u>、誤解を招くような発言を慎むべし。

  身為政治家，應該要小心謹慎那些可能會造成誤解的發言。

日文句型 ⑤ ～たりとも 🎧017

名詞＋たりとも

由古文斷定助動詞「～たり（≒である）」＋逆接假定接續助詞「とも（≒ても）」組成，意思同「～であっても」，前方常會接最小的數量單位，代表「即便是這麼小的量也～、哪怕是只有這樣仍舊～」，後方常接否定內容。

- 相手が相手だけに、試合中は一瞬<u>たりとも</u>気を抜くことができ<u>ない</u>。

  因為對手也不好惹，比賽中連一瞬間都不能鬆懈。

- 試験が迫ってきているので、１秒<u>たりとも</u>無駄にでき<u>ません</u>。

  因為考試逼近，所以連一秒都不能浪費。

- 彼のことは大嫌いですから、１円<u>たりとも</u>貸したくあり<u>ません</u>。

  因為我超討厭他，所以連一圓都不想借他。

- お米を作る農家への感謝の気持ちを忘れず、ご飯は一粒<u>たりとも</u>残さずに食べるようにしています。

  我帶著對種稻農家的感謝心情，吃飯時總是連一粒飯都不剩全部吃光。

- ダイエット生活を半年続けたが、１キロ<u>たりとも</u>痩せ<u>なかった</u>。

  節食生活過了半年，但連一公斤都沒瘦下來。

- ヒロシ社長は、会社の不祥事については一度<u>たりとも</u>触れなかった。

  Hiroshi 社長針對公司的醜聞，連一次也沒提過。

- アリ1匹<u>たりとも</u>脱出させないよう、そのエリアを徹底的に封鎖しろ！

  給我把那個區域徹底封鎖住，連一隻螞蟻都不准讓它逃出去。

Level UP

此句型由於含有古文較生硬，除了較正式的場合或寫作外，一般使用否定強調助詞「も」即可。

- あの日のことを、一日<u>たりとも</u>忘れることはない。

  ≒あの日のことを、一日<u>も</u>忘れることはない。

  那天的事情，我一天都不會忘記。

★慣用句：何人たりとも、〜

- <u>何人たりとも</u>、許可なしにこの事務室に入ってはいけない。

  不管是誰，沒有許可便不得進入這間辦公室。

★類似句型：〜として、〜ない

> （〜疑問詞）＋数量詞＋として、〜ない

與「たりとも」類似，前方放最小數量單位，後方放否定，代表完全都沒有。也能使用疑問詞加上最小數量單位再放否定，此時「として」可以省略。

- 戦争が始まってから、私は<u>一日として</u>安心して眠れた日はない。

  自從戰爭開始，我沒有一天安心睡覺過。

- 引っ越しで部屋にあった物を全部捨ててしまったので、昔の教科書は<u>1冊として</u>残っていない。

  因為搬家把房間裡有的東西全丟了，所以以前的教科書一本都不剩。

- 彼とはもう何回も対戦したけれど、<u>一度として</u>勝てたことがない。

  我已經跟他對戰過很多次，但沒有一次贏過。

- 私の意見に賛成する人は誰一人（として）いなかった。

  沒有半個人贊成我的意見。

- 抜本的な対策を打たない限り、問題は何一つ（として）解決しない。

  只要不採取根本性的對策，問題一個都不會解決。

- 今までいろいろな商売をやってきたが、どれ一つ（として）成功しなかった。

  我至今做過各式各樣的生意，但沒有一個成功。

日文句型 ⑥ ～なりとも 018

名詞／副詞＋なりとも

由古文斷定助動詞「なり」＋接續助詞「とも」組合而成，與「たりとも」意思類似均為「～であっても」，提出一個最低的條件強調「せめて～だけでも（就算只有…但至少～）」，常用於評價或是請求上。

- 一目なりとも、娘に会わせていただけませんか？お願いします。

  哪怕是一眼也好，請您讓我見我女兒好嗎？拜託您了。

- そのカフェは、一時なりとも仕事の辛さを忘れさせてくれる。

  即便只是片刻，那間咖啡廳可以讓我忘卻工作的辛苦。

- いささかなりとも、お役に立てれば幸いでございます。

  哪怕只有一些些，如果能幫上忙就太好了。

- わが社は独自の技術でゴミを資源に変えてサーキュラーエコノミーを実現し、環境保護にわずかなりとも貢献できればと願っております。

  我司靠著獨自的技術將垃圾轉變成資源實現循環經濟，哪怕只有一些些，也希望能夠對環境保護有所貢獻。

・ヒロシ先生に相談すれば、ストレスは多少<u>なりとも</u>解消されると思いますよ！

跟 Hiroshi 老師談談，我想壓力多多少少可以消除一點喔。

Level UP

<u>★なり的其他使用方式</u>

<u>〜なり、〜なり（作為並列助詞）</u>

> 辭書形動詞１＋なり＋辭書形動詞２＋なり；名詞１＋なり＋名詞２＋なり

代表列舉的意涵，「**A なり B なり**」就是「**A 也好 B 也罷（或其他的也可以），反正就是怎樣**」的意思。後方也可使用疑問詞例如「**A なり疑問詞なり（A 或是其他類似的）**」。「**なり**」前方也可以放其他的助詞（主格或受格不需要放）。常用於給建議，語氣較輕鬆，可能會太輕佻，不太適合對長輩使用。

・ロケ地には何もないから、パン<u>なり</u>、チョコレート<u>なり</u>、何か持っていったほうがいいよ。

外景拍攝地什麼都沒有，所以帶點麵包或巧克力之類的去會比較好喔。

・留学先については、先輩<u>になり</u>、先生<u>になり</u>相談したうえで決めたほうがいいよ。

關於要去哪裡留學，先跟學長姐或是老師談過之後再決定會比較好喔。

・北海道<u>なりどこなり</u>自然豊かな場所で老後を過ごしたい。

我想在北海道或某個充滿大自然的地方過老年生活。

・使わないものは捨てる<u>なり</u>売る<u>なり</u>しないと、部屋がゴミだらけになっちゃうよ。

不用的東西不丟掉或賣掉的話，房間會變成垃圾山喔。

・俺は逃げも隠れもしない。煮る<u>なり</u>焼く<u>なり</u>好きにしろ！

我不會逃也不會躲。要殺要剮（要煮要烤）隨便你。

- 文法が分からなければ、ネットで調べるなり、先生に聞くなりしてください。

  如果文法不懂的話，請上網查或詢問老師。

★若單純描述狀態或事實，使用「～や、～など」「～たり～たり」即可。

日文句型 ⑦ ～なりに、～なりの 019

各詞類常體（名詞及な形容詞現在肯定だ）＋なりに～／なりの名詞

接在各類詞的尾部，表示「符合～水準、與某條件程度相應」。「～なら／～ば／～たら、～なりに／の」「～には／にも、～なりに／の」「～は／も、～なりに／の」均是常見的句構。也可以用「それ」代替前方的狀況，「それなりに／の」指的是雖然不到非常滿意，但有符合相對應的程度。

- 私なりに戦ったが、やっぱり小林選手には敵わなかった。

  我已經盡我所能奮戰了，但還是不敵小林選手。

- 息子さんも息子さんなりに将来について考えているはずだから、あまり干渉しすぎないほうがいいよ。

  你兒子一定也有在自己思考未來，所以不要太過干涉比較好喔。

- 安いものには安いなりの理由があるってよく言われるから、安いものよりは質の高いものを選んだほうがいいよ。

  人家常說便宜貨一定有便宜的理由，所以比起便宜的東西選品質好的比較好喔。

- 毎日が楽しそうに見えますが、有名人には有名人なりの悩みもあります。

  雖然名人看起來每天都很開心，但名人也有名人才有的困擾。

- 時間がないならないなりに、お金がないならないなりに、できる範囲内で努力すればいいんですよ。

  沒有時間那就在時間允許範圍內，沒有錢那就在預算允許範圍內，只要在自己做得到的範圍內努力就好了喔。

- お金持ちと結婚すればしたなりに、きっと新しい悩みも出てくるよ。

  跟有錢人結婚的話，那一定也會出現新的煩惱喔。

- 金持ちじゃないから贅沢はできないが、それなりに生活できる。

  雖然不是有錢人，沒辦法過得很奢侈，但能活得很像樣了。

- 毎日トレーニングをしていれば、それなりの成果は出ると思いますよ。

  每天都持續訓練的話，我想會有相對應的成果喔。

Level UP

「私なりに」或「自分なりに」常用來自謙雖不是做得很好，但以自己的程度來說已經很盡力了。用在上司或地位高的人身上就顯得失禮。

- （○）A：こちらは自分なりに作成した報告書です。ご覧いただけますか。

  這是我自己做的報告書，可以請您幫我看一下嗎？

- （？）B：部長も部長なりに頑張りましたから、気にしないでください。

  部長也是自己很努力了，請不要太在意。

～つ、～つ

動詞ます形１＋つ＋動詞ます形２＋つ

「～つ～つ」白話就是「～たり、～たり」，搭配的動詞非常有限，建議看一個記一個不可自己用任意動詞造句。例如「映画を見たり、買い物したり」就不可以說成「映画を見つ、買い物をしつ」。通常前後的動詞是一種相反的關係「行きつ戻りつ（一下走過去一下走回來）」，或是主動被動的關係「抜きつ抜かれつ（一下追過一下被追過）」。

・親友の佐藤さんとは<u>持ちつ持たれつ</u>の関係で、助け合いながら学生生活を送っている。

> 我跟好友佐藤是互相扶持的關係，過著彼此互相幫助的學生生活。

・<u>抜きつ抜かれつ</u>の大接戦の末、10対9で我がチームが勝利を収めた。

> 在互有領先的苦戰之後，由我們隊伍以10比9收下勝利。

・会場は人で溢れており、<u>押しつ押されつ</u>しながら、やっと会社のブースにたどり着いた。

> 會場人多到爆，一路相互推擠下，終於抵達了公司的攤位。

・入るかどうか迷いながら、教室の前を<u>行きつ戻りつ</u>していた。

> 猶豫要不要進去，一直在教室門前走來走去。

・川に落ちた桜の花びらが、<u>浮きつ沈みつ</u>しながら流されていった。

> 掉進河裡的櫻花花瓣忽浮忽沉地被河水沖走。

・彼女はそのイヤリングを<u>ためつすがめつ</u>眺めていたが、結局買わずに店を出た。

> 她仔細地端詳著那副耳環，但最後還是沒買就離開店裡了。

・2台の車は、<u>追いつ追われつ</u>のカーチェイスを繰り広げた。

> 兩台車展開你追我趕的賽車競逐。

もって的不同用法

日文句型①　～をもって／～をもってすれば／～をもってしても 🎧021

名詞＋をもって

「もって」漢字寫成「以て」，但除了諺語類外一般寫成假名居多，有「手段、基準、期限、強調」等用法。若要使用假定或逆接等語氣，由於來自古文的「以つてす」，變化類似「する」採用「すれば」「しても」。在正式客氣的語境下，也會使用ます形的「～をもちまして」。

用法①：手段、基準、理由（以～）

・ 書類選考の結果は、２週間以内に書面をもって通知いたします。

　　書面審查的結果，我們會在兩周內以書面的方式通知您。

・ 面接の結果は、後日メールをもってご連絡いたします。

　　面試結果我們之後會以 Email 的形式通知您。

・ 購入時の領収書をもって、入場券の代わりとすることもできます。

　　也可以將購買時的收據，當作入場券使用。

・ 抽選の結果発表は、賞品の発送をもって代えさせていただきます。

　　抽獎的結果公告，我們以直接寄出獎品的方式代替。

・ 最大限の努力をもって、クライアントの個人情報を保護します。

　　我們會以最大的努力，來保護客戶的個資。

・ お客様からの苦情に対して、誠意をもって迅速に対応いたします。

　　對於客訴，我們會以誠意迅速地進行處理。

・ 一身上の都合をもって、今月いっぱいで退職させていただきます。

　　由於個人的一些狀況，我做到這個月為止。

- 契約不履行をもって、乙に対して損害賠償を請求する。

以不履行契約為由，對乙方請求損害賠償。

- 一体何をもって、私が会社のお金を使い込んだって言ってるの？

你到底是憑什麼說我挪用公司的錢啊？

- 何をもって幸せとするかは、人によって判断基準が違います。

要以什麼為基準來定義幸福，其判斷基準因人而異。

- 震源地に近い所に住んでいたので、地震の恐ろしさを身をもって体験しました。

因為當時住在震央附近，我切身體驗了地震的可怕。

- 以上をもちまして、私の挨拶とさせていただきます。

以上的內容是我的致詞。

- 岡部選手の実力をもってすれば、決勝戦進出はほぼ確定だろう。

如果以岡部選手的實力來判斷，幾乎確定會進決賽的吧。

- 株価は少し持ち直しましたが、私の力をもってすればいつでも暴落させられますよ。何をやっても裏目に出るんだから。

股價雖然回穩一點了，但若憑藉我的實力隨時可以讓它暴跌，因為我做什麼都是反指標。

- 現代の科学をもってしても説明できない現象がたくさんある。

也有很多就算用現代科學仍不能說明的現象。

- あいつのやったことは、死をもってしても償いきれません。

那傢伙幹的事，就算以死也無法償還乾淨。

- 毒を以て毒を制すわけだから、副作用がない薬なんかあり得ない。

因為是以毒攻毒，所以沒有副作用的藥物不可能存在。

- 和を以て貴しと為すって言うじゃない。喧嘩するのやめてよ。

不是說以和為貴嗎？不要吵架了啦。

★一般生活的方法手段使用「で」即可，用「をもって」太過生硬莊重。

・私は地下鉄で（〇）／をもって（？）学校に通っています。

我總是搭地鐵上學。

用法②：期限（以某一個時間點為界線，產生變化）

・本日をもちまして、本製品の販売を終了させていただきます。

今日後將結束本產品的販賣。

・本日をもちまして写真集販売部に配属となりましたヒロシです。どうぞよろしくお願いいたします。

我是今日調來寫真集販賣部的 Hiroshi，請大家多多指教。

・高橋先生は、今学期をもって退職されることになりました。

高橋老師這學期後將離職。

・経営悪化を理由に、ヒロシバスは今月末をもって、三途の川路線を廃止すると発表しました。

以經營不善為由，Hiroshi 客運宣布這個月底後將會廢除奈何橋路線。

★此用法與「〜を限りに」相似，但「〜を限りに」強調以某時間點為界某事將會終結，而「〜をもって」只代表將有變化，可用在開始新階段或是內容上的變化。

・本日をもって（〇）／を限りに（〇）、退職します。

我將在今天之後離職。

・4月1日をもって（〇）／を限りに（×）、販売部に異動となりました。

4月1日起將調到販賣部。

・4月1日をもって（〇）／を限りに（×）、怪奇人間研究所の所長に就任します。

4月1日我將就任奇特人類研究所的所長。

用法③：強調

為強調功能可以省略，也常使用「～でもって」作為「で」的強調用法，與「～をもって」意思相近。

- あいつの行動は、まったくもって理解できませんよ。

  那傢伙的行動我完全不能理解。

- 誠にもって残念ですが、今年の社員旅行はコロナで中止となりました。

  真的是非常遺憾，今年的員工旅行因疫情中止了。

- おじいちゃんとおばあちゃんは、愛でもって桃太郎を育てました。

  老爺爺及老奶奶，以愛養育桃太郎長大。

- 出席者は盛大な拍手でもって、長きにわたり日本語教育に献身された中野先生に感謝の意を伝えました。

  出席者以熱烈的掌聲，對長期獻身於日語教育的中野老師表達感謝之意。

含が的 古文句型

* 有些 N1 句型中含有「が」，但這個「が」並不是我們熟知的主格助詞，而是古文中的連體修飾格，作用與現代文的「の」很接近。現代文中，動詞修飾名詞可以直接用常體做連體修飾，形容詞可直接修飾，但古文中常需要靠著「が」來連接。例如常見的「我が家」其實就是「私の家」。因此，某些古文句型沿用至現代後「が」可省略。

日文句型
① 〜（が）ゆえ（に）、〜（が）ゆえの 🎧022

各類詞性的常體（な形容詞現在肯定だ／である、名詞現在肯定だ／である）＋（が）ゆえ（に）〜／（が）ゆえの＋名詞／（が）ゆえだ

「ゆえ」漢字寫成「故」，就是緣故、理由的意思。常見的名言「我思故我在」，日文就是「我思う、故に我あり」。此句型表達一種因果關係，因為前方這個因，所以導致後方這個果，是一個較文言生硬的句型。前方的「が」用做古文連體修飾現代可省略，後方「に」也可省略。也可以寫完前句後，開啟新句使用「それゆえ（に）」或「ゆえに」當作接續詞。

- 毎日カップラーメンばかり食べ続けた<u>がゆえに</u>、高血圧になってしまった。

  因為每天一直只吃泡麵，所以得了高血壓。

- 零細企業<u>ゆえ</u>、退職金をもらえませんでした。

  因為是小企業的關係，沒有辦法拿到離職金。

- 彼女は、その際立つ美しさ<u>ゆえに</u>、恨みを買って暗殺された。

  她因為那格外突出的美貌，遭人怨恨而被暗殺了。

- 子供を愛する<u>がゆえに</u>、厳しく接するんだ。

  因為很愛孩子，所以才對他很嚴格。

- 慣れぬ仕事<u>ゆえ</u>、最初の半年間は失敗ばかりしていました。

  因為是不習慣的工作，一開始的半年一直犯錯。

- 保険料が安いがゆえに、国民の半分がこの保険に入っている。

  因為保費很便宜，所以一半的國民都有保這個保險。

- 私は小さいころ、貧しさがゆえのコンプレックスを抱えていました。

  我小時候有著因為貧窮導致的自卑感。

- 「若さゆえの過ち」というのは、分かりやすく言うと「中二病でやらかした
  バカな真似」です。

  所謂的「因年輕所犯下的錯」，簡單來說就是「中二病幹的蠢事」。

- 美人にも美人であるがゆえの悩みがあるから、私をそんなに羨ましがらなく
  てもいいよ。

  美女也有因為是美女才有的困擾，所以你不用這麼羨慕我。

- ヒロシ国では今年に入ってから水難事故が多発している。それゆえ、ヒロシ
  国王はすべてのプールを閉鎖するよう命じた。

  Hiroshi 王國今年有很多溺水事故，因此 Hiroshi 國王下令封鎖所有的游泳池。

- 台湾は自他ともに認める半導体大国だ。ゆえに、半導体不足が叫ばれる昨
  今、台湾の国際的地位がますます高まってきている。

  台灣是公認的半導體大國。因此，在國際高喊半導體不足的現在，台灣的國際地位越來越高。

日文句型 ② 〜た形＋が最後／〜たら最後 🎧023

動詞「た形」＋が最後；動詞「たら形」＋最後

「が」是格助詞，本來動詞是不能直接連接格助詞，但古文中可以直接連接。口語也可以使用「〜たら最後、〜」，從字面上也可以理解，此句型代表一旦發生前面這件事就完蛋了，會有很嚴重的後果。

- その妖怪の目を見たら最後、たちまち石になってしまう。

  一旦看到那個妖怪的眼睛，馬上就會變成石頭。

- 信用は一度失ったら最後、取り戻すのは至難の業です。

  一旦失去信用，要再重新取回就難如登天了。

- カンニングが見つかったら最後、3年間受験できなくなる。

  一旦被發現作弊，三年內就不能報考了。

- あの呪われた森の中に入ったが最後、帰ってこられないよ。

  一旦進到那個被詛咒的森林中，就回不來了喔。

- ハブに噛まれたが最後、急いで血清を打たないと死に至ることもある。

  一旦被眼鏡蛇咬到，不趕快打血清甚至會致死。

- うちの息子はスマホゲームを始めたが最後、朝までやり続ける。

  我家兒子一旦開始打手遊，就會一直玩到早上。

③ ～（が）まま 🎧024

> 動詞辭書形／受身形＋（が）まま（に）、～／（が）ままの＋名詞

在 **N2** 篇的單元中曾提過「まま」代表維持原樣，此句型前方加上辭書形代表維持原樣、不加以抵抗、任憑發展的意思。前方「が」是古文連接的功能，現代文可省略。

- 詐欺グループに言われるがままに、指定の口座に 20 万元振り込んでしまった。

  我完全照著詐騙集團說的，將 20 萬元匯進了指定的帳戶。

- 店員に薦められるがままに、高額の掃除機を買ってしまった。

  我依照店員推薦，買了很高價的吸塵器。

- 人に受け入れてもらいたければ、まずはあるがままの自分を愛することだ。

  想要別人接受自己，那首先要愛真實的自己。

- さすが第一シードだけあって、相手は彼のなすがままになるだけだった。

  真不愧是第一種子，對手只能任他宰割。

日文句型④ ～がごとく、～がごとき、～がごとし

025

> 名詞＋の／が＋ごとく／ごとき／ごとし；
> 動詞常體（が）＋ごとく／ごとき／ごとし

「～ごとし」漢字寫成「～如し」是古文中用來比喻的助動詞，相當於現代文的「～ようだ」。常見的成語像是光陰似箭、花錢如流水等，在古文中就是寫成「～ごとし」放句尾。「～ごとく」是其連用形相當於現代文的「～ように」後方接動詞或形容詞，「ごとき」為連體形相當於現代文的「～ような」後方修飾名詞。因其古文的特性，前方連接時常以「が」接續，現代文中若為名詞可改成「の」，動詞則可以直接省略「が」。

- 野良猫は私を見つけるなり、脱兎のごとく逃げていった。

  野貓一看到我，就如同脫韁野馬般逃走了。

- 「安楽死」は、読んで字のごとく、楽に死ぬことです。

  安樂死如同讀起來字面上的意思，就是舒服地死亡。

- ヒロシの写真集は飛ぶがごとく売れている。

  Hiroshi 的寫真集像用飛的似地非常暢銷。

- おじいちゃんは自宅のベッドで、眠るがごとく安らかに他界しました。

  爺爺在自家床上，像是沉睡般安祥地去世了。

- 彼女は失恋してから頻繁にホストクラブに行くようになり、湯水のごとくお金を使うようになった。

  她失戀以後就變得經常去牛郎店，開始揮金如土。

- セミファイナルはマッチポイントを 3 つ握られながらの大逆転で、薄氷を踏むがごとき勝利だったよ。

  準決賽在被握有三個賽末點的情況下完成大逆轉，是一場如履薄冰般的勝利。

- 胸の大きい若い女性をちらっと見たら、妻は鬼のごとき表情で私を睨みつけた。

我稍微看了一眼胸部大的年輕女生之後，太太就用魔鬼般的表情瞪了我。

- 光陰、矢の如し。

光陰似箭。

- 過ぎたるは猶及ばざるが如し。

過猶不及。

※「過ぎたる＝過ぎた（代表過去的たり的連體形）；及ばざる＝及ばない」

- 其の疾きこと風の如く、其の徐かなること林の如く、侵掠すること火の如く、動かざること山の如し。

疾如風，徐如林，侵掠如火，不動如山；源自風林火山

Level UP

「ごとく」除了比喻之外，也可用來舉例。

- 以下の例文のごとく、この単語は動詞としても使える。

就如同以下的例句，這個單字也可以做為動詞使用。

「ごとき」與前方名詞連接帶有一種輕蔑或謙虛的語氣，後方可省略「者」與助詞連接

- 笑わせるな。お前ごときが俺に勝てるわけがないよ。（輕蔑）

別笑死人了！你這種咖怎麼可能贏過我。

- そんな難しい理論は、私ごときには分かりませんよ。（謙遜）

那麼艱深的理論，我這種草包是不會懂的啦。

★類似句型：〜かのごとく、〜かのごとき

各詞性常體（な形容詞現在肯定だ/ である、名詞現在肯定だ/ である）＋かのごとく〜 / かのごとき＋名詞

「〜ごとく」前方添加一個代表不確定及疑問的助詞「か」，強調實際上不是這樣但就宛如這樣。

- 人を殺した彼は何事もなかった**かのごとく**、自宅に戻った。

  殺了人的他，彷彿什麼事都沒有發生似地回到了自己的家。

- 小林教授は、学生の論文を自分の論文である**かのごとく**学会で発表した。

  小林教授把學生的論文當成自己的論文一樣在學會發表。

- 占い師は私について何でも知っている**かのごとき**口ぶりで私の過去を語っていたが、何一つ当たっていなかった。

  算命師用一副關於我他什麼都知道的語氣談論我的過去，但一個都沒猜中。

- 今回の不祥事に関して、社長はあたかも自分は無関係である**かのごとき**態度で取材に応じたが、裏で糸を引いているに違いない。

  關於這次的醜聞，雖然社長以一副像是事不關己的態度接受了採訪，但他一定是幕後黑手。

日文句型 ① すら 〔026〕

名詞＋（助詞）すら～；名詞＋ですら～；動詞て形＋すら

「すら」是「さえ」比較古老的說法，意思沒有太大差別表示「連…都～；甚至～」。
除了名詞接續之外，也常以「～てすら～」、「ます形＋すら＋しない」形式出現。
另外若是主格名詞，也經常使用「～ですら」。這邊的「で」是斷定助動詞的「連用
形（て形）」。

- 自己紹介する機会すらないまま、合コンが終わってしまった。

  連自我介紹的機會都沒有，聯誼就結束了。

- 認知症になったおじいちゃんは、自分の名前すら言えない。

  罹患失智症的爺爺，連自己的名字都講不出來。

- せっかく企画書を作ったのに、部長は読んですらくれなかった。

  都特別做了企劃書，部長卻連看都不看。

- 息子は勉強するどころか、学校に行きすらしない。

  兒子不要說唸書了，連學校都不去。

- 免疫学者ですら、このウイルスの感染メカニズムを解明できていない。

  就連免疫學家都尚未能夠釐清這個病毒的感染機制。

- 疲れきっていて、ベッドから起き上がることすらできない。

  筋疲力盡，連從床上起來都無法。

- 自分が人間に化けた狐であることは、親友にすら言えない。

  自己其實是狐狸幻化的人類這件事，我甚至無法對好友說。

- ヒロコ先生は、高級な時計をしている上に高級車に乗っているので、富豪に
  すら見えるけど、実はお金が無くて借金まみれだよ。

  Hiroko 老師戴名錶又坐名車，甚至看起來像個富豪，但其實債台高築。

Level UP

論文體中「すら」可夾在「である」中間使用

・ヒロシ先生は、最近ポールダンスの練習をサボっているので、弛んだ肉は中年男のようですらある。

   Hiroshi 老師最近荒廢鋼管舞的練習，鬆弛的贅肉甚至像是中年男子。

・ヒロシ先生は、仕事のかたわら体を鍛えているので、その颯爽とした姿はモデルのようですらある。

   Hiroshi 老師因為有在工作之餘鍛鍊身體，瀟灑的姿態甚至像是模特兒。

大部分情況下「さえ」與「すら」可以互換，只是「すら」比較古風。而「～さえ…ば」這個表示最低限度的句型中，「さえ」不能取代為「すら」。

・お金さえあれば、幸せになれると思っている人は多い。

   很多人認為只要有錢就能幸福。

日文句型
② だに 🎧027

名詞＋だに；動詞辭書形＋だに

「だに」是個副助詞，是非常古老的說法因此常配合使用的詞語不多，建議記得常用的即可。意思為「光是～就～，連～都～」，肯定型與「～だけでも」類似，而否定型與「～さえ／すら～ない」意思接近但用法更為古老生硬。注意「夢にだに」為慣用句，代表連夢中都如何因此多了助詞「に」。

・犬が近づいて威嚇を続けても、小鳥は微動だにしない。

   就算狗狗靠近不斷威嚇，小鳥還是一動也不動。

・住民の不安を一顧だにせず、通信会社は基地局の建設を強行した。

   絲毫不顧居民的擔憂，電信公司強行建置了基地台。

- 世界ランキング 200 位の選手が決勝戦に進出するとは、予想だにしなかった。

  世界排名第 200 名的選手居然可以打進決賽，事前真的沒有料想到。

- ポールダンスの世界チャンピオンになれるなんて夢にだに思わなかった。

  居然能夠成為鋼管舞的世界冠軍，我真是作夢也沒想到。

- ロープなしで巨大な岩壁をよじ登るなんて、想像するだに恐ろしい。

  居然沒綁繩索就攀登巨大岩壁，光想像就覺得恐怖。

- 高層ビル 100 階の高さで綱渡りをするなんて聞くだに鳥肌が立つ。

  在摩天樓 100 樓的高度走鋼索，光聽就全身起雞皮疙瘩了。

- コロナで子供を失った彼女の気持ちを考えるだに、悲しくなる。

  光想到因新冠肺炎失去孩子的她是如何的心情，就會難過起來。

日文句型 ③ でも 028

名詞＋でも

舉出一個極端的例子，表示「連這個都這樣了，其他的當然也是」。

- 「サルでもわかる経済学」という本を読んだ。

  我讀了「就連猴子都能懂的經濟學」這本書。

- 時間はどんなに大金持ちでも買えない貴重な資産だ。

  時間是不管再怎麼有錢的超級有錢人也無法買到的貴重資產。

- 簡単な方程式なので、中学生でも解けますよ。

  因為是很簡單的方程式，所以連國中生都解得出來喔。

日文句型 ④ まで 029

名詞＋まで

「まで」除了代表時間或空間的終點外，也可以代表達到某種極端的程度。

- あのファンは、僕の名前どころか、誕生日や血液型まで知っている。

  那個粉絲別說我的名字了，連我的生日跟血型都知道。

- 大親友の君まで僕を裏切るのか？

  連死黨的你都要背叛我嗎？

- そこまで言うなら離婚しよう。私もそろそろ我慢の限界だから。

  如果說到這種地步我們就離婚吧！我的忍耐也差不多到極限了。

- いい加減にしろよ。どこまで人をこき使えば気が済むんだ！

  你適可而止吧。到底要奴役別人到什麼程度才罷休啊！

日文句型 ⑤ にして 030

名詞＋にして

「にして」是一種強調的用法，代表到了某個階段、時間點、程度，也可以表達「同時是 A 也是 B」這種兩面性，以及作為副詞使用。

用法①：在…的時間點、階段（≒の時点で、で）

- 留学３年目にして、ようやく日本語でプレゼンができるようになった。

  留學第三年，總算可以用日文簡報了。

- ナダルは、19才にしてグランドスラム初優勝を果たした。

  Nadal 19 歲就在大滿貫拿下首個冠軍。

- 好きな人に裏切られる気持ちが、今にしてようやく分かった。

  我現在終於知道被喜歡的人背叛是什麼感覺了。

- 受験4回目にしてようやく N1 に合格できた。

  考了四次，總算考過 N1 了。

- ローマは一日にして成らず。

  羅馬不是一天造成的。

用法②：是…同時也是（≒～でもあり、～でもある）

- ヒロシは通訳者にして、日本語の教師でもある。

  Hiroshi 是口譯員，同時也是日文教師。

- そのポールダンスショーは、先日引退を表明したヒロシの最初にして最後の単独公演だった。

  那場鋼管舞秀，是先前表明退休的 Hiroshi 第一場也是最後一場個人公演了。

- 「人面獣心」は「人にして人に非ず」という意味です。

  「人面獸心」意思是「身為人卻不是人」。

- 「欲があるから人間は罪を犯す」。なるほど、実に簡にして要を得た説明ですね。

  「人類因為有欲望才會犯罪」。原來如此，真是簡明扼要的說明呢。

用法③：到這樣的程度（≒であってはじめて；～ならでは）

- これはベテラン職人にして初めて作れる工芸品だ。

  這是經驗豐富的工匠才做得出的工藝品。

- 「この親にしてこの子あり」だね。

  有這樣的父母，才有這樣的小孩。

・全仏オープンで 14 回も優勝するなんて、赤土の王者ナダルにして初めて成し遂げられる偉業です。

在法網可以拿下 14 次冠軍，這是只有身為紅土之王 Nadal 才辦得到的偉大成就。

用法④：就連…（≒でさえ）

・数学科の教授にしても解けない難問なんだから、私に解けるわけがないよ。

這是連數學系教授都解不開的難題，我怎麼可能解得出來。

・この歌はプロの歌手にしても完璧には歌えない難しい歌だ。

這首歌是連職業歌手都無法完美演唱的困難歌曲。

・長年この分野の研究に携わっている研究者にして、なお解決できない問題が山ほどある。

長年進行此領域研究的研究人員仍解決不了的問題還很多。

用法⑤：慣用的副詞用法

・宝くじにあたって一夜にして大金持ちになった。

中了彩券，一夜就變成了大富翁。

・彼氏の笑顔を見ると、仕事のストレスが一瞬にして消え去ってしまう。

看到男友的笑容，工作壓力就會一瞬間消失。

・祖母は心筋梗塞で倒れてしまいましたが、幸いにして、緊急手術で一命を取り留めました。

祖母因為心肌梗塞倒下了。幸運的是，經過緊急手術撿回一命。

・志半ばにして命を失った小林君のことを思うと、今でも胸が痛みます。

想到壯志未酬就失去性命的小林，現在還是很心痛。

在 N2 篇「ながら」的章節中所提到的「生まれながらにして（出生就~）」及「家にいながらにして（在家就~）」等等也屬於同樣用法。

・ナダルは生_いきながらにして伝説_{でんせつ}となったテニス選手_{せんしゅ}です。

　　Nadal 是一位活著就成為傳奇的網球選手。

日文句型

1 ～とあって 🎧031

常體（名詞及な形容詞的現在肯定形常不加だ）＋とあって

此句型可以拆解成斷定助動詞「とあり＝たり」＋表理由的「て」，也就是「だから（因為～，所以～）」的意思。

・ ゴールデンウィーク<u>とあって</u>、どこに行っても人だらけだ。

因為是黃金週，不管到哪都是一堆人。

・ 駅に近く、しかも学費が安い<u>とあって</u>、その塾は大変人気がある。

因為離車站近，而且學費又便宜，所以那家補習班非常受歡迎。

・ ヒロシの写真集の発売初日<u>とあって</u>、本屋の前に長蛇の列ができている。

因為是 Hiroshi 寫真集開賣首日，書店前大排長龍。

・ 人気アイドルが台湾に来る<u>とあって</u>、多くのファンが空港で待っていた。

因為人氣偶像要來台灣，所以許多粉絲都在機場等待。

 比較

「～にあって」表示身處在某個特殊的狀況或場所，比起「～において」更為正式生硬。

名詞＋にあって、～

・ 国際化社会<u>にあって</u>、子供たちに何を教えるべきだと思いますか？

身處國際化社會之中，你覺得我們應該教孩子什麼比較好呢？

・ IT 時代<u>にあって</u>、データをもとに物事を分析する能力が求められている。

身處資訊科技時代，很需要運用數據來分析事物的能力。

・ 私はその時、幸せの絶頂<u>にあって</u>、周りが見えていませんでした。

我當時正值最幸福的時刻，看不見周遭事物。

- マララはどんなに危険な状況にあっても、悪に屈しなかった。

  馬拉拉不管處在多麽危險的情況下，都沒有向惡勢力低頭。

- 彼は会社では鬼上司だが、家にあっては優しい父親らしい。

  他在公司是魔鬼上司，但聽說在家是位溫柔的父親。

日文句型 ② ～とあれば／とあっては 🎧032

常體（名詞及な形容詞的現在肯定形常不加だ）＋とあれば／とあっては

可拆解成「とあり」＋假定的「ば」／條件的「ては」＝であれば、であっては（若是這樣的話）。「とあっては」口語可說成「～とあっちゃ」。「とあれば」古文假定形變化原為「とあらば」，因此兩種型態均存在。

- 他ならぬ君の頼みとあっては、断るわけにはいかないね。

  既然不是別人而是你的請求，我就不能拒絕啦。

- 彼女が見に来てくれるとあっては、絶対に負けられないよ。

  如果她要來看的話，那就絕對不能輸了。

- 隔離中とあっては、面会に行くことすらできない。

  如果隔離中的話，那連去探病都無法。

- 一夜にして巨万の富が手に入るとあっちゃ、リスクを冒してまでやる人もいるでしょう。

  如果能夠一夜獲得巨量的財富，應該也有人願意冒險去做吧。

- 愛犬の命が助かるとあれば、治療費はいくらでも出します。

  如果可以救回愛犬的命，治療的費用不管多少我都付。

- 初めての海外出張とあれば、不安になるのも当然だよ。

  如果是第一次去國外出差，那會不安也是當然的。

- 外見もよくて仕事もできる<u>とあれば</u>、引っ張りだこになるのも無理はない。

  如果外貌佳又會工作，那大家搶著要也不是沒道理。

- Ａ国は、必要<u>とあらば</u>武力行使も辞さないという姿勢を明らかにした。

  Ａ國明確表現出如果必要的話也不惜動用武力的態度。

- 君のため<u>とあれば</u>、たとえ火の中水の中。

  如果是為了你，不管是火中還是水中；上刀山下油鍋我都會去

日文句型 ③ ～ともあろう 🎧033

名詞＋ともあろう＋名詞

構造為斷定的「とあり」＋強調的「も」＋推量的「う」，代表「身為這種立場的、程度這麼高的〜做出不相應的事情」。由於「とあり」是「たり」的變形，所以此句型與前面章節學過的「〜たるもの」意思也幾乎相同，只是這邊多了應該是這樣的推量「〜う」因此帶有一種驚訝、失望、責難等心情。

- 警察<u>ともあろうもの</u>が、麻薬の密輸に加担していたなんて信じがたい。

  真的難以相信身為警察居然會參與毒品走私。

- 英語の教師<u>ともあろうもの</u>が、動詞の活用を間違えるなんて情けない。

  身為英文老師居然會搞錯動詞變化，真的太丟臉了。

- 世界チャンピオン<u>ともあろう男</u>が予選で敗退したとはびっくりだよ。

  身為世界冠軍的男人居然在預賽就打包出局，真令人驚訝。

- 小林さん<u>ともあろうお方</u>が、飲酒運転で警察に捕まるとはショックだ。

  小林這麼棒的人居然會因為酒駕被警察抓，真是太震驚了。

- 公共放送<u>ともあろうメディア</u>が、事実関係を確認せずにフェイクニュースを放送するなんて許せない。

  作為公共電視這種媒體，居然沒有確認事實關係就播報假新聞，不能原諒。

* 然り是由「しか（然＝那樣）」＋「あり（存在、斷定）」組合而成，意思為「そのようである、その通りである（像那樣、是那個樣子）」。從漢字也可以得知與中文說的「亦然」是類似的意思。

日文句型 ① ～も然り 🎧034

・日本にとって高齢化は深刻な問題だ。わが国の場合も**然り**である。

　　對日本來說高齡化是很嚴重的問題，我們國家的情況亦然。

・天災は忘れたころにやってくる。事故もまた**然り**である。

　　天災總是在人們忘記的時候到來，事故亦然。

日文句型 ② ～逆もまた然り 🎧035

・高いからといって品質がいいとは限らない。**逆もまた然り**。

　　貴不見得品質就好，反之亦然。

・成績がいい子は必ずしも性格がいいわけではない。**逆もまた然り**。

　　成績好的小孩不一定個性就好，反之亦然。

日文句型 ③ ～て形＋しかるべきだ；しかるべき＋名詞

🎧 036

此句型是由代表就是那樣的「しかり」的連體形「しかる」加上代表推量的「べし」的連體形「べき」組合而成，意思是「應該要那樣」。連接名詞時，意思為「適合的、恰當的」。

・サービス業ですから、お客様に敬語を<u>使ってしかるべき</u>です。

　因為是服務業，對客人使用敬語是理所當然的。

・詐欺は悪質な犯罪行為であり、厳しく<u>罰せられてしかるべき</u>だと思います。

　詐騙是非常惡劣的犯罪行為，我認為被重罰也是理所當然的。

・「適材適所」というのは、<u>しかるべき</u>人材を<u>しかるべき</u>場所に配置することです。

　所謂的適才適所，指的是將合適的人材配置到合適的位置上。

・同じ事故が二度と起こらないように、政府は<u>しかるべき</u>対策を打たなければならない。

　為了不要發生同樣的事故，政府應該要採取適當的對策。

日文句型 ④ ～もさることながら 🎧037

> 名詞＋もさることながら

「さる」漢字寫成「然る（注意與上面介紹的しかる念法不同）」，是「然り」的連體形用來連接名詞。「然り」是「さ（那樣）」及「あり（存在、斷定）」的結合，意思是「就是那樣」。因此此句型可分解成「～も」＋「さる＝そうである」＋形式名詞「こと」＋逆接「ながら＝ではあるが」，也就是「～也是這樣沒錯、但～更是～」，用來表示「前者當然是如此不用說，但後者更重要」。此文型難度高較為書面生硬，類似文型還有在 N2 篇學過的「～はもちろん、～」「～はもとより、～」，但「～もさることながら」更強調後者程度高。

- この試験（しけん）では、リスニングとリーディングもさることながら、ライティングとスピーキングの難易度（なんいど）が高（たか）く、実力（じつりょく）が試（ため）される。

  這項考試聽力和閱讀就不用說了，寫作和口說的難度高，實力將會受到測試。

- 韓国語（かんこくご）は文法（ぶんぽう）もさることながら、発音（はつおん）も難（むずか）しいので挫折（ざせつ）しやすい。

  韓文的文法就不用說了，發音更是困難，所以容易受挫。

- うなぎは味（あじ）もさることながら、栄養価（えいようか）も高（たか）くて最高（さいこう）の健康食（けんこうしょく）とされている。

  鰻魚味道棒，營養價值更高，所以一般認為是最好的健康食物。

- 言葉（ことば）の問題（もんだい）もさることながら、文化（ぶんか）の違（ちが）いに戸惑（とまど）いを感（かん）じる外国人労働者（がいこくじんろうどうしゃ）も少（すく）なくない。

  語言當然也是問題，對文化差異感到困惑的外籍勞工也不少。

- この教科書（きょうかしょ）はレイアウトの見（み）やすさもさることながら、面白（おもしろ）い例文（れいぶん）がたくさんあるので、飽（あ）きることはない。

  這本教科書的排版很清晰易懂，有趣的例句也很多，所以不會厭煩。

・チャンピオンになるためには、技術<ruby>技術<rt>ぎじゅつ</rt></ruby>もさることながら、メンタル面<ruby>面<rt>めん</rt></ruby>の強化<ruby>強化<rt>きょうか</rt></ruby>も欠<ruby>欠<rt>か</rt></ruby>かせません。

要成為冠軍，技術就不用說了，心理層面的強化也是不可或缺的。

・アメリカ英語<ruby>英語<rt>えいご</rt></ruby>とイギリス英語<ruby>英語<rt>えいご</rt></ruby>は、用語<ruby>用語<rt>ようご</rt></ruby>の違<ruby>違<rt>ちが</rt></ruby>いもさることながら、同<ruby>同<rt>おな</rt></ruby>じ単語<ruby>単語<rt>たんご</rt></ruby>でも発音<ruby>発音<rt>はつおん</rt></ruby>が違<ruby>違<rt>ちが</rt></ruby>うことがけっこうある。

美式英文和英式英文單字本身的差異就不用說了，同個單字發音不同的情況也很多。

・長生<ruby>長生<rt>ながい</rt></ruby>きするためには、バランスの取<ruby>取<rt>と</rt></ruby>れた食事<ruby>食事<rt>しょくじ</rt></ruby>もさることながら、十分<ruby>十分<rt>じゅうぶん</rt></ruby>な睡眠<ruby>睡眠<rt>すいみん</rt></ruby>と運動<ruby>運動<rt>うんどう</rt></ruby>も大切<ruby>大切<rt>たいせつ</rt></ruby>です。

要長壽的話飲食均衡就不用說了，充分的睡眠及運動也很重要。

Level UP

與代表「那樣」的「さ」有關的高級字彙還包含：「さぞ（かし）＝一定是那樣」「さながら＝就像那樣」「さりげなく＝沒有那種感覺」「さもありなん＝應該是要那樣」。

・10 年間<ruby>年間<rt>ねんかん</rt></ruby>の闘病生活<ruby>闘病生活<rt>とうびょうせいかつ</rt></ruby>は、さぞ（かし）辛<ruby>辛<rt>つら</rt></ruby>かったことだろう。

與病魔拔河十年的生活，一定很辛苦吧。

・本番<ruby>本番<rt>ほんばん</rt></ruby>さながらの練習<ruby>練習<rt>れんしゅう</rt></ruby>をしておくことが大切<ruby>大切<rt>たいせつ</rt></ruby>だ。

用跟正式上場近似的條件練習很重要。

・夫<ruby>夫<rt>おっと</rt></ruby>にさりげなくボーナスの額<ruby>額<rt>がく</rt></ruby>を聞<ruby>聞<rt>き</rt></ruby>いてみた。

我若無其事地問了老公分紅獎金的金額。

・社内<ruby>社内<rt>しゃない</rt></ruby>でも有名<ruby>有名<rt>ゆうめい</rt></ruby>な美人<ruby>美人<rt>びじん</rt></ruby>である佐藤<ruby>佐藤<rt>さとう</rt></ruby>さんはいつも彼氏<ruby>彼氏<rt>かれし</rt></ruby>ができないと嘆<ruby>嘆<rt>なげ</rt></ruby>いているが、彼女<ruby>彼女<rt>かのじょ</rt></ruby>の性格<ruby>性格<rt>せいかく</rt></ruby>を知<ruby>知<rt>し</rt></ruby>ってさもありなんと思<ruby>思<rt>おも</rt></ruby>った。

在公司裡也很有名的美女佐藤總是怨嘆交不到男友，但知道她的個性後覺得合情合理。

日文句型 5 かく 🎧038

「かく」漢字寫成「斯く」，意思是「こう、このように（這樣子地、如此地）」，有以下常見的使用方式。

★かくかくしかじか（＝このようにあのように）

・**かくかくしかじか**あって、フリーターになったんだよ。

如此這般，我就成為了飛特族。

★かくなる上は（＝こうなったうえは）

・**かくなる<ruby>上<rt>うえ</rt></ruby>は**、<ruby>家族<rt>かぞく</rt></ruby>を<ruby>連<rt>つ</rt></ruby>れて<ruby>逃<rt>に</rt></ruby>げるしかないよ。

既然事情都已經變成這樣，也只能帶著家人逃跑了。

★かく言う（＝こう言う）

・<ruby>甘<rt>あま</rt></ruby>いものの<ruby>食<rt>た</rt></ruby>べすぎは<ruby>体<rt>からだ</rt></ruby>に<ruby>良<rt>よ</rt></ruby>くない。**<ruby>かく言<rt>い</rt></ruby>う**<ruby>私<rt>わたし</rt></ruby>も<ruby>甘党<rt>あまとう</rt></ruby>だけどね。

吃太多甜的東西對身體不好，這麼說的我其實也是愛吃甜食的人就是了。

至る的相關用法

*「至る」這個動詞的意思是<u>到達某個地點或某個地步</u>。以下的常用句型均可以此為中心意涵理解。

日文句型
① 〜に至る 🎧039

名詞／動詞辭書形＋に至る。

「A に至る」代表「到達 A 這個階段、地步、地點、結果…」的意思。也常見以「A に至って〜」連接下句或是較生硬的連用中止形「A に至り、〜」以及逆接的「A に至っても〜」形式出現。

- 交渉を重ねた結果、A 社が 100 万元の賠償金を支払うことに合意し、今回のトラブルは無事解決に至った。

　多次談判後，A 公司同意支付 100 萬元賠償金，這次的糾紛也順利解決了。

- 私は大学院卒業後、自分の会社を立ち上げ、数多くの危機を乗り越えて現在に至ります。

　我研究所畢業後就設立了自己的公司，度過多次危機直到現在。

- 夫と話し合った結果、お互いの幸せのために離婚することが最良の選択であるという結論に至りました。

　我跟老公商量後，得到的結論是為了彼此的幸福，離婚是最好的選擇。

- このトンネルを抜け、海に向かって 500 メートルぐらい進むと、ワハハ海浜公園に至ります。

　穿過這個隧道後往海的方向走 500 公尺左右，就會到達 Wahaha 海濱公園。

- 身を粉にして働き、お金を貯め、台北近郊に念願のマイホームを持つに至った。

　拚死拚活工作存錢，最終在台北近郊買了自己夢寐以求的自住房。

- 自分の将来についてよく考えた結果、通訳になりたいという気持ちを抑えきれず退職を決意する<u>に至った</u>。

  仔細思考自己的未來後，仍無法完全壓抑想當口譯員的想法，最後決定辭職。

- この病気は早めに治療しないと、死<u>に至る</u>可能性もある。

  這個疾病如果不早點治療，有可能會導致死亡。

- 警察は記者会見を開き、犯人逮捕<u>に至った</u>経緯について詳しく説明した。

  警方召開記者會，詳細地說明了逮捕犯人之前的過程。

- 佐藤容疑者は事件現場から自分の指紋が検出される<u>に至って</u>、ようやく犯行を認めた。

  佐藤嫌犯直到從犯案現場檢測出自己的指紋，才總算承認犯行。

- 毎日千人以上の死者が出るという危機的状況<u>に至って</u>、政府はようやく対策を講じ始めた。

  直到發生每天都有上千人死亡這種危機狀況，政府才總算開始採取對策。

- 卒業間際<u>に至っても</u>、将来何をしたいのか分からない大学生が多い。

  就算到了畢業前夕，還是有很多大學生不知道將來要做什麼。

- 社員が過労で自殺する<u>に至っても</u>、会社側は時間外労働をさせていないと主張し続けている。

  即便到了員工因過勞而自殺這地步，公司方還是持續主張沒有讓員工加班。

日文句型 ② （〜から）〜に至るまで 🎧040

名詞＋に至るまで

「から」代表起點而「まで」代表終點，「〜に至るまで」是強調「直到某個時間或空間的終點、甚至到了某個極端程度」的意思。

- 突然の大雨で、頭のてっぺんから足の爪先に至るまでずぶ濡れになった。

  因為突然的大雨，我從頭到腳都濕透了。

- 「ヒロシの大冒険」は子供からお年寄りに至るまで誰もが知っている人気の漫画だ。

  「Hiroshi 的大冒險」是一部從小孩到老人家人人均知的人氣漫畫。

- 空き巣に入られ、家電から書きかけの原稿に至るまで何もかも持っていかれました。

  遭小偷闖空門，從家電到寫到一半的稿件所有東西都被拿走了。

- 初対面なのに、彼女は僕の年収から星座に至るまで細かく質問した。

  明明是初次見面，她卻從我的年收入到星座都問得鉅細靡遺。

- 我が社の創業時から現在に至るまでの歴史や製品を簡単にご紹介します。

  向您簡單介紹我們公司從創業時期到現在的歷史及產品。

- 大手企業をやめ、起業するに至るまでの道のりを高橋社長に伺いたいと思います。

  想請教高橋社長離開大企業一直到自己創業的歷程。

日文句型 ③ 〜に至っては 🎧041

名詞＋に至っては、〜

「Aに至っては」的「は」是強調對比，「對比其他的狀況，A這個更是誇張極端」的意思。

- 息子の成績は見るに堪えないものだった。国語は45点、英語は30点、数学に至っては12点だった。

  我兒子的成績慘不忍睹。國文45分，英文30分，至於數學甚至只有12分。

- うちの学校の先生はみんな変人ばかりです。数学の先生に至っては、ナメクジに話しかけるんですよ。

  我們學校的老師都是怪人，數學老師甚至還會跟蛞蝓講話。

- 友達はみんな結婚している。幼馴染の小林に至っては、先週10人目の子供が生まれたそうだ。

  朋友全都結婚了。至於兒時玩伴小林聽說第十個小孩上週剛出生。

- 少子化で生徒の募集が困難になり、廃校に追い込まれる私立小学校は後を絶たない。台北市にあるヒロシ小学校に至っては、今年入学した児童はわずか38名で、教員数をも下回っている。

  因為少子化招生變得很困難，遭廢校的私立小學不絕於後。至於台北市內的Hiroshi小學，今年入學的兒童只有38人，甚至比老師的數量還少。

- 情報化社会の進展に伴い、読書離れはどんどん進んでいる。20代の若者に至っては、紙の書籍を全く読まない人が全体の40％を占めている。

  隨著資訊社會的發展，大家越來越不看書了。20幾歲完全不看紙本書籍的年輕人甚至佔整體的40%。

Level UP

「事ここに至っては」為慣用句，表示事情都已經到達這個地步的話就如何的意思。

・事ここに至っては、もう手の施しようがない。

事已至此，已無計可施了。

日文句型 ④ 〜の至り 042

名詞＋の至り

「至り」是名詞，「Ａの至り」強調 Ａ 的程度非常大，到達極致。此屬相當正式生硬的句型，Ａ 能搭配的名詞不多，建議直接記下即可。另外，平時說話若非太正式的場合可以使用先前介紹的「限りだ」即可。例如「汗顔の至りだ（汗顔之至）」可說成「恥ずかしい限りだ（實在太丟臉了）」。

・授賞式に特別ゲストとしてお招きいただき、光栄の至りです。

我能夠以特別貴賓身分受邀頒獎典禮，真是光榮之至。

・私は学生の頃、若気の至りでよく先生に楯突いたものだ。

我在學生時期因為年輕不懂事常常頂撞老師。

・会議でお配りした資料を読み返し、数字のミスプリントを発見いたしました。全く赤面の至りです。

我重新看一遍會議上發給您的資料，發現有數字的誤植，真的非常慚愧。

・記者会見で、緊張のあまり御社の社名を言い間違えてしまい、汗顔の至りでした。

記者會上因為太緊張講錯貴公司的名稱，真的無比汗顏。

・私のためにわざわざ送別会を開いていただき、感激の至りです。

承蒙各位為了我特別舉辦歡送會，真是令我感動不已。

57　　Part 1 重點文法①

- こちらのミスでご迷惑をおかけし、恐縮の至りでございます。

  因為我的疏失給您添麻煩，真的感到惶恐之至。

Level UP

「至って」作為副詞使用是「非常地」的意思。

- らくらくホンの操作はいたって簡単です。

  樂樂手機的操作非常簡單。

- 私はいたって普通の家庭で育ちました。

  我在一個極為普通的家庭中長大。

★類似句型：～の極み

名詞＋の極み

與「～の至り」近乎同義，但能搭配的名詞較多。

- 五つ星ホテルに３か月も泊まるんですか？贅沢の極みですね。

  你要住五星級飯店三個月？真的是奢侈到了極致啊！

- 毎日深夜まで残業していて、私は疲労の極みに達している。

  每天都加班到半夜，我已經到達疲勞的極限了。

- 自分のミスで相手に逆転されてしまったのは、痛恨の極みだ。

  因為自己的失誤被對手逆轉，真的是悔恨至極。

- 堕落の極みにあったヒロシ三世は隣国との戦いで大敗し、領土の半分を奪われてしまった。

  處於墮落極致的 Hiroshi 三世在與鄰國的戰爭中大敗，被奪走了一半的領土。

- 自分の仕事を部下に押し付けて先に帰るなんて、無責任の極みだ。

  將自己的工作推給部下做自己先回家，真的是不負責任至極。

★類似句型：～極まる／～極まりない

> な形容詞な＋極まる／極まりない；な形容詞／い形容詞＋こと＋極まる／極まりない

「極まる」與前方な形容詞連接代表到了極點，極其如何的意思。「極まりない」雖然是否定看起來與「極まる」是相反的意思，但要表達的意思是「極まり（極限）」＋「ない」，也就是沒有極限無限延伸，因此更是到了極點的意思。此句型大部分與「な形容詞」搭配，「い形容詞」較少，建議記得常用的即可。

- 第一次世界大戦では凄惨極まる地上戦により、多くの尊い命が奪われました。

  第一次世界大戰中因為慘絕人寰的地面戰，很多寶貴的生命被奪走了。

- 小林選手が足のケガで出場できなくなったそうだ。今回の対戦を楽しみにしていたのに残念極まるね。

  聽說小林選手因為腳傷不能出賽了。很期待這次對戰的說，真是太可惜了。

- 退屈極まる授業なのに、みんなよく寝ないで聞いていられるものだ。

  明明是無聊至極的課，佩服大家居然有辦法不睡著一直聽下去。

- 歩きスマホは危険極まりない。一歩間違えれば命を落としかねない。

  邊走路邊滑手機非常危險，一個不對可能就會失去生命。

- 総理大臣は記者の失礼極まりない質問に対して、不快をあらわにした。

  總理大臣對於記者失禮至極的提問，露出不悅的神情。

- 一人で二人分の席を占拠しているなんて図々しいこと極まりないやつだ。

  居然一個人占兩個人的位子，真是個超不要臉的傢伙。

- 毎日カップラーメンばかり食べているのは、不健康なこと極まりない。

  每天都只吃泡麵超不健康的。

★以下三種說法可以互換，意思相同。

・山奥^{やまおく}での生活^{せいかつ}は、不便^{ふべん}極^{きわ}まりない。
　＝山奥^{やまおく}での生活^{せいかつ}は、不便^{ふべん}なこと極^{きわ}まりない。
　＝山奥^{やまおく}での生活^{せいかつ}は、不便^{ふべん}極^{きわ}まる。

　深山中的生活非常不方便。

表示限制條件的相關用法

日文句型 ① ～いかんだ／～いかんで／～いかんによって 🎧043

名詞＋（の）＋いかんだ／いかんで～／いかんによって～

「で」及「によって」都是表示憑藉的意思，而「いかん」漢字寫成「如何」。因此「A いかんで B」及「A いかんによって B」指的是「**B 完全要看 A 的狀況如何，A 的情況不同，B 也隨之不同**」的意思。也可以放句尾「**A は B いかんだ**」代表 **A 完全取決於 B**。「いかん」寫成假名居多，「いかんで」與先前學過的「次第で」意思類似但較生硬適合用在正經的場合中。「～いかんだ」也可以用「～いかんにかかっている（取決於）」替換。

- TOEIC の点数いかんで、昇進できるかどうかが決まる。

  能不能升遷要看多益考試的分數如何。

- 先生の教え方いかんで、授業内容に対する学生の理解度が大きく変わる。

  會因為老師的教法不同，學生對於授課內容的理解度有很大的變化。

- 業績いかんによって、ボーナスの額が上がったり下がったりする。

  會因為業績不同，分紅獎金的金額變高或變低。

- マーケティング戦略いかんによって、製品の売れ行きが左右される。

  行銷策略好或不好，會影響產品的銷售量。

- 試合で良い結果が出せるかどうかは、選手の実力いかんだ。

  能否在比賽中創造好成績，完全取決於選手的實力。

- N1 に合格できるかどうかは、あなたの努力いかんにかかっている。

  能否通過 N1 完全取決於你的努力。

日文句型

② ～いかんでは／～いかんによっては 044

> 名詞＋（の）＋いかんでは／いかんによっては

「**A** いかんでは／いかんによっては」與上個句型不同的是，尾巴加了「は」會多了主題化、強調對比的意涵，意思是「端看 **A** 的狀況如何，某些特定情況下會怎樣」的意思。

- FRB の金利政策<u>いかんでは</u>、株価がさらに下がることもありうる。

  看聯準會的利率政策如何，股價再下跌也是有可能的。

- 売れ行き<u>いかんでは</u>、この製品の生産が打ち切られる可能性もある。

  看銷售狀況如何，也有可能停止此產品的生產。

- 報酬<u>いかんでは</u>、この仕事を引き受けないこともない。

  看報酬如何，我也不是不接這份工作。

- 検査の結果<u>いかんによっては</u>、テニスができなくなることもある。

  看檢查結果如何，之後也可能不能再打網球了。

- コロナの感染状況<u>いかんでは</u>、試験が中止になるかもしれない。

  看新冠肺炎疫情如何，考試也可能停辦。

- 今後の経済状況いかん<u>によっては</u>、さらなる金融緩和が必要になるかもしれない。

  看今後的經濟狀況如何，更多的金融寬鬆可能是必要的。

比較 A 表示端看寫法如何後者會有變動，B 表示某些具體寫法的情況下會如何。

- **A：**メールの書き方いかんで、相手の受け取り方が変わってくる。

  端看 Email 的寫法，對方理解訊息的方式也會不一樣。

- **B：**メールの書き方<u>いかんでは</u>、不愉快な思いをさせてしまうこともある。

  某些 Email 的寫法，也可能造成對方不舒服。

日文句型 ③ 〜いかんによらず／いかんにかかわらず／いかんを問わず 🎧045

名詞＋（の）＋いかんによらず／いかんにかかわらず／いかんを問わず

「Aによらず（不取決、不依據）」「Aにかかわらず（不管）」「Aを問わず（不問）」均是代表與 A 無關，因此，此句型的意思為「不管 A 的情況如何，都〜」。

• 内容のいかんによらず、社内のメールを外部に転送することは機密保持義務違反に当たる。

  不論內容如何，將公司信件轉傳到外部就違反了守密義務。

• 動機のいかんによらず、暴力や暴言は一切許されません。

  不管動機為何，肢體暴力及口出惡言都不被允許。

• 理由のいかんにかかわらず、払った授業料は返金いたしません。

  不管理由為何，已繳納的學費不退費。

• 目的のいかんを問わず、このサイトのコンテンツの全部、または一部を転載することを固くお断りしております。

  不管目的為何，我們嚴格禁止轉載此網站之全部或一部份內容。

日文句型 ④ いかんせん 🎧046

漢字寫做「如何せん」，來自古文，本意為「該如何做才好呢？」。現代用法為「沒有辦法、很遺憾、實在可惜」的意思。

• 世界一周したいが、いかんせん金も時間もない。

  我想環遊世界，可惜沒錢也沒時間。

- 事業に成功して5億円の豪邸を買ったが、<u>いかんせん</u>一緒に住む彼女がいない。

  事業成功買了五億日圓的豪宅，可惜沒有能夠一起住的女友。

⑤ いかんともしがたい 🎧047

漢字寫做「如何ともし難い」，代表不管如何都難以做到、無計可施。

- 老化に伴う顔のたるみや皺は、自分の努力では<u>いかんともしがたい</u>。

  伴隨著老化產生的臉部鬆弛及皺紋，靠自己的努力是無能為力的。

- 最後まで粘ったが、若い選手との体力の差は<u>いかんともしがたかった</u>。

  雖然纏鬥到了最後，但和年輕選手體力上的差距實在是無能為力。

⑥ 〜にとどまる／〜にとどまらない 🎧048

> 動詞常體／名詞（である）にとどまる／とどまらず、〜

「留まる」這個動詞意為留在某處或某範圍，因此「〜に留まらず」意思是「不留在某範圍中，範圍擴及其他」。

- アンケート調査によると、その法案の反対者は全体の20%<u>にとどまった</u>。

  根據問卷調查結果，該法案的反對者僅佔全體的20%。

- オレオレ詐欺の被害者はお年寄り<u>にとどまらない</u>。

  「是我是我詐欺」的受害者不限老人家。

- ヒロシ先生は、女性<u>にとどまらず</u>、男性にも人気が高い。

  Hiroshi 老師不僅女性，在男性中人氣也很高。

- うちの塾は、子供に受験対策を教える**にとどまらず**、いじめを受けないための護身術も指導している。

  我們補習班不僅教小朋友考試的策略，也指導他們不被霸凌的防身法。

- 通訳になるためには、高い言語能力**にとどまらず**、一般教養や雑学など様々な知識が必要である。

  要當口譯員不僅要具備傑出的語言能力，一般常識和雜學等各式各樣的知識也是必要的。

日文句型
① 〜ずと（も） 〔049〕

> 動詞ない＋ずとも／い形容詞い＋からずとも／な形容詞、名詞＋ならずとも；
> 例外：する→せずとも

相當於現代文的「〜なくても（就算不〜）」，是比較生硬的說法。「ても」在生硬
正式的語境下，可說成「とも」。不同詞性的對照請見下表。

		ても	とも	
動詞	否定	〜なくても	〜なくとも	〜ずとも
い形容詞	肯定	〜くても	〜くとも	
	否定	〜くなくても	〜くなくとも	〜からずとも
名詞 な形容詞	否定	〜でなくても	〜でなくとも	〜ならずとも

- 実力よりコネが重要なのは、言わずと知れたことだ。

  比起實力，關係更重要，這是不用說也知道的事。

- 海外に留学せずとも、英語をマスターすることができる。

  就算不去海外留學，也可以精通英文。

- それぐらいの常識は、人に聞かずともわかる。

  那種常識，不用問人也知道。

- 作曲家である彼女は目が見えずとも、数々の名曲を生み出してきた。

  身為作曲家的她，縱使眼睛看不見，還是創造出各式各樣的名曲。

- この会社、初任給は低からずとも、昇進が難しい印象だ。

  這間公司雖然到職薪水不低，但印象中好像不太會升遷。

・原発が爆発したらどれほどの被害をもたらすか、専門家ならずとも分かるはずだ。

萬一核電廠爆炸將會帶來多大的損害，就算不是專家也應該知道。

日文句型
② 〜ずじまい 🎧050

動詞ない＋ずじまい；例外：する→せずじまい

由表否定的「〜ず」加上完成、終結的「しまいます」複合連濁而成的，可當複合名詞使用，代表想做或希望發生的事情未發生就結束，有種後悔或遺憾的心情。

・カラオケに行く予定だったが、急用ができて行けずじまいだった。

本來要去卡拉OK，但因為有急事最終沒能去成。

・この子の父親が誰なのか、結局分からずじまいだった。

這個小孩的父親是誰，最終沒能查出來。

・遊園地で行方不明になった子は、懸命な捜索にもかかわらず、とうとう見つからずじまいだった。

在遊樂園失蹤的小孩，儘管努力搜索最終還是沒能找到。

・元カノからもらったマフラーは結局使わずじまいで、今の彼女にあげちゃった。

前女友給我的圍巾最終沒用上，就給了現在的女友了。

・元カレと会う約束をしたのに、今の彼氏が反対したので会えずじまいだった。

約好要跟前男友見面，但因為現任男友反對，最終沒能見成。

③ 〜なしに（は）／〜なくして（は）

名詞＋なしに／なくして；動詞辭書形＋こと＋なしに／なくして

「なしに」及「なくして」均為「なく（沒有〜、不〜）」的意思，後方可加「は」做主題化或強調對比。其中「なし」現代文中可想成「ない」的名詞形；而「なくして」則為「ない」變化成「なく」之後再加上「して」（在古文中「〜して」為接續助詞用來連接形容詞≒〜て）代表以什麼狀態的意思。

- 天災はいつも前触れなしにやってくる。

  天災總是沒有前兆就到來。

- 皆様のご協力なくして、今回のイベントは開催できませんでした。

  若沒有大家的幫忙，這次的活動便無法舉辦。

- 相手のプライドを傷つけることなしに、過ちを指摘するのは難しい。

  在不傷害對方自尊的前提下指出對方的錯誤是很困難的。

- 清水寺を見ることなくして、京都に行ったとは言えません。

  沒看過清水寺，不能說去過京都。

Level UP

「〜なしには／〜なしでは〜ない」「〜なくしては〜ない」為常見搭配，代表「只要沒有〜的話，就不能〜」。

- 私はチョコレートなしでは生きていけない。

  我沒有巧克力就無法活下去。

- スマホなしには、私は一日だって過ごせません。

  沒有智慧型手機的話，我連一天都過不下去。

- 失敗なくしては、成長はあり得ません。

  沒有失敗，就不可能有成長。

- クライアントの信頼を獲得することなくしては、ビジネスは続かない。

　沒有獲得客戶的信賴，生意是做不下去的。

日文句型 ④ ～ともなく / ともなしに

> ①疑問詞＋（助詞）＋ともなく / ともなしに
> ②動詞辭書型＋ともなく / ともなしに

用法①代表具體情況不太明確（不清楚何時、何地，何人等），用法②意思為並不是下意識去做一件事情，不經意地做一件事。可以拆成「と（內容）」「も（否定強調）」「なく／なしに（否定）」去記。

- 韓国のドラマを毎日見ていたら、人を罵る韓国語を覚えるともなく覚えてしまった。

　每天一直看韓劇，也沒特別去記那些罵人的韓文，但不知不覺就記起來了。

- なかなか眠れないので、雑誌を読むともなしに読んでいた。

　因為睡不太著，就隨手翻翻雜誌看。

- 電車に乗っていた時、他の乗客の会話を聞くともなく聞いていたら、自分の名前が出てきてびっくりした。振り向いてみたら元カレだった。

　搭電車時無意識地聽著別的乘客對話，聽著聽著就出現自己的名字，嚇了一大跳。結果轉頭一看，是前男友。

- 彼はキノコが大好物なので、いつからともなくみんなにスーパーマリオと呼ばれるようになった。

　他因為超喜歡吃香菇，不知從何時開始就被大家稱作超級馬力歐。

- 散歩していると、どこからともなくフクロウの鳴き声が聞こえてきた。

　散步時不知從何處聽到了貓頭鷹的叫聲。

日文句型 ⑤ ～ないものでもない／～ないでもない ／～なくもない／～ないこともない 🎧053

動詞ない形＋ものでもない；動詞ない形～ない、い形容詞～くない、な形容詞～でない（～じゃない）、名詞～でない（～じゃない）＋ないでもない／ないこともない／なくもない

表示一種消極的肯定或是可能性，雙重否定代表並非一定不是這樣子。

- 今更後悔してももう遅いよ。土下座してくれるなら、許してやらないでもないけど。

  現在後悔已經太遲了。但如果你願意跪下磕頭，我也不是不能原諒你就是。

- 東京都港区の住宅は少し高いが、買えないものでもない。

  東京都港區的住宅雖然稍微貴了一點，但也不是買不起。

- ワインは好きでなくもないが、一人で飲むのは寂しすぎる。

  也不是說不喜歡葡萄酒，只是一個人喝太寂寞了。

- 眼鏡を外して見ると、うちの女房は新垣結衣に似ていると言えなくもない。

  把眼鏡摘下來看的話，我家老婆也不是不能說長得像新垣結衣啦。

- その気になれば、満点だって取れないこともないよ。

  只要我想，就算是滿分我也不是拿不到喔。

日文句型 ⑥ ～とは比べ物にならない／ ～の比ではない 🎧054

名詞＋とは比べ物にならない／の比ではない

構造為「と（與）」＋「は（主題化、強調對比）」＋「比べ物（比較的對象）」＋「にならない（不會成為）」，意為兩者相差甚大無法相提並論，與「A は B の比ではない」意思相同。

・今の人工知能は 10 年前（のもの）とは比べ物にならないほど高度化している。

　當今的 AI 非常先進，跟十年前完全不能比。

・東京の電車の混み具合は、台北（のそれ）とは比べ物にならない。

　東京電車的擁擠程度跟台北完全不能比。

・N1 試験の難しさは、N2 の比ではないから、甘く見るなよ。

　N1 考試的難度跟 N2 完全不能比，不要小看它喔。

・感染者数から見ても、オミクロン株の感染力はデルタ株の比ではない。

　從感染人數也能看出 Omicron 病毒株的傳染力不是 Delta 病毒株可相比的。

⑦ ～ではあるまいし、～でもあるまいし、～じゃあるまいし 🎧055

名詞＋ではあるまいし／でもあるまいし／じゃあるまいし

「まい」這個助動詞我們在 N2 看過，是否定推量或否定意志的意思，這邊是否定推量的「ないだろう」。句型等同於「～ではないだろうし（ある＋ない＝ない（正負得負）；應該不是～吧）」，「し」是理由列舉的接續助詞，整個句型意思是「又不是～」，後方常接反駁、訓斥、批判、請求等內容。口語上也常使用「～でもあるまいし」、「～じゃあるまいし」。

- 神様でもあるまいし、5年後のことはわからないよ。

  又不是神明，五年後的事誰知道啊。

- 子供ではあるまいし、そんなこと言われなくても分かるよ。

  又不是小孩，那種事不講我也知道啦。

- ゲームじゃあるまいし、死んだらおしまいです。

  又不是遊戲，死了就 GG 了。

- 今生の別れじゃあるまいし、そんな顔をしないでくださいよ。

  又不是這輩子都見不到了，不要擺出那種表情啦。

- 「ねえ、あたしが今何を思っているか分かる？」「分かんねえよ。エスパーじゃあるまいし。」

  「誒誒，你知道我現在在想什麼嗎？」「誰知道啊，我又不是超能力者。」

- ロボットじゃあるまいし、長時間労働を続けていたら体はもちろん、心も病んでしまうよ。

  又不是機器人，一直長時間工作不用說身體了，心靈也會生病喔。

日文句型 ⑧ ～でなくて何だろう（か）🎧056

名詞＋でなくて何だろう（か）

此句型可分解為「～でなくて（不是這個）」＋「何だろうか（應該會是什麼呢）」，是一種我們在 **N2** 篇也介紹過的反語類型，<u>強調就是這個東西。</u>

- 時間に厳しい安藤先生は小林さんが遅刻しても叱らない。これがえこひいきでなくて何だろう。

  對時間要求嚴格的安藤老師就算小林遲到也不罵他，這不是偏心是什麼呢？

- 山の中で野糞をしていた時に、今の妻と知り合った。これが運命の赤い糸でなくて何だろうか。

  在山裡面便便時認識了現在的妻子。如果這不是命運的紅線那是什麼呢？

- 写真加工アプリで編集した顔写真を出会い系アプリに載せるとは、詐欺でなくて何だろうか。

  上傳修圖軟體修過的照片到交友軟體上，這不是詐欺是什麼？

Level UP

此句型還有以下的變形

<u>～でなくて何であろう（か）／～でなくて何だというの（だろう）（か）／～でなくて何なの（だろう）（か）</u>

- 小学生の男の子が母親を暴力から守るために父親を殺したという。これが悲劇でなくて何であろうか。

  聽說有小學男生為了保護媽媽免於遭受暴力，而殺了自己的爸爸。這不是悲劇是什麼呢？

- 安倍元首相に対する銃撃事件が、民主主義への冒涜でなくて何だというのか。

  安倍前首相的槍擊事件，這不是對民主主義的褻瀆那是什麼呢？

- ロシア軍の空爆で、子供を含む市民が 1000 人以上犠牲になったという。これがテロでなくて何なのだろうか。

  因為俄軍的空襲，一千名以上包含小孩在內的居民不幸罹難。這不是恐攻那又是什麼呢？

另外還有以下幾種意思相似的句型

A：〜と言わずして何だろう（か）／〜と言わずして何と言うんだ／
〜と言わずして何を〜と言うの（だろう）（か）？

不說是〜那是什麼呢 / 不說是〜那要說是什麼呢？ / 不說是〜那要說什麼才是〜呢？

B：〜以外の何物でもない

〜以外的什麼東西都不是

C：〜にほかならない

正是這個，其他都不是

D：〜そのものだ

就是〜本身

- 6 才にして 5 か国語を自由自在に操れるなんて、この子を天才と言わずして誰を天才と呼ぶのだろうか？

  六歲就可以自在地使用五國語言，不說這孩子是天才要叫誰是天才？

- 20 年ぶりに海外で再会するなんて、もうこれは運命以外の何物でもない。

  居然事隔二十年又在海外重逢，這真的就是命中注定了啦。

- 今回 N1 に合格できたのは、一年にわたる努力の結果にほかならない。

  這次可以考過 N1，無非是一整年努力的結果。

- 黒人だから悪いことをすると決めつけるのは、一言でいえば人種差別そのものだ。

  因為是黑人就斷定他會做壞事，這個用一句話來說就是種族歧視。

日文句型 ⑨ 〜くもなんともない、〜でもなんでもない 🎧057

い形容詞い＋くもなんともない／な形容詞、名詞＋でもなんでもない

代表一種強烈否定，「完全才不是〜呢！一點都不會〜」的意思。

・「好きでも何でもない人から告白されたら迷惑だよね。」「そうだね。だから、お前もなるべく告白しない方がいいぞ。」

　「被一點都不喜歡的人告白很困擾吧。」「對阿，所以你也盡量不要跟人告白比較好喔。」

・五つ星ホテルに泊まるぐらい、僕にとっては贅沢でも何でもないよ。

　住五星級飯店這種事對我來說一點都不奢侈。

・彼女は恋人でもなんでもない。ただの友達だよ。

　她才不是我的女朋友，只是普通朋友啦。

・この国の警察は正義の味方でも何でもない。制服を着た悪魔だよ。

　這個國家的警察才不是正義的夥伴，是穿著制服的惡魔。

・そんな安っぽいもの、欲しくもなんともない。

　那種廉價的東西我一點也不想要。

・一人でクリスマスを過ごしても寂しくもなんともない。

　就算自己一個人過聖誕節，我也一點都不寂寞。

⑩ 〜といったらありはしない／
〜といったらありゃしない／
〜といったらない／
〜ったらない 058

動詞辞書形／い形容詞〜い／な形容詞／名詞＋といったらありはしない

由「〜といったら（說到〜的話）」＋「ありはしない（あり~~ます~~＋は＋しない＝否定強調）」組成，意思是說講到這個阿，那可真的找不到可以比擬的東西或說法了，非常地〜以至於無法用言語表達。「ありはしない」口語可連音成「ありゃしない」或直接省略成「〜といったらない」。

* 以下四種說法都可以

うるさいといったらありはしない（真的吵死人）
＝うるさいといったらありゃしない
＝うるさいといったらない
＝うるさいったらない

・田中さんは図々しいといったらありはしない。自分の仕事を全部押し付けてくるんだよ。

田中有夠不要臉的，居然把自己的工作全部塞給我。

・うちの親は毎日勉強しろ、勉強しろって（言うから）、うるさいといったらありゃしない。

我家父母每天都在叫我念書，真的是吵死了。

・ヒロシの部屋は汚いったらないよ。いつ行ってもゴキブリがいる。

Hiroshi 的房間髒得無法言喻，不管何時去都有蟑螂。

- 山で寝ちゃって目が覚めたら体中にムカデが這っていた。その気持ち悪さと<u>いったらなかった</u>よ。

在山裡睡著一醒來後全身爬滿蜈蚣。那種噁心真的難以比擬。

- 大学生に「ヒロシ先生かわいい」と言われた時のうれしさと<u>いったらなかった</u>。

被大學生說「Hiroshi 老師好可愛」時，真的開心極了。

〜を禁じ得ない 🎧059

名詞＋を禁じ得ない

由「禁じる（禁止、壓抑）」及「得ない（無法、做不到）」組成，意思是<u>無法壓抑某個情緒、心情</u>。ます形是「禁じ得ません」。

- ホームレスの人に「何で家に帰らないの？」と質問したあの議員の無神経さに怒り<u>を禁じえない</u>。

那位議員問遊民為何不回家，我對其白目程度真的不禁感到憤怒。

- 経営破綻した仮想通貨取引所に全財産を投じていた投資家には、<u>同情を禁じ得ない</u>。

對將身家全都投入已倒閉的加密貨幣交易所的投資人，真的忍不住感到同情。

- 母校が 20 年経っても昔とほとんど変わっていないことに、<u>驚きを禁じ得ませんでした</u>。

對於母校過了二十年還是跟以前幾乎一樣這件事，我不禁感到驚訝。

- 面接官の顔があまりにもおかしくて、<u>笑いを禁じ得なかった</u>。

面試官的臉實在太好笑，我忍不住笑出來。

・ヒロシ先生の身の上話を聞いて、涙を禁じ得なかった。

聽了 Hiroshi 老師的身世，我壓抑不住自己的淚水。

日文句型 ⑫ ～きりがない 🎧060

動詞ば形／動詞たら形＋きりがない

「きり」代表極限或是限度的意思，因此前面放上條件形意思是如果怎樣的話是沒完沒了的，沒有終點。

・「どんな人と結婚したいの？」「そうね。お金持ちで、背が高くて、ユーモアがあって、料理ができて、条件を挙げればきりがないね。」

「你想跟怎樣的人結婚啊？」「這個嘛。要很有錢，然後身高很高，有幽默感，會做飯，要列條件的話列不完耶。」

・「『ヒロシのお城』の最終回見た？何を伝えたかったのか全然理解できなかったよ。」「俺もだよ。突っ込みどころを探したらきりがないね。」

「你看了『Hiroshi 的城堡』最後一集了嗎？到底要傳達什麼，我完全無法理解耶。」「我也是阿，如果要找吐槽點真的找不完。」）

・元カレの良いところを言い出したらきりがない。

如果要說前男友的優點，真的多到說不完。

・欲を言えばきりがないが、もう少し大きい家に住みたい。

雖然想要的東西很多說不完，但希望能住稍微大一點的房子。

日文句型 ⑬ 〜に難くない 🎧061

動詞辭書形 / 名詞＋難くない

「かたい」漢字是「難い」，是「難しい」更硬更古風的說法，只用於文言文型中，如在 **N2** 篇學過的「〜がたい（難以〜）」。此文型看字面可知道意思為<u>不難〜</u>，由於為古代留存的說法前方可直接連接動詞辭書型，「難い」常寫成假名。

・一夜にして全財産を失った彼の心境は、想像（する）<u>にかたくない</u>。

　一夜失去所有財產的他，其心境不難想像。

・音痴であるヒロシが台北アリーナでコンサートを開くそうだ。どんな評価を受けるかは、推測（する）<u>にかたくない</u>。

　音癡 Hiroshi 聽說要在台北小巨蛋開演唱會了，會受到怎樣的評價不難推測。

・彼氏に浮気され、婚約解除された彼女のショックは理解（する）<u>にかたくない</u>。

　被男友外遇，又被取消婚約的她，其衝擊不難理解。

・戦争で家を失い、家族と離れ離れにならざるを得なかった人々の苦境は、察する<u>にかたくない</u>。

　因為戰爭失去自己的家，又不得不與家人分離的人們，其困境不難推測。

・AIがさらに発展していけば、多くの仕事が取って代わられることは想像<u>にかたくありません</u>。

　若 AI 持續發展下去，會有很多工作被取代這件事不難想像。

> 各詞性的常體（な形容詞及名詞現在肯定加な）＋のではあるまいか／名詞
> ＋ではあるまいか

「まい」N2介紹過，是否定意向形「ないだろう」的意思，而「なかろう」是「ない」
的意向形。兩種意向形均表示推測，可用作陳述說話者的推論或婉轉陳述主張。此句
型是否定文，但其實是反語用法（不是嗎？難道不會嗎？），傳達的意涵是肯定的（應
該～吧、可能～吧）。

・ 年金改革に反対する人も多い<u>のではあるまいか</u>。

反對年金改革的人應該也很多吧？

・ もっと説得力のある公約を打ち出さない限り、与党が次回の選挙で勝つのは
難しい<u>のではあるまいか</u>。

若不提出更具說服力的政見，執政黨要在下次的選舉中選贏應該很難吧。

・ こんな大掛かりな犯罪が一従業員による犯行だなんてどうしても考えにく
い。誰かが裏で糸を引いている<u>のではあるまいか</u>と私は思う。

這麼大規模的犯罪居然是一名員工的犯行，這真的很難想像。我覺得應該有幕後黑手。

・ 国民の声に耳を傾けるのは、政府の責任な<u>のではなかろうか</u>。

傾聽人民的聲音不應該是政府的責任嗎？

・ 現地の人と交流できれば、旅行の楽しさも倍増する<u>のではなかろうか</u>と思
い、その土地の言葉を学びました。

想說可以跟當地人交流的話，旅行的樂趣應該也會加倍，所以學了當地的語言。

Level UP

因為此句型相當生硬，只用於極端正式的場合或是書面語、論文上。口語有以下替代說法，「の」口語可換成「ん」；「では」可換成「じゃ」。也可省略最後語尾儘抬高語調「〜のでは↗？」

★〜のではないか（〜んじゃないか）／〜のではありませんか（〜んじゃありませんか）／〜のではないでしょうか（〜んじゃないでしょうか）／〜のではないだろうか（〜んじゃないだろうか）

- 観光業界がコロナ禍から回復するのには、もう少し時間がかかる**のではないでしょうか**。

  観光業要從疫情復甦，應該需要再花點時間吧。

- 「社長、うちの残業時間はやや長い**のではないでしょうか**？」「そう？嫌なら辞めればいい**のでは**？」

  「社長，我們公司的加班時間是不是稍長了一點啊。」「這樣嗎？不爽的話你辭職就好了不是嗎？」

- 隣に座ってたイケメンがずっとこっちを見つめてたから、あたしに気がある**んじゃないか**と思ったら、顔に蚊が止まってると言われた。

  坐隔壁的帥哥一直看我這邊，想說是不是對我有意思，結果他跟我說我臉上停了一隻蚊子。

⑮ 〜か否か 🎧063

動詞辭書型／た形＋か否か；い形容詞＋（の）＋か否か；な形容詞＋（である／なの）＋か否か；名詞（である／なの）＋か否か

「否」與中文字意思相同，就是否定的意思。因此本句型為「〜かどうか」較生硬書面的說法，不常用於口語。

・N1 に合格できる<u>か否か</u>は、自分次第だ。１年で合格する人もいるのだから。

　能否考上 N1 完全看自己。因為也有人一年就過了。

・正社員として採用される<u>か否か</u>は、今回の整形手術にかかっている。

　能否被任用為正職員工，完全仰賴這次的整形手術。

・ある作品が盗作である<u>か否か</u>の判断基準について語る前に、まず著作権法によって保護されている著作物の定義を知っておく必要がある。

　在談論某一個作品是否為剽竊的判斷基準之前，首先需要先知道受著作權法保護的著作其定義為何。

・アメリカでは、学校でダーウィンの進化論を教えるべき<u>か否か</u>をめぐって、意見が真っ二つに割れているらしい。

　聽說在美國，針對在學校是否應該教授達爾文的進化論，意見很兩極。

日文句型 ⑯ 〜に（は）忍びない 🎧064

> 動詞辞書形＋に忍びない

來自古文的動詞「忍ぶ」，意思是忍耐。因其遵循類似現代文的第二類動詞變化，其否定不是「忍ばない」而是「忍びない」，「A に忍びない」的意思是<u>做 A 會心痛、無法忍受、不捨、難以如何</u>。

- このコンドームは亡き父の形見なので、捨てる<u>には忍びない</u>。

  這個保險套是已故父親的遺物，所以我不忍心丟掉。

- 旅客機がまたもや墜落した。事故現場の惨状は見る<u>に忍びない</u>。

  客機又墜機了，事故現場慘不忍睹。

- 今回の無差別殺人に関連するニュースは、遺族のことを思うと聞く<u>に忍びない</u>です。

  這次的隨機殺人相關新聞報導，想到受害者家屬就不忍心聽。

- 語る<u>に忍びない</u>のですが、小林君は婚約者に逃げられて落ち込んでいるようでして。

  真的很難啟齒，其實小林君因為結婚對象跑了，所以好像很失落。

古文意向形「む」轉化用法

日文句型①　〜んがため（に）🎧065

> 動詞ない形ない＋んがために、〜；
> 動詞ない形ない＋んがための＋名詞；
> 例外：する→「せ」んがために

「ん」是古代表意向的助動詞「む」變化而來，代表意志或推量。而前方的ない形其實是古文意向形的一部分，並不是否定意涵。舉例來說，「勝つ」的現代文意向形為「勝とう」，但古文是「勝たん」。另外，此句型中的「が」是古文中連接名詞的助詞，與現代文的「の」相近。因此，此句型可拆解為「〜ん（意向）」＋「が（的）」＋「ために（緣故、目的）」，意思為因為某個意向的緣故而如何，此句型其實跟初級學過的「〜のために（為了）」意思一樣，只是更為生硬正式不太用於日常對話中。

- ヒロシ先生は自分の写真集を売らんがために、表紙に裸の写真を載せている。

  Hiroshi 老師為了賣自己的寫真集，在封面放上自己的裸照。

- ヒロシ先生の写真集を買わんがために、先月から食費を削っている。

  為了買 Hiroshi 老師的寫真集，我從上個月就開始節省餐費。

- ファンたちは、ヒロコに一目会わんがために、彼女が泊まるホテルの近くに張り込んでいる。

  粉絲們為了一睹 Hiroko，在她下榻的飯店附近埋伏守候。

- この選挙に勝たんがために、私は手段を選ばない。

  為了贏得這場選舉，我將不擇手段。

- 司法試験に合格せんがために、寝る間も惜しんで勉強している。

  為了考過司法考試，我不惜犧牲睡眠時間念書。

84

- その悪徳政治家は富と地位を<u>得んがため</u>、いろいろな悪事に手を染めたらしい。

  那個缺德政治家為了獲取地位及財富，聽說幹了許多壞事。

- 人間は<u>生きんがために</u>、他人を犠牲にすることもある。

  人類為了生存，有時候也會犧牲別人。

- 戦いで犠牲になった兵士たち、彼らの国を<u>守らんがため</u>の献身に、心より感謝の意を表します。

  對於這些在戰場上犧牲的士兵為了保衛國家的奉獻，我由衷表達感謝之意。

日文句型 ② 〜んばかり 🎧066

> 動詞ない形ない＋んばかりに、〜；
>
> 動詞ない形ない＋んばかりの＋名詞；
>
> 動詞ない形ない＋んばかりだ／んばかりだった。
>
> 例外：する→「せ」んばかり

與前一個句型相同，「ん」是古代表意向的助動詞「む」變化而來，代表意志或推量。而前方的ない形其實是古文意向形的一部分，並不是否定意涵。古文的「〜むばかり」意思為「〜しそうなぐらい（到快要〜的程度）」。所以此句型意思為「好像快要〜似的、眼看就要〜了」。不過至今仍有一派認為此句型其實是「〜ぬばかり（只是沒有做、快做了）」來的，字典解釋也不盡相同。

- 社長は帰れと<u>言わんばかりに</u>、私を睨みつけた。

  社長狠狠瞪了我，像是叫我快滾似的。

- 息子は N1 に合格したと知って、今にも跳び<u>上がらんばかりに</u>喜んでいる。

  兒子知道考過 N1 後，高興到像是快跳起來似的。

- 大金が入ったカバンをひったくられ、死なんばかりに走って、追いついて取り返した。

  装了很多錢的包包被搶，我死命地跑最後追到搶匪並搶了回來。

- 「『ヒロシファミリー』って小説を読んだことある？」「あるある。すごく感動したよ。家族への溢れんばかりの愛が感じられる一作だね。」

  「你有看過『Hiroshi Family』這本小說嗎？」「有阿有阿～我超感動的耶，可以感受到主角對家人那快滿溢出來的愛。」

- 大好きな韓国アイドルと目が合って、天にも昇らんばかりの心地だった。

  跟超喜歡的韓國偶像對到眼，我的感覺就像是快升天一樣。

- 教授がスピーチを終えると、会場から割れんばかりの拍手が沸き上がった。

  教授演講完時，會場響起震耳欲隆的掌聲。

- 長年付き合っていた彼女が既婚者だと知った時、私は悲しくて胸が張り裂けんばかりだった。

  知道長年交往的女友其實是人妻時，我難過到胸口像是快裂開一樣。

- 別れを告げられた智子さんは、今にも泣き出さんばかりだった。

  被提分手的智子一臉就是快哭出來的樣子。

日文句型 ③ ～んとする 🎧067

> 動詞ない形ない＋んとする；例外：する→「せ」んとする

這邊的「ん」一樣是從古文表意向的「む」來的，所以「～んとする」其實與現代文的「～ようとする」類似，代表試圖要去做一件事情。

- 日本語は曖昧な言語で、相手の言わんとすることが汲み取れない場合もある。

  日文是曖昧的語言，有時候也無法理解對方真正想說的話。

- 教師たらんとする者は、知識のみならず、教育への熱意も高くなければならない。（たらんとする＝たる（である）＋んとする）

  要做教師的人，不僅僅知識，也必須對教育有高度熱情。

- 人類の平和と幸福に貢献せんとする我がヒロシ帝国の努力を誤解し、陰で我々の活動を妨害せんとするやつを一刻も早く抹消せねばならない。

  誤解我 Hiroshi 帝國試圖貢獻人類和平與幸福的努力，暗地裡試圖妨礙我們活動的傢伙，必須盡早除去。

日文句型 ④ あらん限り 🎧068

此用法是「ある（有）」＋「む（推量助動詞）」＋「かぎり（限度）」組成，代表現在應該有的最大限度，目前最大的～。

- クマを発見した登山客は、あらん限りの力を振り絞って逃げた。

  發現熊的登山客，使出吃奶的力氣逃跑。

- あらん限りの手段を尽くしたが、患者の命を救うことができなかった。

  已經用盡一切方法了，但還是救不回病患的生命。

日文句型 ⑤ 〜とばかりに 🎧069

> 各詞性的常體（な形容詞、名詞的現在肯定可不加だ）、各種說話內容直接引用＋とばかりに

由「と（引述前方內容）」＋「ばかり（程度）」組成。與「〜と言わんばかりに」意思相近，「**A** とばかりに **B**」表示 **B** 的動作給人的感覺像是 **A** 這樣的內容或程度。

- 一位の選手がゴールの直前で転倒したので、二位の選手はチャンス<u>とばかりに</u>ダッシュした。

  因為跑第一的選手在終點前跌倒，跑第二的選手就好像逮到機會似地開始衝刺。

- 人気歌手ヒロシが登場すると、ファンは「待ってました」<u>とばかりに</u>、大きな歓声を上げました。

  人氣歌手 Hiroshi 登場後，歌迷就像是說著「我們等很久了」似地發出很大的歡呼聲。

- ベッドで横になると、飼っている柴犬は「僕も一緒に寝たい」<u>とばかりに</u>ベッドに飛び乗ってきた。

  我上床躺平之後，飼養的柴犬像是說著「我也要一起睡」似地跳上床來。

- こうなったのは自分のせいじゃない<u>とばかりに</u>、彼は「それは残念だったね」と言ってそそくさと帰っていった。

  他一副變成這樣不是自己的責任似地，說了一句「那真是遺憾」就匆忙回去了。

古文動詞連接的各種型態

＊現在肯定：直接使用動詞辭書型／現在否定：「ぬ」、「ざる」、「ず」

古文中的諺語常會直接使用動詞辭書形來連接助詞，而現在否定可使用三種助動詞：「ぬ」、「ざる」、「ず」。「ぬ」及「ざる」為「ず」的連體形，也就是常用來修飾名詞的形式，但諺語中也常出現在句尾或直接連接助詞。

★現在肯定 🎧070

- 言うは易く行うは難し。

  說起來很容易，做起來很難。

- 聞くは一時の恥、聞かぬは一生の恥。

  問只是一時丟臉，不問就一生丟臉。

- 案ずるより産むが易し。

  事情不像自己擔心的那麼難。

- 私の指示通りに行動するがよい

  就照我指示的行動就好。

★現在否定 🎧071

> 動詞ない形ない＋「ぬ」、「ず」、「ざる」

◎「ぬ」的例子：

- 触らぬ神に祟りなし。

  不接觸鬼神他們就不會作祟；明哲保身、多一事不如少一事。

- 言わぬが花。

  沈默是金。

- 知らぬが仏。

  不知反而幸福。

- 会社の不祥事について聞かれて、社長は知らぬ存ぜぬの一点張りだった。

  被問到公司的醜聞，社長自始至終一味地回答不知道。

Level UP

若「ぬ」前方放的是「ます形」而非「ない形」，意思就變成過去式。

- 風立ちぬ。

  風起（動畫電影名稱）

- 風と共に去りぬ。

  隨風飄逝了（文學名著，中文譯名為飄）

◎「ず」的例子：

- 百聞は一見に如かず。

  百聞不如一見。

- 覆水盆に返らず。

  覆水難收。

- 三十六計逃げるに如かず。

  三十六計走為上策。

- 金に目がくらんで振り込め詐欺の出し子になってしまった。後悔先に立たずだ。

  我雙眼一時被金錢蒙蔽而當了詐騙車手，悔不當初。

◎「ざる」的例子：

- ベテラン通訳者であるヒロシ先生が、通訳業界の知られざる秘密を教えてくださいます。

  資深口譯員 Hiroshi 老師將要告訴我們口譯業界不為人知的秘密。

- 過ぎたるは猶及ばざるが如し。

  過猶不及。

- 働かざる者は食うべからず。

  不工作的人不應吃飯。

- アダム・スミスによると、政府が市場経済に介入しなくても、商品の価格は「見えざる手」によっておのずと調整されるという。

  根據亞當史密斯的說法，就算政府不介入市場經濟，商品的價格也會靠著「看不見的手」自己進行調整。

★過去式 🎧 072

古文中過去式除了可以用「た形」之外，也能使用「き」及「し」兩個助動詞。「し」是「き」的連體形，可用來修飾名詞。現代文中留存的古文為數不多，建議同學可以看到直接記下慣用句或諺語。

◎「た形」的例子：

- 思い立ったが吉日。

  決定要做的日子就是實行的好日子。

- あの森に入ったが最後、もう二度と帰ってこられないだろう。

  進入那片森林後，應該就回不來了吧。

- N1の教科書を買ったはいいが、読まずに本棚の肥やしになっている。

  買了 N1 的教科書是很好啦，但沒有讀一直擺在書架上生灰塵。

◎「き」的例子：

★〜（か）と思いきや

> 常體（名詞、な形容詞現在肯定不加だ）＋か＋と思いきや
> 常體（名詞、な形容詞現在肯定加不加だ均可）＋と思いきや

原以為〜沒想到意外地…。意同「〜かと思ったら」。組成為「思う（想）」＋「き（古文過去式）」＋「や（反語係助詞）」，是古色古香的用法，古文原本的用法為「有想到〜嗎？不，沒想到」。前方也常與疑問詞搭配。

・やっと定時に帰れると思いきや、また残業を命じられた。

　原以為終於可以準時回家了，不料又被命令加班。

・秋になったかと思いきや、今日は夏が戻ってきたような暑さでした。

　我才想說秋天來了，但今天熱到感覺夏天又回來了。

・彼女はハーフなので中国語が上手かと思いきや、片言しか喋れなかった。

　想說因為她是混血兒中文應該很厲害，結果只會說幾句。

・「ヒロシの青春時代」は、タイトルからしてロマンス映画かと思いきや、ホラーだった。

　「Hiroshi 的青春時期」從片名推測以為是浪漫愛情電影，結果是恐怖片。

・妻がトイレから出てこない。何をやっているのかと思いきや、鼻毛を抜いていた。

　老婆一直都沒有從廁所出來。想說她在幹嘛，原來是在拔鼻毛。

★〜ありき

名詞＋ありきで、〜；名詞＋ありきの名詞；名詞＋ありきだ。

結構為「あります」＋「き（表過去的助動詞）」≒「あった」，近代用法為留存意涵，意思是「已經有了〜、以…存在的前提下」。

- 結論<ruby>結論<rt>けつろん</rt></ruby>ありきの<ruby>会議<rt>かいぎ</rt></ruby>を<ruby>行<rt>おこな</rt></ruby>っても、<ruby>時間<rt>じかん</rt></ruby>の<ruby>無駄<rt>むだ</rt></ruby>だ。

  舉辦已經有結論的會議，也只是浪費時間而已。

- <ruby>視聴者<rt>しちょうしゃ</rt></ruby>ありきの<ruby>番組<rt>ばんぐみ</rt></ruby>なので、<ruby>内容<rt>ないよう</rt></ruby>より<ruby>視聴率<rt>しちょうりつ</rt></ruby>を<ruby>優先<rt>ゆうせん</rt></ruby>するべきだろう。

  因為節目都是以有觀眾為前提，所以比起內容，收視率的優先順序更高吧。

- イノベーションに<ruby>成功<rt>せいこう</rt></ruby>する<ruby>人<rt>ひと</rt></ruby>は、<ruby>失敗<rt>しっぱい</rt></ruby>ありきで<ruby>物事<rt>ものごと</rt></ruby>を<ruby>考<rt>かんが</rt></ruby>えると<ruby>言<rt>い</rt></ruby>われています。

  成功創新的人據說都是以失敗為前提來思考事情的。

★類似句型：〜あってこそ、〜あっての〜

- このビジネスは、お<ruby>客<rt>きゃく</rt></ruby>さんありきです。
  ＝このビジネスは、お<ruby>客<rt>きゃく</rt></ruby>さんあってこそです。

  這個生意是有了客人才能成的 / 以有客人為前提。

- ラーメン<ruby>店<rt>てん</rt></ruby>は、お<ruby>客<rt>きゃく</rt></ruby>さんありきのビジネスです。
  ＝ラーメン<ruby>店<rt>てん</rt></ruby>は、お<ruby>客<rt>きゃく</rt></ruby>さんあって（こそ）のビジネスです。

  拉麵店是以有客人為前提的生意。

◎「し」的例子：

- <ruby>東福寺<rt>とうふくじ</rt></ruby>の<ruby>紅葉<rt>こうよう</rt></ruby>が<ruby>有名<rt>ゆうめい</rt></ruby>だと<ruby>聞<rt>き</rt></ruby>いていたので、<ruby>出張<rt>しゅっちょう</rt></ruby>のついでに<ruby>行<rt>い</rt></ruby>ってみたが、<ruby>聞<rt>き</rt></ruby>きしに<ruby>勝<rt>まさ</rt></ruby>る<ruby>美<rt>うつく</rt></ruby>しさだった。

  聽說東福寺的紅葉很有名，所以我就趁出差順便去看看。結果比我耳聞的更美阿！

- どんなに懐かしんでも過ぎ去りし日々はもう戻ってこない。

  不管再怎麼懷念，過去的時光不會回來了。

- 深海より現れし謎の生き物。これはクラゲの一種なんです。（ナレーター）

  從深海中出現的謎樣生物。它其實是水母的一種。（節目旁白）

- 友達や家族が次々とコロナに感染してしまったが、自分だけが感染しなかった。自分が「選ばれし者」であると思っていたら、昨日感染してしまった。

  朋友及家人都陸續感染新冠肺炎病毒，但只有自己沒中鏢。才想說自己是「天選之人」，沒想到昨天就中了。

★已然形的假定：え段音＋ば 🎧073

「え段音（已然形）＋ば」是現代文的假定形常出現的組合，古文中意思是「確定條件」，也就是已經是這個狀態了（已發生），在許多諺語中仍然留存。

- 犬も歩けば棒に当る。

  狗狗走著走著就被棒子打：飛來橫禍（原意）／喜從天降（現代衍生用法）。

- 為せば成る。

  做了的話就會成：事在人為、有志者事竟成。

- 塵も積もれば山となる。

  灰塵累積後就會變成山：積少成多。

- 住めば都。

  住了一段時間之後，就會跟城市一樣方便：久居則安。

*「住めば都」在古文中因為是「已然形＋ば」代表已發生的確定條件不等於「住むなら」。若要表達如果要住的話這種未定的假設，古文中要改寫成未然形的「住まば都（要住的話就選城市）」。

★未然形的假定：あ段音＋ば

說明「あ段音（未然型）＋ば」在古文中的意涵是「假定條件」

- 急_{いそ}がば回_{まわ}れ。

  欲速則不達。

- 寄_よらば大樹_{たいじゅ}の陰_{かげ}。

  要躲雨找大樹：西瓜偎大邊。

- 人_{ひと}を呪_{のろ}わば穴_{あな}二_{ふた}つ。

  詛咒別人就是挖兩個洞：害人就是害己。

- 毒_{どく}を食_くらわば皿_{さら}まで。

  吃毒藥的話，反正要死乾脆把裝毒藥的盤子也舔一舔：一不做二不休。

★古文及現代文中有些動詞形式不同

　　○信_{しん}ずる⇒信_{しん}じる、感_{かん}ずる⇒感_{かん}じる、案_{あん}ずる⇒案_{あん}じる、投_{とう}ずる⇒投_{とう}じる
　　○足_たる⇒足_たりる　　○通_{つう}ず⇒通_{つう}じる　　○助_{たす}く、助_{たす}くる(連體形)⇒助_{たす}ける
　　○忘_{わす}る⇒忘_{わす}れる

- 窮_{きゅう}すれば通_{つう}ず。

  車到山前必有路、船到橋頭自然直。

- 初心_{しょしん}忘_{わす}るべからず。

  勿忘初表。

- 天_{てん}は自_{みずか}ら助_{たす}くる者_{もの}を助_{たす}く。／芸_{げい}は身_みを助_{たす}く。

  天助自助者。／積財千萬不如一藝在身。

- 信頼_{しんらい}に足_たる情報_{じょうほう}を得_えるのは困難_{こんなん}である。

  要得到足以信賴的資訊是很困難的。

日文句型 ① ～ど（も）  074

已然形（え段音）＋ど（も）

動詞已然形加上ど（も）古文中意思是<u>確定條件的逆接</u>，與現代文中的「～ても、～けれども」意思近乎相同，<u>雖然、不管</u>。

- 10 分ぐらい歩いたら着くと言われたが、<u>行けども行けども</u>辿り着かない。

  跟我說走十分鐘就會到，但不管怎麼走就是到不了。

- <u>待てど暮らせど</u>、彼氏からの連絡が来ない。

  不管再怎麼等，男友都沒有聯絡我。

- 言語や文化は<u>違えど</u>、音楽を通してより良い世界に変えようという気持ちは一緒だ。

  雖然語言與文化不同，但想要透過音樂讓世界變成更好的地方的心情一樣。

- 心焉に在らざれば<u>視れども</u>見えず。

  心不在焉，視而不見。

- 武士は<u>食わねど</u>高楊枝。 （食わねど⇒食う的否定已然形＋ど）

  武士為了氣節，儘管不吃飯也會裝作吃飽用牙籤剔牙、打腫臉充胖子。

- 樹静かならんと<u>欲すれども</u>風止まず、子養わんと<u>欲すれども</u>親待たず。

  樹欲靜而風不止，子欲養而親不待。

日文句型 ② 〜といえど（も） 🎧075

> 各詞性常體（な形容詞、名詞現在肯定可不加だ）＋といえど（も）

漢字寫成「〜と言えども」，是「〜と言う」的已然型加上「ども」，因此是逆接的用法，等於「〜と言っても、〜と言うけれど（雖說）」。

・たとえ親友（しんゆう）といえども、打（う）ち明（あ）けられない秘密（ひみつ）もある。

　雖說是好友，但也是有無法說出來的秘密。

・世界（せかい）チャンピオンといえども、調子（ちょうし）がよくなければ一回戦（いっかいせん）で負（ま）けてしまうこともある。

　雖說是世界冠軍，但狀態不好的話也是有可能第一輪就輸球。

・小学生（しょうがくせい）といえど、侮（あなど）れませんよ。彼（かれ）は史上最強（しじょうさいきょう）と言（い）われる囲碁（いご）の天才（てんさい）ですから。

　雖說是小學生，但可不能小看。因為他可是被稱作史上最強的圍棋天才。

・N1試験（しけん）がいくら難（むずか）しいといえども、重要（じゅうよう）な文型（ぶんけい）を把握（はあく）すれば合格（ごうかく）できる。

　不論說 N1 考試有多難，只要掌握重要句型就能考過。

・20年（ねん）経（た）ったといえども、あの日（ひ）のことは鮮明（せんめい）に覚（おぼ）えている。

　雖說已經過了二十年了，但那天的事我還是記得很清楚。

③ ～とはいえ 🎧076

各詞性常體（な形容詞、名詞現在肯定可不加だ）＋とはいえ

漢字寫成「～とは言え」，是上一個句型加上強調對比的「は」，也就是「～とは言えど（も）」省略掉「ど」的結果，與上一個句型一樣都是「雖說～」的意涵。

※ 也有學者認為「とはいえ」是命令形形成的逆接，而不是省略掉「ど」的結果。

- いくら健康のためとはいえ、毎日味もそっけもない健康食品を食べ続けるのは無理だ。

  不管再怎麼說是為了健康，沒辦法每天一直吃索然無味的健康食品。

- 子供向けの本とはいえ、四字熟語がたくさん入っているので外国人には難しいかもしれない。

  雖說是寫給小孩的書，但有很多四字成語，對外國人來說可能很難。

- わざとではないとはいえ、怪我をさせてしまった以上、責任を取らねばならない。

  雖說不是故意的，但既然造成對方受傷，那就必須負責。

- 円安が進んでいて、外国人にとって日本の不動産が買いやすくなったとはいえ、東京都心部の不動産はやはり高すぎる。

  雖說日圓一直貶值，對外國人來說日本不動產變得比較好入手，但東京都心的不動產還是太貴了。

比較

除了上述兩種較文言的用法外，以下的逆接句型同樣也是「雖說」的意思。其中「～とは言っても」較為口語常用於日常生活，而「～と言えども」是所有同義句型中最硬的。

○～と（は）言っても

・N1 で学ぶ硬い表現は日常会話ではあまり使わないとはいっても、使う場面もたくさんあるので、しっかり勉強した方がいい。

雖說 N1 學到的生硬說法日常會話比較不會使用，但仍然有很多場合會使用，還是要好好學比較好。

○～と（は）いいながら（も）

・外見より性格が大事だとはいいながらも、恋人を顔で選ぶ人も多い。

雖說比起外表個性更重要，但用顏值選另一半的人也很多。

○～と（は）いうものの

・「人は見かけによらず」とはいうものの、他人を外見で判断しがちだ。

雖說人不可貌相，但人容易用外表判斷他人。

日文句型

④ こそすれ／こそあれ 〔077〕

> 動詞ます形／する名詞＋こそすれ；名詞＋でこそあれ；な形容詞＋でこそあれ；
> い形容詞＋くこそあれ；動詞ます形／名詞＋こそあれ

「こそ」有強調前語的特性，「すれ」及「あれ」分別是「する」及「ある」的已然形（古文こそ後方接已然形），在古文當中就相當於「するが、するけれども」及「あるが、あるけれども」的逆接語氣，也就是強調對前方內容的肯定，並否定後方內容。現代文中也會使用，但語氣相當生硬正式。

- あなたには感謝こそすれ、恨んだりしませんよ。

  我對你只有感謝，才不會恨你呢。

- ヒロシ社の株価は上がりこそすれ、下がることはないだろう。

  Hiroshi 公司的股價只會上漲，應該是不會下跌吧。

- ヒロシ政権の支持率は上昇こそすれ、低下することはまずありません。

  Hiroshi 政權的支持率只會上升，應該是不會下降。

- 価格競争は我が社にとって不利益でこそあれ、メリットはない。

  價格競爭對我們公司來說只有不利，沒有好處。

- その2人は男女の違いこそあれ、外見は瓜二つだ。

  那兩人除了男女性別不同外，外貌根本一個模子刻出來的。

- 文法的な間違いこそあれ、立派な作文だ。

  雖然有文法錯誤，但是很棒的一篇作文。

Level UP

其他こそ相關句型

★～こそ…が、…

名詞＋こそ…が…

強調前面的東西的確是這樣沒錯，但後面的內容卻是如何的意思。「今でこそ…が、～」為慣用句型，代表「今非昔比，現在的確是這樣但以前不是」。

・見た目こそ悪いが、このケーキはおいしいよ。

　外表是看起來很難看沒錯，但這個蛋糕很好吃喔。

・あの作家は作品数こそ少ないが、どの作品も高く評価されている。

　那個作家的作品數確實有點少，但每一件作品都獲得高度評價。

・今でこそ同性愛者が広く認められているが、昔は忌み嫌われる存在だった。

　現在同志的確受到廣泛認同，但以前是人人喊打的存在。

★～ばこそ

動詞ば形＋こそ；い形容詞～ければ＋こそ；
な形容詞、名詞～であれば＋こそ；

此處「こそ」強調的是前面「已然形＋ば」形代表的確定條件，意思為「正因為～才」，與「～からこそ」意涵相似。注意な形容詞及名詞必須使用「～である」的ば形。

・彼の将来を思えばこそ、厳しく叱ったんだよ！

　正是因為想到他的未來，才嚴厲斥責。

・おいしければこそ、客がひっきりなしに来るんですよ。

　正是因為好吃，客人才會絡繹不絕的來。

・体が健康であればこそ、自分の夢に向かって進めるのです。

　正因為身體健康，才能朝著自己的夢想邁進。

- 少人数クラスであればこそ、学生一人一人のニーズに合わせて授業を行うことができます。

  正因為是小班制，才有辦法依據每一位學生的需求進行授課。

- この本を無事に出版できたのは、皆さんのご支援、ご協力があればこそです。

  這本書可以順利出版，都是因為有各位的支援及幫助。

日文句型 ⑤ たかが～、されど～ 🎧078

> たかが＋名詞A、されど＋名詞A

「たかが」是只不過的意思，而「されど」是「然り（是那樣）」的已然形加上「ど」，因此是逆接的用法。整句意思為：只不過是～，但雖然是那樣（仍然不可小覷、有時還是很重要、仍有它的價值。

- たかが1円、されど1円。

  雖然只是1日圓，但也不能小看這1日圓。

- たかがコロナ、されどコロナ。

  雖然只是新冠肺炎，但也不能小看新冠肺炎。

- たかが10分、されど10分。毎日10分であなたの英語力がアップする！

  雖然只是十分鐘，但也不能小看這十分鐘。每天花十分鐘你的英文能力就會提升。

日文句型 ⑥ ～であれ、～であろうと、～であろうが

079

名詞＋であれ／であろうと／であろうが

表斷定的「である」變成意向形的「であろう」後再加上「と」或「が」，這個我們在 N2 篇學過是逆接的意涵，而變成命令形「であれ」後一樣具備逆接的意涵，所以這三個都等同於「～であっても」。

・たとえ中国語のネイティブであれ、漢字を間違えることがある。

即使是中文母語者，也會有搞錯漢字的時候。

・理由は何であれ、ヒロシ国王の昼寝を邪魔した人は国外追放される。

不管理由為何，吵到 Hiroshi 國王睡午覺的人將被驅逐出境。

・私はどこであれ熟睡できるので、長距離バスに乗るのも苦ではない。

我不管到哪裡都可以熟睡，所以搭長途巴士也不覺得苦。

・相手が誰であろうと、自分のベストを出せれば勝てると思う。

我想不管對手是誰，只要拿得出自己最好的表現就能獲勝。

・国王であろうが誰であろうが、この俺様の前では皆しもべだよ。

不管是國王還是誰，在本大爺面前大家都是僕人。

日文句型 ⑦ 〜はともあれ 🎧080

名詞＋は＋ともあれ

「ともあれ」是由「とあり」的命令型加上係助詞「も」組成的，代表逆接含意，相當於「ともかくとして」、「どうあっても」。此句型意思是「〜就先別管了，不管怎樣總之〜」。

- 何はともあれ、卒業おめでとうございます。いよいよ社会人ですね。

  不管怎樣，總之恭喜畢業。很快就要出社會了呢。

- 何はともあれ、無事でよかった！連絡がなかったから、めっちゃ心配したよ。

  總之沒事太好了！因為都沒聯絡，我超擔心的。

- 結果はともあれ、最後まで頑張ったから悔いはない。

  不管結果為何，已經拚到最後了所以沒有遺憾。

古文形容詞的各種型態

形容詞 ① ～し 🎧081

古文中形容詞「終止形」以「し」結尾。

- 青は藍より出でて藍より青<u>し</u>。

  青出於藍更甚於藍。

- 灯台もと暗<u>し</u>。

  燈台下方是暗的：當局者迷。

- 帯に短し襷に長<u>し</u>。

  拿來做綁和服的腰帶太短，做綁袖子的繩帶又太長：不上不下。

- 良薬は口に苦<u>し</u>。

  良藥苦口。

- 恨め<u>し</u>や。（うらめし＋や 感嘆）

  鬼魂台詞：我恨呀！

形容詞 ② ～からず 🎧082

與肯定終止形相反，否定時用形容詞未然形「～から」＋「ず」。

- 驕れる者久し<u>からず</u>。

  驕者必敗。

- 山高きが故に貴<u>からず</u>。

  並不是山高就可貴：不僅僅表面，也必須要有內涵

- 当たらずと雖も遠<u>からず</u>。

  雖不中，亦不遠矣。

- 彼を知り己を知れば百戦殆<u>からず</u>。

  知己知彼，百戰不殆。

形容詞 ③ ～からぬ 🎧083

「～からぬ」為「～からず」的連體形，後方可以修飾名詞

- 洪水によって、少な<u>からぬ</u>人が避難を強いられました。

  因為洪水，不少人被迫避難。

- あいつはまたよ<u>からぬ</u>ことを企んでいるかもしれない。

  那傢伙可能又在策劃一些不好的事情。

- 10月らし<u>からぬ</u>暑さが続いておりますが、いかがお過ごしでしょうか。

  不像十月的酷暑持續著，不知道您過得好嗎？

- そんなことをしたら、先生が怒るのも無理<u>からぬ</u>ことだ。

  如果做那種事情，那老師會生氣也是理所當然。

形容詞 ④ ～かろう 🎧084

古文的推測形將「い」換成「かろう」。文法上是古文的未然形「～かろ」加上推測的「う」。

- 安<u>かろう</u>悪<u>かろう</u>。

  很便宜的話品質應該也很差吧：一分錢一分貨。

- 早<u>かろう</u>悪<u>かろう</u>。

  工作做那麼快應該品質很差吧。

- 京都は私にとって第二の故郷と言ってもよ<u>かろう</u>。

  京都對我而言說是第二個故鄉應該也不為過。

- 事故で娘を失った部長はさぞ悲し<u>かろう</u>。

  因為車禍失去女兒的部長，想必一定很難過吧。

形容詞 ⑤ 〜かれ（〜くあれ）

古文的命令型語尾是「かれ」，代表一種希望的語氣。

- 良<u>かれ</u>と思って後輩に注意したら、かえって逆恨みをされてしまった。

  希望學弟好才提醒他，卻反而招來他的怨恨。

- 彼は事な<u>かれ</u>主義だから、見て見ぬふりをするのだろう。

  他向來多一事不如少一事，所以應該會視而不見吧。

- ご参加くださった皆様に幸多<u>かれ</u>と願っています。

  我祝福今天參加的各位之後幸福美滿。

形容詞 ⑥ 〜かれ〜かれ

將古文的命令型連續用於兩個形容詞，則代表不管是哪一個的意思。

- 面接の結果が良<u>かれ</u>悪し<u>かれ</u>、受け入れるしかない。

  無論面試的結果是好是壞，也只能接受。(古文中良し的相反是悪し)

- 生きていると、誰でも多<u>かれ</u>少な<u>かれ</u>悩みを抱えているものだ。

  只要活著，任誰或多或少都有煩惱。

- 諦めなければ、遅<u>かれ</u>早<u>かれ</u> N1 に合格すると思うよ。

  只要不放棄，我想早晚都會過 N1 的啦。

形容詞
⑦ 形容詞〜して 🎧087

古文形容詞要連接後句時，需要使用連用形「〜く」加上接續助詞「して」，代表在某個狀態下。

- 船頭多く<u>して</u>船山に上る。

  船長太多船開到山上去：指揮的人太多反而壞事。

- 水清く<u>して</u>魚住まず。

  水至清則無魚。

- 彼は不慮の事故で、若く<u>して</u>死んだ。

  他因為意外的事故，很年輕就走了。

- 君の愛なく<u>して</u>僕は生きられない。

  沒有你的愛我就無法活下去。

其他古文形式句型

日文句型 ① 〜言わずもがな 〔088〕

由言わず（言う的否定連用形）＋もがな（表達希望的終助詞）所組成，意思是<u>不說</u><u>比較好</u>，或是<u>不用說</u>。

- 感情的になって、つい<u>言わずもがな</u>のことを言ってしまった。

  一時情緒化，不小心說出不該說的話。

- ヒロシ先生が日本語教師の中で一番のイケメンであることは、<u>言わずもがな</u>だ。

  在日文教師之中最帥的是 Hiroshi 老師這件事是不用說的。

- <u>言わずもがな</u>、花火大会の会場付近は大混雑になるので、少し離れた穴場スポットから花火を見た方がいいと思うよ。

  煙火施放點附近一定會非常擁擠不用說，我想從稍微有點距離的秘密景點來看煙火比較好。

日文句型 ② 〜至れり尽くせり 〔089〕

由「至る（到達）」及「尽くす（盡）」這兩個動詞的已然形加上完成的助動詞「り」，表達已經到達極致了，無微不至無可挑剔。

- 日本滞在中は<u>至れり尽くせり</u>のおもてなしをいただき、本当にありがとうございました。

  待在日本時受到您無微不至的招待，真的非常感謝。

- さすが５つ星ホテルだけあって、サービスは<u>至れり尽くせり</u>だったよ。

  真不愧是五星級飯店，服務十分周到。

日文句型 ③ ～しも 🎧090

「しも」有強調前語的功能（不管～都），也有部分否定的意思（也不一定～）。

・人は誰しも叶えたい夢を抱いている。

　　人不管是誰都懷抱有想實現的夢想。

・イケメンと結婚しても必ずしも幸せな人生が送れるわけではない。

　　就算跟帥哥結婚，也不一定就能過幸福的人生。

・N1合格の可能性は無きにしも非ずだ。（～に非ず＝ではない）

　　N1合格的可能性並不是完全沒有。

日文句型 ④ ～はまだしも／～ならまだしも 🎧091

> 常體（名詞及な形容詞不需だ）＋は／なら＋まだしも

「まだしも」是「まだ（還）」加上「しも（強調前語）」的說法，「AならまだしもB」意思是「如果是A的話那還說得過去，B就真的不太能接受」。

・友達はまだしも、見ず知らずの人に個人情報を教えるわけにはいかない。

　　朋友就算了，我沒辦法將自己的個資告訴素不相識的人。

・一回だけならまだしも、何度も同じことを言われたらイライラする。

　　只有一次的話就算了，同樣的事講好幾遍真的會很煩躁。

・小学生ならまだしも、大人が分数の足し算ができないなんて信じられない。

　　小學生還說得過去，大人居然不會分數的加法太難以置信了。

・初心者ならまだしも、プロがあんなミスを犯すはずはない。

　　初學者還說得過去，專家不可能犯那種錯誤。

- 優良株に投資する<u>ならまだしも</u>、本物かどうかもわからない宝石を買うなんてリスクが高すぎるよ。

  如果是投資績優股就算了，把錢拿去買那些不知真假的寶石風險也太高了吧。

日文句型 ⑤ ～ならいざしらず 🎧092

各詞性常體（な形容詞、名詞現在肯定不加だ）＋いざしらず，其中以名詞接續最常見。

「いざしらず」是由「いさ（感嘆詞，嗯會是怎樣呢？）」與「知らず（不知）」組合而成的（いさ後來與いざ混用），與「～ならまだしも」、「～はさておき」、「～はともかく」意思相近，意為<u>如果是～那不知道、情由可原、就姑且不談</u>。

- 億万長者<u>ならいざしらず</u>、ローンを組まずに家を買う人はまずいない。

  億萬富翁姑且不論，應該沒有人不貸款買房吧。

- 小学生<u>ならいざしらず</u>、大学生が自分の名前を漢字で書けないなんて情けないと思わないの？

  小學生的話就算了，大學生不會用漢字寫自己的名字不覺得丟臉嗎？

- 何か後ろ盾がある<u>ならいざしらず</u>、大した貯金もないのに、いきなり会社を辞めてフリーランサーになるなんて、無謀すぎるよ。

  如果有什麼後盾的話就另當別論，沒有多少存款就突然辭掉工作當自由業者，這實在太魯莽了。

- 知らなかったの<u>ならいざしらず</u>、何もかも知っていながら警察に教えないなんてどういうつもりなんだ？

  不知道就算了，你什麼都知道卻不告訴警察到底是想怎樣？

- 30 年<ruby>前<rt>ねんまえ</rt></ruby><u>はいざしらず</u>、<ruby>監視<rt>かんし</rt></ruby>カメラがいたるところに<ruby>設置<rt>せっち</rt></ruby>されている<ruby>現代<rt>げんだい</rt></ruby>では、クーデターを<ruby>起<rt>お</rt></ruby>こすのはほぼ<ruby>不可能<rt>ふかのう</rt></ruby>だ。

  30 年前的話姑且不說，在到處都設有監視器的現代要發動政變幾乎不可能。

6 ～も 〔093〕

> 辞書形／ない形＋も

古色古香的用法，仍用於較生硬正式的文章或語境中，相當於「～ても」「～けれども」等逆接用法。

- <ruby>国家<rt>こっか</rt></ruby><ruby>試験<rt>しけん</rt></ruby>に<ruby>再度<rt>さいど</rt></ruby><ruby>挑戦<rt>ちょうせん</rt></ruby>する<u>も</u>、また<ruby>不合格<rt>ふごうかく</rt></ruby>だった。

  雖然再次挑戰國考，但又是沒考上。

- <ruby>敵<rt>てき</rt></ruby>のアジトに<ruby>潜入<rt>せんにゅう</rt></ruby>する<u>も</u>、<ruby>正体<rt>しょうたい</rt></ruby>がバレて<ruby>人質<rt>ひとじち</rt></ruby>に<ruby>取<rt>と</rt></ruby>られてしまった。

  儘管潛入了敵人的大本營，但身分曝光被抓去當人質了。

- <ruby>人気<rt>にんき</rt></ruby><ruby>芸能人<rt>げいのうじん</rt></ruby><ruby>鼻毛<rt>はなげ</rt></ruby><ruby>長<rt>なが</rt></ruby>、ヒロシ<ruby>先生<rt>せんせい</rt></ruby>との<ruby>交際<rt>こうさい</rt></ruby><ruby>認<rt>みと</rt></ruby>める<u>も</u><ruby>同棲<rt>どうせい</rt></ruby>は<ruby>否定<rt>ひてい</rt></ruby>。（タイトル）

  人氣藝人鼻毛長，承認與 Hiroshi 老師交往但否認同居。(新聞標題)

★也常用於並列或是「～も何も」這樣的句構中，現代文通常會名詞化。

- <ruby>結婚<rt>けっこん</rt></ruby>する<u>も</u>しない<u>も</u><ruby>私<rt>わたし</rt></ruby>の<ruby>自由<rt>じゆう</rt></ruby>だ。お<ruby>前<rt>まえ</rt></ruby>にとやかく<ruby>言<rt>い</rt></ruby>われる<ruby>筋合<rt>すじあ</rt></ruby>いはない。

  要不要結婚是我的自由，沒理由要被你說三道四。

- <ruby>信<rt>しん</rt></ruby>じる<u>も</u><ruby>信<rt>しん</rt></ruby>じない<u>も</u>あなたの<ruby>勝手<rt>かって</rt></ruby>ですが、あなたの<ruby>前世<rt>ぜんせ</rt></ruby>はオランウータンでした。

  信不信隨你，你前世是紅毛猩猩。

- 「ヒロさん、ヒロシの<ruby>大冒険<rt>だいぼうけん</rt></ruby>って<ruby>映画<rt>えいが</rt></ruby><ruby>知<rt>し</rt></ruby>ってる？」「<ruby>知<rt>し</rt></ruby>ってる<u>も</u><u>何<rt>なに</rt>も</u>。<ruby>僕<rt>ぼく</rt></ruby>が<ruby>出演<rt>しゅつえん</rt></ruby>した<ruby>映画<rt>えいが</rt></ruby>だよ。」

  Hiro 桑，你知道 Hiroshi 的大冒險這個電影嗎？哪有什麼知道不知道的 (當然知道啊)，那是我演的電影耶。

重點文法②
非古文
必考文法

表示根據、依照的相關句型

日文句型 1　〜に即して 🎧094

名詞＋に即して、〜／名詞＋に即した＋名詞

「A に即する」意思是「完全貼合 A、符合 A」，所以「A に即して B」指的是「照著 A 來做 B」，與前面介紹的「〜に基づいて」意思非常相近。此句型使用在較正式生硬的場合，若使用連用中止形「〜に即し」語氣則變得更加生硬。修飾名詞時使用「た形」即可。若前方內容為法律或規範等，一般漢字會使用「〜に則して」。

・そんな古い考え方は今の時代に即していない。

那種古老的想法，已經不適用於現在這個時代了。

・時代遅れの法律は現実に即して改正、または廃止すべきだと思います。

我認為過時的法律應該要根據現實狀況修法或廢除。

・市場の需要に即し、素早く商品を投入することが大事だ。

依照市場需求快速推出商品很重要。

・顧客の個人情報は法に則して取り扱わなければなりません。

顧客的個資必須依照法律規範來處理。

・憶測ではなく事実に即した報道をしてほしい。

希望不要用臆測，而是做出根據事實的報導。

日文句型 ② ～に則って 🎧095

名詞＋に則って、～／名詞＋に則った＋名詞

「**A に則って B**」意為「以 A 為基準、規範來做 B」。與前面介紹的「～に則して」意思接近。動詞變化方式及連接方式也與「～に則して」相同。

- 犯罪が行われれば、法に則って犯人を裁きます。

  若有犯罪行為發生，則會根據法律來制裁犯人。

- 組織の一員である以上、組織のルールに則って行動しなければならない。

  既然是組織的一員，就必須根據組織的規定來行動。

- わが社は、CSR 行動指針に則り、地域社会に貢献する一方で環境保全活動にも取り組んでおります。

  敝公司遵照企業社會責任行動準則，一方面貢獻區域社會也致力於環保活動。

- SDGs に則った地方創生を実現させることが、我々のミッションです。

  實現符合永續發展目標的地方創生，是我們的使命。

日文句型 ③ ～に準じて 🎧096

名詞＋に準じて、～／名詞＋に準じた＋名詞／名詞＋に準じる（準ずる）＋名詞

「**A に準じる**」或其更文言的動詞「**A に準ずる**」指的是以 A 為根據、基準的意思，其用法與上述句型均非常類似。

- 所得税は、前年の収入額に準じて算出されます。

  所得稅會根據去年的收入計算出來。

- 応募資格や選考基準は、当社の人事採用規定に<u>準ずる</u>ものとする。

  應徵資格及錄取標準遵照本公司的人事採用規定。

- 派遣社員にも正社員<u>に準じた</u>給料が支給されます。

  也會給派遣員工相當於正式員工的薪水。

日文句型 ④ 〜に鑑みて、〜を鑑みて 🎧097

名詞＋に鑑みて／を鑑みて

「A に／を鑑みる」意為「有鑑於 A」，代表因為 A 的狀況考量而如何。

- 今週の土曜日に開催される予定だった「青山柴犬祭り」は、コロナの感染拡大が続く現状<u>を鑑みて</u>延期といたしました。

  原本預定在這週六要舉辦的青山柴犬祭，考慮到新冠疫情持續升溫決定延期。

- 住宅価格の高騰<u>に鑑みて</u>、台湾政府は不動産価格抑制措置を次々と打ち出している。

  有鑑於房價高漲，台灣政府祭出一個又一個的打房政策。

- アンケート調査の結果<u>を鑑みて</u>、来月開催するイベントは入場無料とします。

  有鑑於問卷調查的結果，決定下個月舉辦的活動將免費入場。

日文句型 ⑤ ～に照らして 🎧098

名詞＋に照らして～／名詞＋に照らした＋名詞

「Aに照らす」表示與 A 這個基準比較、參照的意思。可以從「照」這個漢字來進行聯想。

・前例に照らして、制裁の対象は国内の資産が凍結される。

依照前例，制裁對象的國內資產將會被凍結。

・自分の経験に照らして、卒業生に人生についてのアドバイスをした。

依照自己過去的經驗，給了畢業生一些有關人生的建議。

・製品はすべて国際基準に照らした検査を実施してから出荷します。

產品均會實施符合國際規範的檢查後，才進行出貨。

日文句型 ⑥ ～を踏まえて 🎧099

名詞＋を踏まえて、～／名詞＋を踏まえた＋名詞

「Aを踏まえる」原意為「踏在 A 上面」，「Aを踏まえて B」引申為「以 A 為前提基礎、根據，來進行 B」的意思。相關的動詞型態及連接方式均與前面幾個文型相同。

・実際の状況を踏まえて、計画を練っていかなければなりません。

必須要根據實際的狀況，來擬定計畫。

・先日の脱線事故を踏まえ、安全性を向上させた新型車両を投入した。

有鑑於先前列車的出軌事故，投入了提升安全性的新型車廂。

- アンケート調査の結果を踏まえた報告書を作成してください。

  請根據問卷調查的結果製作報告。

- 外国人労働者が増えていることを踏まえ、市は多言語での相談窓口を設置した。

  因應外勞數量應加，市政府設置了多語言的諮商窗口。

表示一如何就如何的句型

① 〜や否や 🎧100

動詞辭書形＋や否や

「や」這個助詞表示「幾乎同時、馬上就」的意思。因此「〜や否や」表示「前項事件一發生馬上就緊接著發生下一件事」，跟「〜かないかのうちに」概念很像，表示就在前項事件發生的短暫瞬間馬上就如何。後方通常是<u>已發生的非預期、意外事件</u>，不會放未來事件、意志內容、請求內容、自己的動作、或否定內容。

・息子は家に着く<u>や否や</u>、テレビを見始めた。

　兒子一到家就開始看電視。

・コンサートが始まる<u>や否や</u>、舞台から爆発音が聞こえてきた。

　演唱會一開始，就聽到舞台傳來爆炸聲。

・先生が教室を出る<u>や否や</u>、佐藤さんは筆箱からカンニングペーパーを取り出した。

　老師一出教室，佐藤馬上從鉛筆盒裡拿出小抄。

・不祥事が発表される<u>や否や</u>、A社の株価は暴落した。

　醜聞一被爆出來，A公司的股價馬上暴跌。

② 〜が早いか 🎧101

動詞辭書形＋が早いか

「A が早いか B」從字面上理解是「A 這件事真的有比較早嗎？」意思是「本來 A 應該是要比較早，但結果跟 B 幾乎同時；才剛 A 就 B 了」。此句型也是描述已發生的事實（只有過去式），較生硬屬於書面用語，後方不會放個人意志內容及請求、命令、願望及否定論述。

- おばさんは、デパートに着くが早いか、バーゲンセールの会場に駆け込んだ。

  阿姨才一到百貨公司，就衝到特賣會場了。

- 娘は勉強で疲れたのか、ベッドに入るが早いか、眠ってしまった。

  不知道女兒是否因為唸書太累，一躺上床就睡著了。

- チャイムを聞くが早いか、小林さんは弁当を取り出して食べ始めた。

  小林一聽到鐘聲，就拿出便當開始吃。

- 野良猫をいじめていた子供たちは私に気付くが早いか、一目散に逃げていった。

  欺負野貓的小孩們一發現我，就飛快地逃走了。

☞ 請注意，後方一定是某人的意志行為，通常不會是自然現象。

- 家を出るが早いか、雨が降り出した
  →家を出たとたん、雨が降り出した。

  一出門就開始下雨了。

日文句型 ③ ～なり 🎧102

動詞辭書形＋なり

「**A なり B**」指的是 **A** 之後馬上就發生 **B**，幾乎沒時差。後方是單純已發生事實的論述（只有過去式），不會有自己的意志論述、命令、請求、否定等內容。另外，通常 **B** 的內容是帶有意外性的，不會使用在自己的動作上。

- 姉の息子は私の顔を<u>見るなり</u>泣き出した。

  姊姊的兒子一看到我的臉，就哭了起來。

- 彼女は私が作った料理を一口<u>食べるなり</u>、まずいと大きな声で言った。

  她吃了一口我做的菜，就大聲說了一句好難吃。

- 指名手配中の犯人は、パトカーに<u>気付くなり</u>慌てて逃げだした。

  通緝中的犯人，一發現警車就慌張地逃跑了。

- 父は事故の知らせを<u>聞くなり</u>、血相を変えて家を飛び出した。

  爸爸一聽到事故的新聞，就臉色大變地衝出家門。

日文句型 ④ ～そばから 🎧103

動詞辭書形／た形＋そばから

「**A そばから B**」指的是「每次才剛 **A** 完就發生 **B**，完全白費努力」，多用在不好的事情上，常帶有說話者對於某種狀況一直反覆的無奈或不滿。

- 新しい単語を覚える<u>そばから</u>すぐに忘れてしまうので、英語はなかなか上達しない。

  單字才剛背起來馬上又忘了，所以英文總是很難進步。

- 姉はダイエットすると言ったそばから、またケーキを食べている。

  姊姊才剛說要節食減肥，馬上又在吃蛋糕。

- 息子は「真面目に勉強する」と言っているそばから、またゲームをしている。

  兒子才剛說要認真念書，就又在玩遊戲了。

- 服を洗濯するそばから、息子が汚してしまうので参った。

  一洗完衣服兒子馬上就弄髒，真是受不了。

★通常帶有反覆性，不會用在一次性的事件上，且通常前後事件具有正負抵消的感覺。

- 新しいパソコンを買ったそばから、故障してしまった。（×）

  →パソコンを買ったそばから、息子が壊してしまうので困る。（○）

  才剛買了電腦兒子就把它弄壞真的很困擾；過去也曾發生過。

特殊助詞用法

日文句型 ① をも、もが 🎧104

名詞＋をも／もが、〜

「も」加在受格助詞「を」或主格助詞「が」上，表示強調含意。常翻成「連〜也〜（をも）、不管是〜也〜（もが）、多達〜（もが）」，常用於正式拘謹的文章或場合中，一般口語使用「も」及「でも」即可。

- 土石流は家屋をも破壊してしまうほどの力があるので、山間部の住民は気を付けなければなりません。

  土石流具有連房屋都能破壞的力量，所以住在山區的民眾要小心。

- 「二兎を追う者は一兎をも得ず」と言うから、受験するなら歌手のオーディションは諦めて勉強に専念した方がいいよ。

  俗話說「追逐兩隻兔子的人一隻都得不到」，所以要考試的話最好放棄歌手的試鏡專心唸書比較好。

- 女装したヒロシは、男性のみならず女性をも魅了してしまう。

  男扮女裝的 Hiroshi，不僅男性連女性也能使之著迷。

- 誰もが一度は経験したことがある口内炎。今回は、口内炎の正しい治し方をご紹介したいと思います。

  不管是誰都至少經歷過一次嘴巴破。這次，要跟大家介紹嘴巴破的正確治療方式。

- 調査によると、毎年何十万人もが交通事故で命を落としている。

  根據調查，每年都有多達數十萬人死於交通事故。

日文句型 ② AにB 🎧105

名詞 A ＋に＋名詞 B；動詞 A ます形ます＋に＋動詞 B

代表一種疊加或組合的概念。若前方放上動詞ます形，代表程度之高、反覆～、～了又～。

- 朝ご飯はいつもサラダにヨーグルトです。

  我早餐總是吃沙拉配優格。

- ポケモンが好きなので、いつもピカチュウのＴシャツにジーンズという恰好で出勤している。

  因為我很喜歡寶可夢，所以總是穿皮卡丘Ｔ恤加牛仔褲上班。

- 割れ鍋に綴じ蓋ということわざがあるように、私と妻はお互い完璧ではないけれど、相性がいいんです。

  就如同破銅配爛鐵這句諺語，我跟老婆彼此雖然不完美，卻很合得來。

- 待ちに待った彼氏との初めての海外旅行だから、もうワクワクして仕方がない。

  與男友第一次的海外旅遊已經等了超久，所以一整個期待到不行。

- 続きまして皆さんにご紹介するのは、最近売れに売れているヒロシ先生の写真集です。

  接著要向各位介紹的是，最近賣到翻掉的 Hiroshi 老師寫真集。

- 歌手になるかお笑い芸人になるか、迷いに迷って歌手の道を選んだ。

  到底要當歌手還是搞笑藝人，迷惘了許久最後選擇了歌手之路。

- 困難な選択だったが、考えに考えた末に今の仕事を辞めて起業することにした。

  雖然是很困難的選擇，想了又想後決定辭掉目前的工作自己創業。

日文句型 ③ ～に～を重ねる 🎧106

名詞 A ＋に＋名詞 A ＋を重ねる

「重ねる」這動詞是重疊上去的意思，而「に」代表對象，所以此句型代表把某 A 疊加在某 A 上，就是不斷反覆進行某事的意思。A 常常是比較困難或辛苦的事。

- 夫は嘘に嘘を重ねて浮気のことを隠そうとした。

  老公不斷說謊試圖隱藏外遇的事。

- 努力に努力を重ねて、一発で台湾大学に合格できた。

  經過不懈地努力一次就考上了台大。

- 研究に研究を重ねて、不治の病とされているヒロシ病の発症メカニズムを解明した。

  經過不斷的研究，解開了被認為是不治之症的 Hiroshi 病之發病機制。

- 苦労に苦労を重ねて、やっと不老不死の仙薬を手に入れた。

  經過種種辛苦，總算是拿到長生不老的仙丹了。

日文句型 ④ ～には～が 🎧107

動詞 A 辭書形＋には＋動詞 A ＋が

代表確實是這樣沒錯，但是～，前後使用同一個動詞。常與「～てみる」並用，代表是嘗試過如何沒錯但～。「が」口語中可換成「けど」。

- N1試験を受けるには受けるが、あと 2 ヶ月しかないので、受からないと思う。

  我是會考 N1 沒錯，但我覺得剩下兩個月了考不過。

・有名な観光地なので行くには行ってみたけど、霧が濃すぎて何も見えなかった。

因為是有名的觀光地，所以我是有去看看，但霧太濃什麼都看不見。

・読むには読みましたが、難解すぎてさっぱり理解できませんでした。

讀是讀了，但太難懂完全無法理解。

・「彼女いる？」「いるにはいるけど、日の光に弱いらしくて夜にしか姿を現さないんだよ。」

「你有女友嗎？」「有是有啦，但她好像很怕陽光所以只會在晚上現身。」

Level UP

雖然多半會連接動詞，但也存在連接形容詞的情況。

・この城は綺麗には綺麗だが、想像したのとかなり違う。

這座城堡漂亮歸漂亮啦，但跟我想像的差很多。

・あの子は若いには若いけど、性格が暗そうだね。

那孩子年輕是年輕啦，但感覺個性好陰暗喔。

★〜には〜等同於「〜ことは〜」。

・韓国語は話せるには話せるけど、発音が悪くて伝わらないことも多い。
　＝韓国語は話せることは話せるけど、発音が悪くて伝わらないことも多い。

韓文我說是會說啦，但發音不好也常常讓對方聽不懂。

・この物件は安いには安いけど、夜中になるとお化けが出るらしい。
　＝この物件は安いことは安いけど、夜中になるとお化けが出るらしい。

這個物件便宜歸便宜，但聽說到了半夜會有阿飄出現。

★若時態為過去式，前方可放「た形」或「辭書形」。

- 答えを書くには書いたけど、何点取れるかわからない。
  ＝答えを書いたには書いたけど、何点取れるかわからない。

  答案寫是寫了，不知道能拿幾分就是。

日文句型
⑤ 〜や〜 108

数量詞＋や＋数量詞

我們中文說得「一兩個、一兩天」之類的，日文可以使用や連接，代表或者的意思，與「か」作用類似。

- 完璧な人間なんて存在しない。誰でも1つや2つぐらい短所はある。

  完美的人不存在。不管是誰都會至少有一兩個缺點。

- 辞めたければ辞めてしまえ。お前のような従業員が1人や2人辞めても、会社にとっては痛くも痒くもないから。

  想辭職就辭吧。反正像你這種員工走了一兩個對公司來說也不痛不癢。

- ヒロシ島は小さな島だけど、1日や2日では回りきれないよ。

  Hiroshi 島雖然是個小島，但一兩天的時間逛不完啦！

- 1度や2度の失敗でくよくよするな。

  不要因為一兩次的失敗就這麼沮喪。

★有些慣用句中也使用「や」，例如「食うや食わず」意思為「食うか食わないか（吃或是不吃）」。

・戦争で数百万人の難民が食う**や**食わずの生活を強いられている。

　因為戰爭有數百萬難民被迫過著有一餐沒一餐的生活。

・嫌われ者の部長が帰ると、パーティーは飲め**や**歌えの大騒ぎになった。

　討人厭的部長回去後，派對就變成又喝又唱的喧鬧場面。

日文句型 ⑥ 〜やしない、〜ゃしない 🎧109

動詞ます形ます＋や＋しない

強烈否定，代表<u>絕對不會如何</u>、才不會如何。有時帶有主觀性的不滿。此用法來自於否定強調的「〜はしない」，口語上變音成「〜やしない」，甚至會與前語再音變一次變成拗音。

負ける⇒負けはしない⇒負けやしない

分かる⇒分かりはしない⇒分かりやしない⇒分かりゃしない

行く⇒行きはしない⇒行きやしない⇒行きゃしない

死ぬ⇒死にはしない⇒死にやしない⇒死にゃしない

・俺は最強だ。このレベルの選手には負けやしないよ。

　我是最強的，才不會輸給這種程度的選手呢。

・行きたければ行けばいい。誰も止めやしない。

　想去的話就去，誰都不會阻止你的。

- 「諦めなければ奇跡が必ず起こるから！」「もういいよ。奇跡なんか<u>起こりやしない</u>。現実を受け入れろ！」

  「不放棄的話奇蹟一定會出現的！」。「好了啦。奇蹟絕對不會出現，接受現實吧！」

- 一晩寝ないぐらいでは<u>死にやしない</u>。

  一晚不睡不會死。

- もう帰ろう！誰も<u>来やしない</u>から。

  回家吧！誰都不會來的。

- 僕たちの悩みは、呑気に育ってきたお前なんかには<u>分かりゃしない</u>。

  我們的煩惱，你這種舒舒服服長大的人是無法理解的。

日文句型 ⑦ ～もしない 🎧110

| 動詞ます形ます／名詞＋も＋しない |

強調連做都不做，完全都不如何的意思。常帶有話者不滿的心情。

- 付き合っている彼氏が殺し屋だなんて<u>思いもしなかった</u>。

  想都沒想到交往的男友居然會是殺手。

- <u>食べもしないで</u>、見た目だけで僕の作ったケーキを判断しないでほしい。

  希望你不要吃都沒吃就只用外觀判斷我做的蛋糕。

- <u>調べもしないで</u>、「先生、この単語はどういう意味ですか？」と聞くのはやめてください。

  請不要查都沒查就問「老師這個單字是什麼意思？」

- あいつは<u>ありもしない</u>作り話を吹聴し、私の人間関係を壊そうとしています。

  那傢伙到處亂傳根本不存在的虛構故事，試圖破壞我的人際關係。

- 目の前にいる男性がいきなりマスクを外して吊革を舐め始めた。予想もしなかったその行動に目を疑った。

眼前的男子突然拿掉口罩開始舔吊環，對於那完全沒料到的行動，我整個不敢相信自己的眼睛。

日文句型 ⑧ 〜でもしたら 🎧111

> 動詞ます形ます＋でもしたら、名詞＋でもしたら

「でも」有舉例的意涵，此文型意思為如果發生類似這種事情就〜。

- 今回の検定試験は僕にとって極めて大事だ。万が一、落ちでもしたら交換留学に行けなくなっちゃう。

這次的檢定考對我來說至關重要，萬一沒考過就無法去交換學生了。

- こんなところでタバコを吸うなよ。先生に見られでもしたら、また怒られるぞ。

不要在這邊抽菸啦！被老師看到的話，又要被罵了喔。

- 明日重要な会議があるから、寝坊でもしたら大変なことになる。

明天有重要的會議，萬一睡過頭之類的就糟糕了。

- 練習もほどほどにな。怪我でもしたら元も子もないぞ。

練習也要適可而止啊！受傷之類的話就得不償失了。

日文句型 ⑨ ～からと、～をと、～にと 🎧112

日文中有時為了簡潔，會有不把話說完省略動詞的狀況，此時後方若有其他助詞就會形成助詞連續，以下括號是可省略的部分。

- このゴキブリのぬいぐるみですか？孫へのプレゼントに(しよう)と思って買ったんですよ。

  這個蟑螂玩偶嗎？我想說給孫子當禮物買的。

- 「ヒロシ先生、何で草むらに隠れてるんですか？」「ちょっと昼寝を(しよう)と思って。でも蚊が多くて。」

  「Hiroshi 老師，你怎麼躲在草叢中啊？」「我想說睡個午覺。但蚊子好多喔。」

- 好きな子を夕食に誘ったけど、仕事でちょっと忙しいから(行けない)と断られた。

  我約了喜歡的人吃晚餐，但被以工作有點忙為由拒絕了。

日文句型 ⑩ ～を＋使役動詞 🎧113

有時候使役的對象是身體的一部分，或是一個大主體的其中一部份，可看成是一種他動詞，助詞用「を」。此種用法很廣，除了意圖的動作外，也可能是不小心如何或是自然現象的結果論述。

- この国は治安はいいが、至るところで警察が目を光らせているので緊張感に包まれている。

  這個國家雖然治安好，但因為到處都有警察監視，充滿緊張的氣氛。

- 頭を働かせて、面白い例文を作ろうと努力しています。

  絞盡腦汁，努力創作有趣的例句。

- 今日午後 3 時ごろ、ヒロシ高校野球部の生徒が川に落ちたボールを拾おうとしたところ、足を滑らせて川に転落し、現在も行方不明になっているということです。

  今天下午三點左右，Hiroshi 高中棒球隊的學生在試圖撿拾掉進河裡的球時，不小心失足跌入河中，至今仍下落不明。

- 占い師に「あなたの前世はフライドポテトです」と告げられた彼女は、表情を曇らせて言った。「あたし、男に騙され続けるの？」

  被算命師告知前世是薯條後，她表情一沉說：「我會繼續被男人騙嗎？」
  （阿翰脫口秀笑話，欠炸 = 欠詐）

- うちの胡蝶蘭は、今年も綺麗な花を咲かせるでしょう。

  我家的蝴蝶蘭，今年應該也會開出漂亮的花吧。

- 蒸気機関車は、レールを軋ませながら急斜面を上っていった。

  蒸汽火車一邊在軌道上發出摩擦聲一邊爬上了陡坡。

こと、もの、ところ相關句型

◎こと相關句型

日文句型①　〜ことにしている 🎧114

> 動詞辭書形／ない形＋ことにしている

「〜ことにする」我們之前學過，代表自己決定去做一件事。所以進行式的「〜ことにしている」代表這件事已經是反覆進行的習慣，或是自己正預定要做的事情，代表一種目前的狀態。

- 親戚に「彼女できた？」と聞かれたら、「彼氏ならいるけど」と答える<u>ことにしている</u>。

  被親戚問「有女友了嗎？」的話，我都一律回答「男友的話有喔。」

- 健康のために、カップラーメンは食べない<u>ことにしています</u>。

  為了健康，我平時不吃泡麵。

- 仕事をしたくないときは、会社のトイレに隠れてマッチングアプリをチェックする<u>ことにしている</u>。

  不想工作的時候，我都躲在公司廁所玩交友軟體。

- 知らない人に「あなたは神木隆之介に似てるね」と言われて以来、神木隆之介が出演する映画は必ず見る<u>ことにしている</u>。

  自從被不認識的人說「你長得好像神木隆之介喔」後，只要神木隆之介演的電影我就必看。

- 来年、アメリカに留学する<u>ことにしています</u>。

  我預計明年要去美國留學。

② ～ことになっている 🎧115

動詞辭書形／ない形＋ことになっている

「～ことになる」客觀描述事情的結果。與「～ことにする」不同，這件事情並非自己決定，而是別人、組織、眾人合力決定的結果。因此進行式的「～ことになっている」代表一種留存延續的狀態，可以代表規則、預定計畫、一般的風俗習慣等等。

- この<ruby>学校<rt>がっこう</rt></ruby>では、<ruby>授業中<rt>じゅぎょうちゅう</rt></ruby>は<ruby>携帯<rt>けいたい</rt></ruby>を<ruby>使<rt>つか</rt></ruby>ってはいけない<u>ことになっている</u>。

  這間學校規定上課時不能使用手機。

- この<ruby>国<rt>くに</rt></ruby>では、<ruby>大晦日<rt>おおみそか</rt></ruby>の<ruby>夜<rt>よる</rt></ruby>になるとみんなで<ruby>激辛鍋<rt>げきからなべ</rt></ruby>を<ruby>食<rt>た</rt></ruby>べる<u>ことになっている</u>。

  這個國家只要到了除夕夜，大家就會吃麻辣鍋。

- この<ruby>小学校<rt>しょうがっこう</rt></ruby>には、<ruby>公務員<rt>こうむいん</rt></ruby>の<ruby>子供<rt>こども</rt></ruby>しか<ruby>入<rt>はい</rt></ruby>れない<u>ことになっている</u>。

  這所小學規定只有公務員的小孩才能入學。

- <ruby>明日<rt>あした</rt></ruby>ワハハ<ruby>社<rt>しゃ</rt></ruby>の<ruby>社長<rt>しゃちょう</rt></ruby>と<ruby>会<rt>あ</rt></ruby>う<u>ことになっている</u>。

  明天我要跟 Wahaha 公司的老闆見面。

Level UP

「～ことにする」若前方為過去形接續，代表刻意假裝、認定。因此「～ことになっている」代表目前表面上是這樣的狀態沒錯，但事實上不同。

- さっきの<ruby>話<rt>はなし</rt></ruby>は<ruby>聞<rt>き</rt></ruby>かなかった<u>ことにする</u>。

  剛剛那段話我會當作沒聽到。

- マイクは<ruby>京大<rt>きょうだい</rt></ruby>を<ruby>卒業<rt>そつぎょう</rt></ruby>した<u>ことになっている</u>けど、<ruby>実<rt>じつ</rt></ruby>はただの<ruby>交換留学生<rt>こうかんりゅうがくせい</rt></ruby>だったらしい。

  Mike 表面上是京大畢業的沒錯，但其實好像只是交換學生而已。

日文句型 ③ ～ことがないよう（に） 🎧116

動詞辭書型＋ことがないよう（に）

與「～ないように」意思相似但更正式，代表為了不要發生這種事情而如何。「が」可換成「の」，後方「に」也可以省略。

- 試合でミスをすることがないように、毎日特訓に励んでいる。

  為了不在比賽中失誤，每天都努力特訓。

- このような事故が再び起こることのないよう、再発防止策を策定し、速やかに実行しなければならない。

  為了讓這類事故不再發生，必須擬定防止再次發生的策略並迅速執行。

- 元カノの名前を忘れることがないように、飼い犬に同じ名前を付けた。

  為了不忘記前女友的名字，我將養的狗取了一樣的名字。

- 道に迷うことのないように、あらかじめ行き方を調べておいた。

  為了不要迷路，我先查好了去的方法。

④ ～ことだし、～ 🎧⁽¹¹⁷⁾

> 各詞性常體（な形容詞現在肯定～な／である；名詞現在肯定～の／である）＋ことだし

「し」是一種理由的並列，因此「～ことだし（敬體：～ことですし）」代表從眾多理由中，選出一個簡易的理由（或許不是主要理由），作為後方內容的依據。常使用「～も～ことだし」的句構。

・日も暮れたことだし、そろそろ帰ろうか。

　太陽也下山了，差不多該回去了。

・打ち合わせまでまだ時間があることだし、うちに来て一緒にカップラーメンを食べない？

　離開會還有時間，要不要來我家一起吃泡麵啊？（韓國版的來我家看貓）

・天気もいいことですし、近くの公園を散歩しましょう。

　天氣也不錯，一起去附近公園散步吧。

・試験も終わったことだし、この教科書はネットで売ろうかな。

　一方面考試也考完了，要不要把這本課本在網上賣了呢？

・今日は休日であることだし、小説でも読もうかと思う。

　今天反正也是假日，想說來讀個小說之類的。

★類似句型：〜もあって（か）／〜こともあって（か）

> 名詞＋もあって／名詞修飾形＋こともあって

代表有很多可能因素的情況下，某要素或某件事也是造成後方結果的原因。若為動詞或形容詞，可連接修飾形式名詞こと再連接後句。若不是很確定也可以加上「か」表示自己的推測。

- コロナの影響<u>もあってか</u>、マスクを作る会社の株価が値上がりしている。

  不知道是不是也受到新冠肺炎的影響，做口罩的公司股價一直上漲。

- 建築材料の値上がり<u>もあって</u>、不動産価格は上がり続けている。

  也因為建材價格上漲，不動產價格一直攀升。

- 台湾は海に囲まれている<u>こともあって</u>、外敵から攻められにくいと言われている。

  也因為台灣被海環繞，所以大家都說不容易受到外敵的侵略。

- 旧正月に入った<u>こともあってか</u>、台北の地下鉄はガラガラだ。

  不知道是不是也因為農曆過年了，台北地鐵空蕩蕩的。

- 人間関係に多少疲れた<u>こともあって</u>、私は脱サラしてフリーランサーになることにした。

  也因為對人際關係多少有點厭倦了，所以我決定不當上班族改當自由業者。

⑤ 〜ことこの上ない 🎧118

い形容詞い／な形容詞な（Or である）＋ことこの上ない

從字面上可以看出，此句型代表這件事情沒有更高的程度了，非常、極為如何的意思。

- 出張でスイスに行けるなんて、羨ましいことこの上ない。

  居然可以出差去瑞士，真是羨慕到了極點。

- 古文の文法は複雑なことこの上ないが、試験を受けるなら覚えるしかない。

  古文的文法複雜死了，但如果要考試還是只能背起來了。

- 実家はコンビニすらないド田舎にあって、不便であることこの上ない。

  我老家在連便利商店都沒有的超級鄉下，真的是極為不方便。

- 証拠を突きつけられても浮気を認めようとしない夫の態度は、見苦しいことこの上ない。

  儘管證據都被擺在眼前還是死不承認外遇的老公，那態度真的是丟臉極了。

- カフェで仕事をしていたら、変なおじさんが私の胸を見ながら微笑んでいたの。気持ち悪いことこの上なかったわ。

  在咖啡廳工作，結果一個怪叔叔邊盯著我的胸部看邊微笑。真的噁心死了。

★也可以單獨使用「この上なく」或用「この上ない」修飾後方名詞。

- 通訳者として、日本と台湾の懸け橋になることができたら、この上なく幸せです。

  如果可以以口譯員的身分，做為日本及台灣的橋樑，那真的是無比幸福。

- イケメンの彼氏と結婚できたことは、私にとってこの上ない幸せです。

  可以跟帥哥男友結婚，對我而言是無比的幸福。

日文句型 ⑥ ～こと請け合いだ 🎧119

名詞修飾形＋こと請け合いだ

「請け合い」是「請け合う（保證）」的名詞，此句型意為這件事情我掛保證，一定會是這樣的。此句型出題頻率不高，但算是很實用大家可以記一下。

- この本を最後まで読めば、合格すること請け合いです。

  這本書讀到最後，我保證一定可以合格。

- このチョコレートは本当においしいよ。一口食べたら病みつきになること請け合いだね。

  這巧克力真的很好吃喔！吃一口保證你愛上。

- 「彼氏の誕生日プレゼントは何がいいかな。」「男は大体昆虫が好きだから、カマキリの標本を送ったらどう？喜んでもらえること請け合いだよ。」

  「男友生日禮物要送什麼好呢？」「男生多半都喜歡昆蟲，你送他螳螂的標本如何？保證他會喜歡的。」

- この子がヒロシ先生の妹さん？可愛いね。ユーチューバーとしてデビューしたら有名になること請け合いだ。

  這孩子是 Hiroshi 老師的妹妹嗎？好可愛喔。如果當 Youtuber 出道我保證會紅。

日文句型 ⑦ あろうことか

由「あろう（推量）」+「こと」+「か（疑問助詞）」組成，<u>應該會有這種事情嗎？</u>
<u>不，不應該</u>。代表一種怎麼可能會這樣、太誇張了吧等不可置信之心情。

- **あろうことか**、警察がデモに参加する市民に暴力を振るうなんて。

  怎麼會發生這種事，警察居然對參加示威抗議的市民施暴。

- **あろうことか**、新しく入社してきた社員がなんと自分の元カレだった。

  天底下有這種事，新進的員工居然是自己的前男友。

- **あろうことか**、記者会見で不倫について謝罪した芸能人が、1か月も経たないうちにまた浮気したという。

  會不會太扯，才在記者會上為外遇道歉的藝人，不到一個月據說又偷吃了。

日文句型 ⑧ こともあろうに

由「こと」+「も」+「あろう（推量）」+接續助詞「に」組成，意思是<u>明明應該</u>
<u>有更好的做法或結果，偏偏居然～</u>。

- **こともあろうに**、一国の大統領が国際シンポジウムで「死ねよアホ」と発言し、物議を醸している。

  居然有這種事，一國總統在國際研討會上說「去死吧白癡」，引發議論。

- 重要な会議があるのに、目覚まし時計が**こともあろうに**故障していて2時間も遅刻してしまった。

  明明有重要的會議，居然這時候鬧鐘故障，害我遲到了兩小時之久。

- **こともあろうに**、長年付き合っている彼女が大嫌いな上司の娘だった。

  居然有這種事，交往很多年的女友偏偏是討厭鬼上司的女兒。

日文句型 ⑨ 〜だろうに 🎧122

> 常體＋だろうに

代表「明明應該是〜，然而卻〜」，常帶有惋惜、失望、批判、同情等等的語氣。

- もっと感じのいい女の子もたくさんいる**だろうに**。なぜ彼女じゃないとだめなの？

  明明還有很多更好的女生，你為什麼非她不可呢？

- 勉強する時間がないと嘆く学生は多い。スマホをいじらなければ時間なんていくらでもある**だろうに**。

  怨嘆沒有時間念書的學生很多，明明不玩手機的話時間多的是。

- こんな顔写真をアップしちゃダメだよ。簡単に使える写真編集アプリがいっぱいある**だろうに**何で使わないの？

  上傳這種臉的照片不行啦。明明用起來很簡單的修圖 APP 很多啊，為什麼不用？

- 「三角関数の問題もできないの？これじゃ国立大学は無理だね。」「もう彼を責めないでよ。他に言い方がある**でしょうに**。」

  「連三角函數的問題也不會嗎？那你考不上國立大學了。」「不要再罵他了啦，明明有別種說法為什麼要這樣。」

- 事故に遭った息子は痛い**だろうに**、「僕は大丈夫だ」と言い続けている。

  遭逢事故的兒子明明應該很痛，卻一直說我沒事。

⑩ としたことが 🎧123

名詞＋としたことが

是一個連語，前方放名詞接續（通常是人），代表一反常態（平時很好的）不像某人應該有的樣子，因此感到驚訝。

- いつも慎重な彼としたことが、大事な資料をタクシーに忘れるとは。

  沒想到總是非常慎重的他，居然會把重要的資料忘在計程車上。

- 私としたことが、こんな大事な会議を忘れるなんて。

  居然會忘記這麼重要的會議，這也太不像我了吧。

- いつも試験で満点を取る小林さんとしたことが、まさか赤点を取って単位を落とすとは驚きだ。

  考試總是考滿分的小林，居然會不及格被當，真的讓人太驚訝了。

◎もの相關句型

*「もの（東西）」與「こと（事情）」類似，是可以代表很廣泛意涵的名詞，也常當成形式名詞使用。除了代表占空間的有形物體之外，也能用於抽象概念及事物，或代替前方出現的名詞。以下歸納常見的意涵及句型。

- この自転車は、父が贈ってくれたものだ。

  這台腳踏車是爸爸送我的（東西）。（もの＝自転車）

- 日中の眠気は、睡眠不足によるものだとよく言われる。

  常說白天的睡意是睡眠不足造成的結果。（抽象代名詞＝結果、症狀）

- 失ってはじめて自由というものの大切さを知った。

  失去才知道自由的重要。（抽象概念具體化，自由這種東西）

・大学入試に遅れるなんて、もう呆れてものも言えない。

大學入學考試居然遲到，真是傻爆眼無語耶。（言語）

Level UP

慣用句中也常使用「もの」

・ものは考えよう。

事情看你怎麼想。

・ものは試し。

萬事都要嘗試。

・スポーツ界でも音楽界でも、実力がものを言う。

體育界也好音樂界也好，實力會說話（有價值的東西）

・スペインに留学してスペイン語をものにしたい。

我想去西班牙留學，把西文學到精通。（有價值、崇高的東西）

日文句型 ⑪ 名詞＋もの 🎧124

此為複合字，意思為符合前面名詞特性、價值的東西。

・ゼロリスクでハイリターン？その話は眉唾ものだね。

零風險高報酬？那種話真的是很可疑耶。（日本傳說眉毛塗口水可以不被狸貓或狐狸欺騙，因此「眉唾もの」指的是可疑的事情。）

・危うく手術用メスを患者の体内に残してしまうところだった。冷や汗ものだったよ。

差一點就要把手術刀留在病患體內了，真是嚇出一身冷汗的事件啊。

⑫ ～ものとする 🎧125

動詞常體＋ものとする

代表一種規定、原則的制定，此處的「する」帶有規定、認定的意涵。常用於契約，是非常正式的說法。

・この出版物にかかわる一切の権利は、ヒロシ社に帰属するものとする。

　此出版品的一切相關權利歸屬於 Hiroshi 公司。

・契約内容の変更は、双方の同意によるものとする。

　契約內容的變更，需要雙方同意。

・この契約書に定めのない事項については、双方が協議のうえ定めるものとする。

　此契約沒有提及的事項，需由雙方共同協議後決定。

⑬ ものを 🎧126

常體（な形容詞現在肯定～な）＋ものを

前方常使用假定形，代表如果這樣做就好了啊，為什麼當時不這樣呢？常帶有說話者的不滿或遺憾。「ものを」這邊當成一個接續助詞使用。「ものを」也常常放句尾，後方不必說完。

・もっと早く取りかかればよかったものを、後回しにしたせいで締め切りに間に合いそうにないんだよ。

　如果更早開始著手就好了，一直擺著拖延現在不太可能趕上繳交期限了。

- 黙っていれば誰にも知れずにすんだ<u>ものを</u>、余計なことを言ったせいでSNSで炎上騒ぎになってしまった。

明明「恬恬」的話就沒人會知道，因為講了多餘的話，現在社群上整個炎上了。

- あなたと結婚しなければ、私の人生は順風満帆だった<u>ものを</u>（結婚したから私の人生は不幸になった）。

不跟你結婚的話，我的人生就一帆風順的說（但因為結了婚我人生變得不幸）。

- 100万元ぐらい言ってくれたら貸してあげた<u>ものを</u>（言わなかったから助けようがなかった）。

100萬台幣而已，跟我說的話我就借給你啊！（但你沒說所以我沒辦法幫你）。

★請注意，「ものを」前方必須是未實現的事情，不能是事實或已經完成的事。

（×）ヒロシ先生の本を買った<u>ものを</u>、難しそうでまだ読んでいない。

（〇）ヒロシ先生の本を買った<u>のに</u>、難しそうでまだ読んでいない。

（〇）ヒロシ先生の本を買った<u>ものの</u>、難しそうでまだ読んでいない。

（〇）ヒロシ先生の本を買った<u>にもかかわらず</u>、難しそうでまだ読んでいない。

雖然買了 Hiroshi 老師的書，但感覺很難所以還沒讀。

⑭ 〜てからというもの 🎧127

動詞て形＋からというもの

由「〜てから（自從〜之後）」及「というもの（將這一段時間具體化）」組合而成。
代表自從某事件以後，產生很大的變化而這個狀態一直持續到現在。

- ジャニーズ系の彼氏に フラれてからというもの 、イケメンに嫌悪感を抱いて
  いる。

  自從跟傑尼斯系的男友分手後，我就一直對帥哥反感。

- 占い師の言うとおり、私がこの会社に 入ってからというもの 、会社の業績は
  年々悪化している。

  正如算命師所說，自從我進來這家公司後，公司的業績就年年惡化。

- 事故物件に 引っ越してからというもの 、幽霊と会話できるようになった。

  自從搬去凶宅後，我慢慢可以跟鬼魂對話了。

- 今年に 入ってからというもの 、蛇に噛まれたり、彼氏にフラれたり、いいこ
  とは何一つない。

  進入今年之後，我不是被蛇咬就是被男友甩，真的沒一件好事。

- 親友の佐藤さんは 結婚してからというもの 、忙しいと言って全然会ってくれ
  ない。

  好友佐藤自從結婚後，就一直說很忙不跟我見面。

★必須是一直留存的狀態變化，不能是一次性或短暫的變化。

- （×）転職してからというもの、初めての出張でハワイに行った。
- （〇）転職してから、初めての出張でハワイに行った。

  換工作之後第一次出差去了夏威夷。

（○）転職_{てんしょく}してからというもの、忙_{いそが}しくて日本語_{にほんご}を勉強_{べんきょう}する暇_{ひま}もない。

自從換工作之後，我忙到連讀日文的時間都沒有。

Level UP

「～て以来」「～てからは」也可以表達自從某件事之後有了狀態上的變化，但「～てからというもの」較有戲劇化的情緒感。

- 子供_{こども}を産_うんで以来_{いらい}、自由_{じゆう}に使_{つか}える時間_{じかん}がだいぶ減_へった。

  ＝子供_{こども}を産_うんでからは、自由_{じゆう}に使_{つか}える時間_{じかん}がだいぶ減_へった。

  ≒子供_{こども}を産_うんでからというもの、自由_{じゆう}に使_{つか}える時間_{じかん}がだいぶ減_へった。

  自從生了小孩之後，可以自由運用的時間就少了很多。

日文句型⑮ ～というもの 🎧128

「～というもの」前方也可直接放代表時間長度的名詞，也是強調整段時間（將時間具體化）都如何的意思。

- ここ半年間_{はんとしかん}というもの、忙_{いそが}しくて食事_{しょくじ}らしい食事_{しょくじ}をしていない。

  這半年太忙，都沒吃過像樣的一餐。

- ここ1週間_{しゅうかん}というもの、急_{きゅう}な翻訳_{ほんやく}の依頼_{いらい}でろくに寝_ねていない。

  這一個禮拜，因為突然來的翻譯委託都沒好好睡覺。

日文句型 ⑯ ～をものともせず（に） 🎧129

名詞＋をものともせず（に）

這邊的「もの」指的是造成阻礙的困難或是問題，句構為「もの（障礙物）」＋「と（內容）」＋「も（否定強調）」＋「せずに（＝しないで、不當作）」，也就是不把某事或某物當成障礙，不當一回事的意思。後方的「に」可以省略。

- 国際交流イベントに参加した子供たちが、言葉の壁をものともせずに、積極的にコミュニケーションを取ろうとする姿勢は賞賛に値する。

  參加國際交流活動的小朋友們不把語言隔閡當一回事，積極溝通的態度值得讚許。

- 選手たちは真冬の寒さをものともせず、半袖半ズボンでトレーニングに取り組んでいる。

  選手們不畏嚴冬的寒冷，穿著短袖短褲進行訓練。

- 小林選手は足の怪我をものともせずに、フルマラソンを完走した。

  小林選手不把腳傷當一回事，還是跑完了全馬。

- ピカチュウとゴジラは、体形の違いをものともせずに、めでたく結婚して幸せな家庭を築いた。

  皮卡丘和哥吉拉不把體型的差異放在眼裡結婚了，並組了一個幸福的家庭。

- ヒロシ先生はネットでの誹謗中傷をものともせずに、2冊目の写真集を出した。

  Hiroshi 老師絲毫不受網路上惡意誹謗的影響，出了第二本寫真集。

★通常用於描寫第三人，用在自己身上較不自然。

（〇）彼は危険をものともせず、川に飛び込んで溺れていた子供を助けた。

他不顧危險，跳進河裡救了溺水的小孩。

（▲）私は危険をものともせず、川に飛び込んで溺れていた子供を助けた。

我不顧危險，跳進河裡救了溺水的小孩。

日文句型 ⑰ ～ようなものだ／～みたいなものだ 🎧130

> 名詞／動詞常體＋ようなものだ／
> みたいなものだ（名詞連接ようなものだ需加上の）

一種比喩的說法，代表前者就如同後者這樣。「もの（もん）」這裡也可想像是抽象的代名詞（這樣的存在、狀況、行為…等等）。

- 人生はジェットコースターの<u>ようなものだ</u>。山もあれば谷もある。

  人生就像是雲霄飛車一樣，有起也有落。

- 一泊 1000 円だなんて、ただ<u>みたいなもの</u>ですよ。

  住一晚 1000 日圓，跟免費差不多了。

- 11 対 1 だから、もう勝った<u>みたいなもん</u>ですよ。

  因為都 11 比 1 了，就跟贏了沒兩樣。

- 準備なしで大企業の面接に行くのは、何の武器も持たずに戦場に赴く<u>ようなものだ</u>よ。

  沒準備就去大企業面試，跟什麼武器都沒拿就上戰場一樣。

⑱ ～ぐらいのものだ 🎧131

> 名詞は／動詞常體のは＋名詞＋ぐらいのものだ。

代表只有這種程度或狀況才可以。意思與「～ぐらいだ」沒太大差別，「もの」可想成抽象代名詞或加強語氣。口語可說成「ぐらいのもんだ」。

・ 仕事で忙しくて、実家に帰れるのはお正月ぐらいのものだ。

　　因為工作忙，可以回娘家的時間大概只剩下過年了吧。

・ 無料の寿司を食べるために名前をシャケに変えるのは、台湾人ぐらいのものですね。

　　為了吃免費壽司就將自己的名字改成鮭魚，會這樣做的大概只有台灣人了吧。

・ 「この部屋、狭すぎるだろう。」「仕方ないよ。今の給料で借りられるのは、この部屋ぐらいのものだよ。」

　　「這房間太小了吧。」「沒辦法啊！以我現在的薪水只能租到這樣的房間。」

・ こんなくだらないジョークで笑えるのは、お前ぐらいのもんだよ。

　　這麼無聊的笑話也笑得出來的，大概也只有你了吧。

★類似句型：～ぐらいなら、～くらいなら

> 動詞辭書形＋ぐらいなら、～くらいなら

「くらい／ぐらい」代表一種很低、很糟糕的程度，此句型意思是「如果要碰觸這種下限，要犧牲這麼大的話那倒不如～」。

・ 彼にお金を貸すぐらいなら、ゴミ箱に捨てた方がましだ。

　　與其借他錢，還不如把錢丟到垃圾桶。

- 彼と結婚する<u>くらいなら</u>、一生独身でいた方がましです。

與其和他結婚，倒不如單身一輩子。

◎ところ相關句型

日文句型
⑲ **〜といったところだ／〜というところだ**

🎧 132

名詞（數量詞）／動詞辞書形＋といったところだ

這邊的ところ代表一個程度，前方常放數量詞，意思是大概就是這種程度附近。口語可以說成「〜ってところだ」。常與「せいぜい」一起使用，代表頂多的含意。

- ユーバイクなので、必死に漕いでも出せるスピードはせいぜい30キロ<u>といったところだ</u>。

因為是 Youbike，再怎麼死命踩能到達的速度也頂多是 30 公里左右吧。

- 家庭教師の時給は、高くても 1500 元<u>というところだ</u>。

家教的時薪再高也大概是 1500 元左右。

- 自炊もたまにはするんですが、作れるのは簡単な野菜炒めやチャーハン<u>といったところです</u>。

我有時候也會自己做飯，但會做的大概也只有簡單的炒時蔬或炒飯這種等級的吧。

- ドイツ語は少しかじったことがありますが、学習レベルは、観光旅行や買い物ができる<u>といったところです</u>。

德文我是有學過一點啦，但程度大概就是觀光旅行或能買東西的水準。

日文句型 20 ～によるところが大きい 〔133〕

名詞＋によるところが大きい

大部分取決於～。由「～による（憑藉、依靠）」＋「ところが大きい（地方很大）」構成。

- 彼がビジネスで成功を収めたのは、知名度によるところが大きい。

  他在事業上取得成功，很大一部分是靠他的知名度。

- 試合で実力が出せるかどうかは、選手の自信によるところが大きい。

  比賽中是否能發揮實力，主要取決於選手的自信。

- 料理がおいしいかどうかは食材によるところが大きい。

  料理好不好吃主要取決於食材。

- 人間のIQ（知能指数）に個人差があるのは遺伝子によるところが大きい。

  人的智商有所不同，這有很大部分取決於基因。

日文句型 21 ～に負うところが大きい 〔134〕

與上面句型意思幾乎相同，但此句型通常僅用在正向的事情上。

- ビジネスで成功するか否かは、人間関係に負うところが大きい。

  事業能否成功，很大部分仰賴人際關係。

- プロジェクトが無事に終了したのは、小林課長の尽力に負うところが大きい。

  計畫可以順利結束，很大部分是靠小林課長的盡心盡力。

列舉句型

＊我們先前學過各種列舉的方式，比如說「～や、～など（**N4**）」「～とか、～とか（**N4**）」、「～や～といった **N**（**N3**）」、「～やら、～やら（**N2**）」，此節要再介紹其他更高級一點的句型，在那之前，我們先複習以前學過的列舉句型：

・スパイファミリー<u>や</u>鬼滅の刃<u>など</u>、最近アニメのヒット作が多い。

　像間諜家家酒或是鬼滅之刃等等，最近有很多人氣動畫。

・サザエさん症候群の患者には、日曜日の夕方から気分の落ち込み<u>や</u>食欲不振、焦燥感<u>といった</u>症状が現れます。

　收假症候群的病患從週日傍晚開始，會出現心情低落、食慾不振以及焦躁等症狀。

・長芋<u>とか</u>、オクラ<u>とか</u>、私はねばねばした野菜が大好きです。

　山藥或秋葵之類的，這種黏黏的蔬菜我超喜歡的。

另外，後面也可以追加格助詞來使用：

・彼女の部屋は、空き缶<u>やら</u>読みかけの本<u>やらで</u>足の踏み場がないぐらい散らかっています。

　她的房間因為空罐子和看到一半的書等雜物，亂到快沒有地方可以站。

・お茶<u>とか</u>、コーヒー<u>とか</u>を飲むと、夜眠れなくなる。

　我一喝茶或咖啡之類的，晚上就會睡不著。

・「はし」と読む漢字には、「橋」<u>や</u>「箸」、「端」<u>など</u>がありますが、アクセントはみんな違います。

　念成 Hashi 的漢字有橋、箸及端，但高低音全都不同。

① ～だの、～だの 🎧136

各詞性的常體（な形容詞現在肯定だ、名詞現在肯定だ）＋だの

だの為並立助詞，用於<u>列舉話者感到不滿或想批判的事項、行為</u>等內容。也可與「やれ」合用，形成「やれ～だの、やれ～だの」的句構。

- うちの両親（りょうしん）は、勉強（べんきょう）しろ<u>だの</u>、携帯（けいたい）を見（み）ないで早（はや）く寝（ね）ろ<u>だの</u>、うるさくて仕方（しかた）がない。

  我父母一會兒叫我念書，一會兒又說不要看手機了快去睡覺，真的吵死人了。

- 眠（ねむ）い<u>だの</u>、疲（つか）れた<u>だの</u>言（い）ってないで、早（はや）く仕事（しごと）しなさい！

  不要一下說想睡、一下又說很累，快點工作！

- 息子（むすこ）は部屋（へや）が狭（せま）い<u>だの</u>、料理（りょうり）がまずい<u>だの</u>、毎日（まいにち）文句（もんく）ばかり言（い）っている。

  我兒子一下說房間太小，一下又說菜很難吃，每天只會抱怨。

- 一人暮（ひとりぐ）らしをしていると、<u>やれ</u>家賃（やちん）<u>だの</u>、<u>やれ</u>食費（しょくひ）<u>だの</u>と出費（しゅっぴ）が重（かさ）なって給料（きゅうりょう）がいくらあっても足（た）りない。

  一個人住的話，一下房租，一下餐費，花費不斷增加真的是有多少薪水都不夠。

- 背（せ）の高（たか）いイケメンに壁（かべ）ドンされたい<u>だの</u>、マザコンが嫌（いや）<u>だの</u>、理想（りそう）が高（たか）すぎるといつまで経（た）っても彼氏（かれし）が見（み）つからないよ。

  一下說想被很高的帥哥壁咚，一下又說媽寶不行，標準太高的話會一直找不到男友喔。

日文句型 ② 〜わ〜わ 🎧137

（各詞性的常體＋わ）× 2

列舉一些不好的事情，強調這些事情同時發生，所以感到困擾或傻眼。是一種表達感慨的語氣，偶爾也會用在好事的接連發生上。「わ」為終助詞，表達驚訝及感嘆的語氣。

- 最近は彼女に振られる**わ**、上司に怒鳴りつけられる**わ**、いいことが何もない。

  最近一下被女友甩，一下又被上司吼，真的一件好事都沒發生。

- コロナの感染は拡大する**わ**、戦争は止まらない**わ**、世界情勢はいい方向には向かっていない。

  又是疫情加劇，又是戰爭不停歇，世界情勢沒有往好的方向進展。

- このホテルは、暖房はない**わ**、幽霊は出る**わ**、泊まるんじゃなかった。

  這間飯店又是沒暖氣，又是跑出阿飄，真的不應該住的。

- 恋人はできる**わ**、宝くじには当たる**わ**で、最近はいいことずくめだ。

  又是交了另一半，又是中樂透，最近好事一籮筐。

Level UP

若「〜わ〜わ」使用同樣的動詞連續，則是強調程度極端或數量驚人。

（動詞辭書形＋わ）× 2

- カウントダウンライブの会場には人が**いるわいるわ**、まるで芋を洗うようだった。

  跨年演唱會現場到處都是人，簡直像是擠沙丁魚一樣。

- この議事録、誤字脱字が**あるわあるわ**、直しきれないよ。

  這個會議記錄錯字漏字一堆，根本改不完啊。

- 大食い選手権の選手は、食べるわ食べるわ、あっという間にラーメンを10杯も平らげた。

  大胃王比賽的選手真的超會吃耶，一瞬間就吃完了十碗拉麵。

- 桜の花が散るわ散るわ、あたり一面が花びらの絨毯になっている。

  櫻花大量飄散，周遭變成了花瓣的地毯。

- 1週間ぶりにお風呂に入ったら、体を軽く擦るだけで垢が出るわ出るわ、自分でも驚いた。

  一週後洗澡，輕輕搓身體就搓出一堆體垢，自己都嚇一跳。

日文句型 ③ 〜（の）やら、〜（の）やら 🎧138

> 各詞性的常體（な形容詞現在肯定〜な、名詞現在肯定〜な）＋のやら、（句構重複一次）

「Aのやら、Bのやら」中A和B常放相反詞，意思是「到底是A還是B自己很困惑，無法判斷」。因此後方也常省略不說。

- 来るのやら、来ないのやら、連絡が全然なくてどうしたらいいか分からない。

  要來還是不來，完全沒聯絡真的不知道怎麼辦。

- 抽象画の展覧会を見に行ったが、絵が上手いのやら下手なのやら、私には全然わからなかった。

  去看了抽象畫的展覽，但完全無法判斷到底畫得好還是差。

- 部長が会議で不謹慎なオヤジギャグを言った。笑っていいのやら悪いのやら。

  部長在會議上講了一個很不得體的老人笑話，不知道到底該不該笑。

- 元カノが来週結婚すると聞いて、嬉しい<u>やら</u>悲しい<u>やら</u>、自分でもよくわからないぐらい複雑な気持ちになった。

  聽到前女友下週要結婚了，心情變得很複雜，都不知道自己是高興還是難過。

Level UP

「やら」本身為終助詞，帶有不確定的語氣，常用於自我疑問。常使用「～のやら」、「～ことやら（≒ことだろうか）」、「～ものやら（≒のだろうか）」的形式表達說話者的懷疑、疑問、困惑，或自我想像，此種說法較帶有古代感。

各詞性的常體（な形容詞～な、名詞現在肯定～な）＋のやら／ことやら／ものやら

- 銀行強盗の犯人は、犯行後、覆面をかぶったまま地下鉄に乗ったらしい。いったい何を考えている<u>のやら</u>。

  聽說犯人搶完銀行直接戴著頭套搭地鐵，到底在想什麼啊。

- 彼女が本当のことを理解している<u>のやら</u>、判断に迷います。

  好難判斷她是否理解真實的狀況。

- こんな生活はいつになったら終わる<u>ことやら</u>、見当もつかない。

  這種生活到底何時才會結束啊，真的完全無法預測。

- インフレは当分の間続きそうだし、ウクライナ戦争も終わる兆しを見せていない。来年はどんな1年になる<u>ことやら</u>。

  通膨看來還會持續一陣子，烏俄戰爭也完全沒有結束的跡象。明年到底會是怎樣的一年呢？

- AIで実際には存在しない人の顔写真を生成することも可能らしい。これからいったい何を信じていい<u>ものやら</u>。

  據說可以靠AI產生實際上不存在的臉部照片，往後到底能夠相信什麼呢。

- 彼氏は浮気をしていないとずっと言い張っている。でも彼が同僚と一緒にホテルに入ったのも事実だし、その言葉を信じていい<u>ものやら</u>。

  男友一直主張自己沒有外遇。但他跟同事一起進飯店也是事實，到底可不可以相信他的話呢？

④ ～といい、～といい 🎧139

名詞＋といい、名詞＋といい

從「と（內容）」＋「いい（言う）」來的，代表說這個也好，說那個也好反正都如何的意思，中文常翻譯成不論 A 也好、B 也好、～都。從各種角度去說明一個主題，後方通常有評價內容，句型通常寫假名居多。

- この物件は、立地条件といい、間取りといい申し分ない。

  這間房子不論地段還是隔間，都無可挑剔。

- 小林さんは、容姿といい、性格といい、ユーモアのセンスといい、彼氏に最適な男性です。

  小林先生不論外貌、個性、還是幽默感都最適合當男友。

- 髪型といい、服といい、彼ほどダサい男は見たことがない。

  髮型也好，服裝也好，真的沒看過像他一樣土的男生。

- 人工知能といい、無線通信といい、テクノロジーは目まぐるしく進歩を遂げている。

  人工智慧也好，無線通訊也好，科技的進步令人眼花撩亂。

- 山田先生といい、ヒロシ先生といい、この塾にはイケメン先生がたくさんいる。

  不論是山田老師，還是 Hiroshi 老師，這間補習班有好多帥老師。

日文句型 ⑤ ～といわず、～といわず 🎧140

名詞＋といわず、名詞＋といわず

來自「～と言わず（不說）」，意思是沒有特別說是某個部分，而是整體都如何，句型使用通常寫假名居多。

- ピンク好きの彼女は、服といわず、カバンといわず、何もかもピンク色だ。

  喜歡粉紅色的她，不管是衣服還是包包，所有東西都是粉紅色的。

- 私はゴールデンレトリバーといわず、ハスキーといわず、大型犬ならなんでも好きです。

  不管是黃金獵犬也好，哈士奇也好，只要是大型犬我什麼都喜歡。

- フリーランサーなので、平日といわず、休日といわず、仕事をしなければならない。

  因為是自由業者，不管平日也好，假日也好都要工作。

- 彼女ができたばかりの小林さんは、仕事中といわず、食事中といわず、彼女とメッセージをやり取りしている。

  剛交到女朋友的小林，不管是工作中也好，吃飯中也好都一直在跟女友傳訊息。

- あの人は服といわず、靴といわず、センスのかけらもない。

  那個人不論衣服還是鞋子，完全感受不到一絲品味。

⑥ ～とも～ともつかない 🎧141

常體／名詞＋とも＋常體／名詞＋ともつかない

「AともBともつかない」意思是不知道是A還是B，類似「AなのかBなのかわからない」。

- 「子供の珍回答は面白いね。」「そうだね。正解とも不正解ともつかない答えが結構あるよね。」

  「小朋友的爆笑答案很有趣耶。」「對啊！蠻多答案不知道該算對還是錯。」

- 友達とも恋人ともつかない微妙な関係は、友達以上恋人未満と言う。

  不知道是朋友還是情人的微妙關係，一般說成朋友以上戀人未滿。

- この湖は黄色とも緑ともつかない色をしていて美しい。

  這個湖的顏色不知道算黃色還是綠色，很漂亮。

- 彼の話を聞いて、怒りとも悲しみともつかない感情が沸き上がってきた。

  聽了他說的話之後，一股不知道是憤怒還是悲傷的情緒湧了上來。

Level UP

慣用句：海の物とも山の物ともつかない。

不知道是海裡抓的東西還是山裡採的東西。（不知道其性質，無法預期未來會如何）

- そんな海の物とも山の物ともつかない事業に投資するのは危険だよ。

  投資那種看不清未來的事業是很危險的喔。

日文句型 ⑦ 〜であれ〜であれ／ 〜であろうと〜であろうと 🎧142

名詞１＋であれ／であろうと、名詞２＋であれ／であろうと

「〜であれ」及「〜であろうと」均是從「〜である」變化來的，「命令形」與「意向形＋と／が」均代表「〜であっても」。

- オクラであれ、ナスであれ、野菜なら全部好きです。

  不管是秋葵，還是茄子，只要是蔬菜我全都喜歡。

- 紙であれ、何であれ、トイレには何も流さないでください。

  不管是紙張還是什麼，請不要把任何東西丟進馬桶裡沖掉。

- 仕事であろうと、趣味であろうと、全力投球するのがベストだと思う。

  不管工作還是興趣，我覺得盡全力去做是最好的。

- 男性であろうが、女性であろうが、やる気さえあればスパイになれる。

  不管是男性還是女性，只要有心誰都可以成為間諜。

★類似句型：〜にしろ、〜にしろ／〜にせよ、〜にせよ／〜にしても、〜にしても

常體（な形容詞、名詞現在肯定：だ／である）＋にしろ／にせよ／にしても、（句構重複一次）

- 中国語には「黒い猫にしろ、白い猫にしろ、ネズミを捕れる猫はいい猫だ」という諺がある。

  中文有句俗諺說：不管黑貓白貓，會抓老鼠的就是好貓。

- バスケットボールにせよ、サッカーにせよ、団体競技には興味がない。

  不管是籃球還是足球，我對團體競賽沒興趣。

・文系にしても理系にしても、英語の成績が悪ければいい大学には入れないよ。

不管文組還是理組，英文成績不好就進不去好的大學喔。

・戦争ほど愚かなことはない。戦場に赴くにしろ、降参するにしろ、待っているのは死のみだ。

沒有比戰爭更愚蠢的事了。上戰場也好，投降也好都只有死路一條。

・学生であるにせよ、社会人であるにせよ、みんな厳しい競争にさらされている。

是學生也好，是社會人士也好，大家都身處激烈的競爭之中。

★「～にしろ」「～にせよ」也能單獨使用，代表就算是如何也～，語氣較文言正式。

・体力も集中力も全盛期ほどじゃないにしろ、鈴木選手は本気を出せばそんじょそこらの選手には余裕で勝てるだろう。（そんじょそこら＝隨處可見的）

即便體力和集中力都不像全盛時期那麼好，但鈴木選手認真起來應該可以輕鬆贏過一般的選手。

・合格ラインすれすれだったにせよ、合格したことに変わりはない。

即便是低空飛過，但合格了就是合格了。

★「いずれにしろ／いずれにせよ」常用於開頭，是「いずれにしても（不管是哪種情況總之～、無論如何反正～）」較生硬書面的說法，也可以使用口語的「どっちみち」。

・**いずれにしろ**、今日は一旦帰ろう。

　総之，今天就先回去吧。

・**いずれにせよ**、けが人が出た以上、このイベントを中止にするしかない。

　不管怎樣反正有人受傷，這個活動就只能中止了。

・**どっちみち**終電にはもう間に合わないから、今日は飲みたいだけ飲もう。

　反正已經趕不上最後一班電車了，今天就喝到爽吧。

まで的用法

*「まで」代表一個程度，或是一個限度、範圍的意思。此節介紹 **N1** 常見的相關句型。

日文句型
① ～とまでは言わないが、～ 🎧 143

> 常體（な形容詞、名詞現在肯定可不加だ）＋とまでは言わないが

由「～と（內容）」＋「まで（這個程度）」＋「は（強調對比）」＋「言わないが（雖然不這樣說）」組成，意思是<u>雖不說達到這個程度，但至少～</u>。

- 優勝しろ<u>とまでは言わないが</u>、せめてベスト 16 には進出してほしい。

  我不會說要你一定要拿冠軍，但希望你至少能進 16 強。

- 満点を取れ<u>とまでは言わないが</u>、このレベルの問題ぐらい解けるようになってほしい。

  沒有叫你拿滿分，但這種程度的題目希望你可以解得出來。

- お金があれば何でもできる<u>とまでは言わないが</u>、できることはかなり多くなる。

  不會說有錢就什麼都能做，但能做的事會多很多。

- 非の打ち所がない<u>とまでは言わないが</u>、かなりいい作品だと思う。

  不會說是零缺點，但我覺得是相當好的作品。

日文句型 ② ～ないまでも 🎧144

| 動詞ない形＋までも |

「～ない（否定）」＋「まで（程度）」＋「も（～であっても＝儘管如此）」，代表即便沒有達到某個程度，至少～的逆接語氣。

・日本に来て早くも１年が経った。日本語でプレゼンすることはまだ<u>できないまでも</u>、日常会話ぐらいは全く問題なくできるようになった。

來日本很快就過了一年。雖然還沒辦法用日文簡報，但日常會話已經沒問題了。

・お見舞いに<u>行かないまでも</u>、メッセージぐらい送ってあげなよ。

即使不去探病，也至少傳個訊息吧。

・せっかく韓国語を勉強したんだから、通訳に<u>なれないまでも</u>韓国語が使える仕事につきたい。

因為都特地學了韓文了，就算當不了口譯也想做能用到韓文的工作。

・グーグル翻訳は100％正しいとは<u>言えないまでも</u>、いざという時にかなり役に立つ。

即便 Google 翻譯無法說 100％ 正確，關鍵時刻還是相當能派上用場。

> **比較** **以下兩句型意思相近。**
>
> 毎日とは<u>言わないまでも</u>、せめて週に１回はお風呂に入ってほしい。
> ≒毎日とまでは<u>言わないが</u>、せめて週に１回はお風呂に入ってほしい。
>
> 我不要求每天，但希望你至少一週洗一次澡吧。

③ 〜まで（のこと）だ 🎧145

（條件）〜動詞辭書形／た形＋まで（のこと）だ

「まで」一樣代表程度、限度。「た形」連接代表只不過是做了某件事，程度僅限於此而已。而「辭書形」連接代表大不了就這樣，反正還有這個最後手段（最極限的方案）的意思。

- 泊まる場所が見つからなければ、公園で一夜を過ごすまでだ。

  找不到住的地方，大不了就睡公園吧。

- 終電に間に合わなかったら、タクシーで帰るまでだ。

  趕不上最後一班電車的話，大不了就搭計程車回家吧。

- この要求を呑んでくれないというのなら、ほかの業者に依頼するまでのことだ。

  如果你們堅持不能接受這個要求，大不了我們就委託其他業者。

- 「娘を助けてくださってありがとうございます。」「いえいえ、私は人として当然のことをしたまでです。」

  「謝謝您救了我女兒。」「不，我只是做了身為人應該做的。」

- あいつを始末しろと命じられたので、その命令に従ったまでのことです。殺人罪に問われるのは不公平ですよ。

  我只不過是因為被命令要處理掉那傢伙，然後服從那個命令而已，被控殺人罪太不公平了。

- 「老けて見えるから彼氏ができないって？ひどいことを言うわね。」「意見を求められたので、本当のことを言ったまでですよ。」

  「你說我因為看起來很老所以交不到男友？你說話也太毒了吧。」「因為你問我意見，我只不過講了實話而已。」

日文句型 ④ 〜ばそれまでだ、〜たらそれまでだ 🎧146

> 動詞條件形（〜ば、〜たら）＋それまでだ

まで代表一個盡頭、限度，此句型代表如果如何，那一切就到那邊為止了（玩完了、沒戲了）。

- 伝説のヒロシ先生が書いたこの本を買っても、あなたが**読まなければそれまでだ**。

  就算買了這本傳說中的 Hiroshi 老師寫的書，如果你不讀那也沒什麼意義。

- いくらお金を稼いでも、過労で死んで**しまったらそれまでだ**。

  不管賺再多錢，如果過勞死掉了那也就玩完了。

- ３ヶ月の勉強だけで N1 に合格できるはずがないと**言ってしまえばそれまでだ**けど、私はその僅かな可能性に賭けて全力で頑張りたいと思っている。

  如果說光靠三個月的準備不可能過 N1，那也就沒什麼好說了，但我想賭上那一點點的可能性全力衝刺。

- 人の論文を剽窃した事がバレて**しまったらそれまでだ**。学位が取り消されることもあるのだから。

  如果抄襲別人論文的事曝光那就玩完了，因為學位可能會被撤銷。

- いかに優れた公約を掲げても、**実現できなければそれまでだ**。

  不管端出多美好的政見，如果不能兌現那也只是空話。

⑤ ～までもない 🎧147

動詞辭書形＋までもない

代表沒有必要特意去做某件事，不需要做到那種程度。與「～ことはない」、「～必要はない」同義。接續後句時，可以使用「～までもなく、～」或是「～までもない（ことだ）が、～」等形式。

- いまさら説明するまでもないが、このプロジェクトは極秘で進めなければならない。

  現在也沒必要再說明了，這個計劃必須暗地裡進行。

- ヒロシがイケメン教師であることは、言うまでもないことです。

  Hiroshi 是帥哥教師這件事不用多說。

- 教科書をコピーして販売するのは、弁護士に聞くまでもなく明らかな違法行為だよ。

  影印教科書來販賣這件事，不用問律師也知道明顯是違法行為。

- 俺たちはヤモリだぞ。しっぽが切れたからって心配するまでもないよ。じきに生えてくるんだから。

  我們是壁虎耶。雖說尾巴斷掉但不需要擔心啦。反正很快就會長出來。

よう的用法

日文句型 ① ～よう  148

> ます形ます＋よう

用法①：樣子

- 自分が妊娠したことを告げたときの彼氏の<u>驚きよう</u>と言ったら、幽霊でも見たかのような顔だったよ。

  說到跟男友講自己懷孕時他驚訝的樣子，那表情簡直像是看到鬼。

- 黒魔術にかかって地面をのたうち回る彼の<u>苦しみよう</u>は、見ていられなかった。

  他中了黑魔法在地上打滾的痛苦樣子，真的讓人看不下去。

- 主人の携帯を見ようとしたら「見るな」と大声で怒られた。尋常じゃない<u>慌てよう</u>だったので、私に何かを隠しているのかもしれない。

  我正想看老公手機的時候被大聲斥責「看什麼！」。看他那不尋常的慌張模樣，搞不好有瞞著我什麼事。

- 同窓会で元カレと再会したが、彼の<u>変わりよう</u>にびっくりした。

  在同學會上跟前男友重逢，他變化太大我整個嚇了一跳。

- 「優勝が決まった瞬間の気持ちを教えてください。大変な<u>喜びよう</u>でしたね。」「そうですね。優勝できるとは思ってなかったので、思わず叫んでしまいました。」

  「請告訴我們你確定拿冠軍那瞬間的心情，看你高興的似乎快升天一樣。」「對啊！因為我沒想到能拿冠軍，所以忍不住叫了出來。」

用法②：方法

- 人から金をだまし取ろうと思えば、**やりよう**はいくらでもあるよ。

  想騙人錢的話，作法多的是。

- 「馬鹿とハサミは**使いよう**」だから、いくら無能な部下でも使いこなせない上司も無能だと思う。

  因為傻瓜和剪刀也是看你怎麼使用（諺語），不管部下再怎麼無能，不能靈活運用的上司也很無能。

- ものは**考えよう**で、プラス思考で考えれば嫌なことでも楽しくなるよ。

  很多事物就看你怎麼想，正向思考的話討厭的事情也會變好玩。

- 気の**持ちよう**一つで、人生は楽しくなったり辛くなったりするものだ。

  端看你看事情的方式，人生可以變很開心也可以變很痛苦。

★延伸用法：〜ようでは、〜ようによっては

我們在 **N2** 篇學過「〜によっては」，代表<u>根據前方條件，某些具體情況下如何</u>，而「〜では」也能代表某個條件下的話如何。此句型意思為<u>取決於前方條件，某個具體情況下如何</u>。

- 難しい目標ではあるけど、**やりようでは**達成できないとも限らないよ。

  雖然是一個很困難的目標，但做法對了（某些做法下）也不一定無法達成。

- この絵は面白いね。女性の顔を描いてると思うけど、**見ようによっては**お尻にも見えるね。

  這幅畫好有趣喔！我想應該是畫女性的臉，但換個方式看（某種方式看）也能看成屁股耶。

- 壁の落書きも**考えようによっては**、芸術と言えるかもしれない。

  牆壁上的塗鴉某種想法來看，或許也可以說是藝術吧。

- 歴史の教科書でも**書きようによっては**、面白くて読みやすい小説になる。

  即使是歷史課本，看怎麼寫（某些寫法下）也能成為有趣又好讀的小說。

比較 與「～によって」及「～によっては」的差別相同，「～ようによって」代表根據前者的方式不同，後者也會有不同狀況；而「～ようによっては」則是某種特定方式下，會有後者的情況。

A：この製品は考えようによって、いろいろな使い方ができるよ。

這個產品不同的想法下，可以有各式各樣的使用方式喔。

B：この製品は、考えようによっては、介護用品としても使えるかもしれない。

這個產品就某種想法來說，或許也可以做為照護用品使用。

★延伸用法：～ようがない、～ようもない

代表沒有做一件事情的辦法。連體修飾時常變成「～ようのない＋名詞」。

・浮気の写真を突きつけられ、弁解のしようがなかった。

外遇的照片就被擺在眼前，完全無法辯解。

・木から落ちる夢を見て、言いようのない不安が脳裏をよぎった。

做了一個從樹上掉下來的夢，腦中閃過無法言喻的不安。

・事業に失敗した上に婚約者にも逃げられた彼を慰めようもなかった。

他不僅事業失敗未婚妻（夫）也跑了，真的沒辦法安慰他。

・こんな間違いだらけの作文は、直しようがないよ。

這種錯誤連篇的作文，沒辦法改啦！

② ～ようでいて 🎧149

常體（な形容詞現在肯定～な、名詞現在肯定～の）＋ようでいて

「～よう（樣子）」＋「で（名詞連接）」＋「いて（いる的て形代表目前狀態延續）」，
意思為<u>看似是如此，但實際上不同</u>，也常說成「ようで」。

- 長く付き合っている相手のことはよく知っている<u>ようでいて</u>、実は知らない
一面もあったりする。

  長久交往的對象看似很了解，事實上還是可能有不了解的一面。

- 日本語は難しい<u>ようでいて</u>、実はそれほどでもありません。漢字を使う台湾
人にとっては、一番学びやすい言語なんです。

  日文看似很難，但事實上並沒有那麼難。對使用漢字的台灣人來說，是最好學的語言。

- 健康でいるためには、適度な運動は欠かせない。これは当たり前の<u>ようでい
て</u>、できない人も多いんです。

  要維持健康，適度的運動不可或缺。這聽起來像是廢話，但做不到的人也很多。

- 自分の意志で行動することは簡単な<u>ようでいて</u>、意外に難しい。

  靠自己意志行動看似簡單，其實意外地困難。

Level UP

<u>名詞或な形容詞連接型態「～で」加上表狀態延續的補助動詞「いる」，代表維持某種狀態。</u>

- 学生<u>でいる</u>うちは、思いっきり遊んでおきたい。

  還是學生的時候，我想先瘋狂地大玩特玩。

- しばらくの間会えませんが、元気<u>でいて</u>ください。

  會有一段時間不能見面，請您保重。

・付き合えなくても、ずっと友達<u>でいて</u>くれればそれでいい。

就算不能交往，如果可以一直當朋友那就好了。

・面接官：「まず最初に、25才まで童貞<u>でいた</u>理由を教えてください。」

応募者：「何でそれを知ってるんですか？」

面試官：「首先請你說明為什麼到25歲都還是處男。」

應徵者：「你為什麼會知道這件事？」

「ＡをＢに」「ＡをＢとして」構造的句型

* 如同 N3、N2 的句型，「ＡをＢに（して）」、「ＡをＢとして」意思是「以Ａ為Ｂ」或「把Ａ當作Ｂ」。因放在格助詞前，Ａ必須為名詞，若為動詞等其他詞性，需做名詞化。修飾後方名詞時，可用「～にした」「～とした」的形式。

日文句型
① ～を前提として、～を前提に（して）

以～為前提，後方若修飾名詞使用「～を前提とした」的形式。

- 急速な人口の集中を前提として都市計画を定める。

  以人口快速集中為前提，擬定都市計畫。

- 結婚を前提に交際している彼女が、なんと男だった。

  以結婚為前提交往的女友，居然是男生。

- 彼は一年後に帰国するので、私は別れることを前提に彼と付き合っているんです。

  因為他一年後就要回國，我是以分手為前提跟他交往的。

- 終身雇用を前提とした年功序列制度は、転職が当たり前の現代社会においては時代遅れだと言わざるを得ない。

  以終身僱用為前提的年功序列制度，在跳槽理所當然的現代社會中，不得不說過時了。

- 災害が起こることを前提に、防災教育や防災対策を行うことが大事である。

  以災害發生為前提，進行防災教育及防災對策很重要。

日文句型 ② ～を境に（して） 🎧151

以～為界線，自從～之後（就有很大變化）。

・親友に裏切られたあの日を境にして、私は人間不信に陥り、誰とも話さなくなった。

自從被好友背叛那天之後，我就開始不相信人，不跟別人說話了。

・高校卒業を境に、彼女と疎遠になり、連絡が途絶えてしまいました。

高中畢業後，我就跟她疏遠，沒有繼續聯絡了。

・兄の死を境に、母は家に帰らなくなり、父も酒に溺れるようになりました。

哥哥離世之後，媽媽就再也不回家了，爸爸也開始沉溺於酒精之中。

・ある調査会社の研究によると、年収400万元を境に、それ以上増えても人が感じる幸福度はほぼ変わらないということだ。

根據某個調查公司的研究，以年收400萬元為分界，賺再多人所感受到的幸福程度不太會變化。

・隣国との関係が悪化した2019年を境に、ヒロシ国の国防政策が大きな転換を遂げました。

以與鄰國關係惡化的2019年為分界，Hiroshi國的國防政策有很大的轉變。

日文句型
③ 〜をよそに 〔152〕

「よそ」漢字寫成「他所」或「余所」，意思是其他地方，或是與自己沒有關係的對象、領域。因此本句型直翻會說成「以〜為與自己無關的對象」，就是<u>不把〜當一回事</u>、<u>無視〜</u>、<u>不在乎〜</u>的意思，常用於負面語氣。

- 親の期待<u>を</u>よそ<u>に</u>、彼は法学部を卒業したあと、弁護士にならずにユーチューバーになった。

  他不理會父母的期待，法學院畢業之後不當律師而成為了 Youtuber。

- みんなの心配<u>を</u>よそ<u>に</u>、彼女は研究調査のため 1 人でアマゾンの熱帯雨林に入った。

  她不理會大家的擔心，為了做研究隻身進入了亞馬遜熱帶雨林中。

- 住民の反対<u>を</u>よそ<u>に</u>、市はごみ焼却施設の建設を強行した。

  不把居民的反對當一回事，市政府強行建造了焚化爐。

- 「犬のフンはお持ち帰りください」と書いてある<u>のを</u>よそ<u>に</u>、犬のフンを放置して帰る飼い主が多いです。

  無視標示寫的「狗大便請帶回」，不清理狗糞的飼主也很多。

- コロナ禍<u>を</u>よそ<u>に</u>、不動産市場は活況を呈している。

  不理會疫情，房地產市場呈現一片熱絡的氣息。

★類似句型：～（に）も構わず

名詞＋（に）も構わず（其他詞性需要名詞化）

「構う」意思是在意，此句型意思是正常應該要在意的事情卻不在意。

・あの人、キモいね。電車の中なのに人目も構わず、ずっと足裏を掻いている。

那個人好噁喔。明明在電車上，卻不在意別人的眼光一直摳腳底。

・小林さんは相手の都合も構わず電話してくるので、ほとほと迷惑している。

小林打電話來都不看對方是否方便，真是令人困擾。

・隣に座っていた高校生が人が気持ち悪がるのも構わず、回転ずしのレールに乗っている寿司のネタに唾をつけて遊んでいた。

坐隔壁的高中生絲毫不在意別人覺得噁心，將自己的唾液塗在迴轉壽司軌道上的壽司上玩耍。

・彼は授業中であるのもかまわず、音を立てながらカップラーメンを食べている。

他也不管正在上課，大聲吃著泡麵。

・部長は同じ部屋に小さい子供がいるのにもかまわず、タバコをすぱすぱ吸っている。

部長也不管房間內有小朋友，大口大口地抽菸。

177   Part 2 重點文法②

「AをBに」「AをBとして」構造的句型

★類似句型：〜を顧みない／〜を顧みず（に）、〜

名詞＋を顧みない／を顧みず（に）、〜

「顧みる（第二類動詞）」有回顧及顧慮的意思，否定連接型態「〜を顧みず（に）」就是「〜を顧みないで」，意思是不顧〜。「〜も顧みず（に）、〜」也是常見形式。

・自分の仕事を優先し、家庭を顧みない夫に愛想を尽かして離婚することを決意した。

　　我實在對成天只想著工作不顧家庭的老公徹底心寒，所以決定離婚。

・おじさんは医師の忠告を顧みず、肺がんで死ぬまでタバコを吸っていた。

　　不顧醫師的忠告，叔叔直到因肺癌過世前都在抽菸。

・彼は危険を顧みず、川の中に飛び込んで溺れている子供を助けた。

　　他不顧危險跳進河裡救了溺水的孩子。

・息子さんの気持ちを顧みず、スマホゲームの趣味を頭ごなしに否定するのは親子関係上よろしくないと思います。

　　沒有顧慮您兒子的心情，劈頭就否定他玩手遊的興趣，我認為這在親子關係上非常不好。

★類似句型 〜を押して、〜を押し切って

名詞＋を押して、を押し切って

硬是不顧某困難、阻礙強行去做某事。可以從「押す（推）」的本意去聯想，「硬是推擠穿越人潮，去到自己想去的地方」這種概念。

・大事な試験だったので、39度の発熱を押して受験しました。

　　因為是重要的考試，所以我還是忍著39度的高燒去考試了。

・自分にとって最後のオリンピックになるかもしれないので、ケガを<u>押して</u>でも出場したい。

因為搞不好是自己最後一次參加奧運了，所以就算帶著傷也想出場比賽。

・彼女は両親の反対を<u>押し切って</u>、前科のある男と結婚した。

她不顧父母反對和有前科的男人結婚了。

・北朝鮮は世界中の非難を<u>押し切って</u>、立て続けに弾道ミサイルを発射している。

北韓不顧全世界的指責，不斷地發射彈道飛彈。

日文句型 ④ ～を皮切りに（して）、～を皮切りとして

153

「皮切り」指的是針灸第一針（切開皮膚），進而聯想此句型的意思是<u>以～為開端展開、從～開始一連串事件或行動</u>。

・人気歌手「鼻毛長」さんの引退コンサートは東京を<u>皮切りに</u>、全国各地で行われる予定だ。

人氣歌手鼻毛長的封麥演唱會在東京揭開序幕，預計在日本全國各地舉行。

・ヒロシ塾は、台北を<u>皮切りとして</u>、多くの都市に分校を展開していった。

Hiroshi 補習班從台北開始，在很多城市陸陸續續創立了分校。

・飲食店で撮られた1本の迷惑動画が拡散されて話題を呼んだ。これを<u>皮切りに</u>、似たようなイタズラ動画が次々と投稿され、SNS で拡散されている。

在餐廳裡拍下的一支惡搞影片散佈之後引發話題。在那之後，類似的惡作劇影片就一支一支被 PO 上網，在社群網站上瘋傳。

- 2人の子供が行方不明になった<u>のを</u>皮切り<u>に</u>、町では様々な怪奇現象が起こっている。

  以兩個孩子失蹤為開端，鎮上不斷發生各種離奇的現象。

- ヒロシ選手は3年前に全国大会で初優勝した<u>のを</u>皮切り<u>に</u>、様々な睡眠選手権で優勝を果たし、今年の7月に行われたワールドカップでも金メダルを獲得した。

  Hiroshi 選手三年前在全國大賽首次獲得冠軍之後，就開始在各種睡眠大賽中奪冠，在今年七月舉辦的世界盃中也獲得金牌。

★後方必須是同類型的內容，若純粹表示一個契機要使用「～をきっかけに／～を機に」等說法

（×）小学生にデブと呼ばれたのを皮切りに、ジムに通うようになった。

（○）小学生にデブと呼ばれたの<u>をきっかけに</u>、ジムに通うようになった。

  自從被小學生叫胖子之後，我就開始去健身房了。

日文句型 ⑤ ～を機に／～を契機に（して）／～を契機として 🎧154

與「～をきっかけに（して）、～」同義，表示<u>以～為契機（因為一個直接的原因、動機）</u>，是「～をきっかけに、～」較硬、較正式的說法。

- 親友の結婚<u>を機に</u>、自分も結婚したいという気持ちが芽生え、合コンに参加するようになった。

  以好友結婚為契機，我也開始有了想結婚的念頭，於是開始參加聯誼。

- 出産<u>を機に</u>、会社を辞める女性は少なくない。

  不少女性以小孩出生為契機而辭掉工作。

- 東日本大震災を契機として、国民の防災意識が高まり、原発の安全性に関する新たな基準が設けられました。

以 311 地震為契機,國民的防災意識提高,也設立了核電廠相關的新安全基準。

- 過労で入院したのを契機に、私はワークライフバランスについて真剣に考えるようになった。

以過勞住院為契機,我開始認真思考工作與生活的平衡。

Level UP

也常用「〜が契機になって」或「〜が契機となり（較正式）」的形式

- 度重なるバス転落事故が契機となり、政府は全てのバス会社に対して過労運転の防止対策を定期的に見直すよう求めている。

因客運翻落邊坡的事故不斷發生,政府要求所有客運公司定期重新審視其疲勞駕駛的防範對策。

日文句型 6 〜もそこそこに 155

名詞＋もそこそこに

「そこそこ」為副詞,此句型為「沒有好好地去〜、隨便地〜就如何」的意思。

- 寝坊したので朝ご飯もそこそこに、急いで駅に向かった。

因為睡過頭早餐隨便吃就趕去車站了。

- 初めての海外出張でしたが、連日の会議で疲れていたので、観光もそこそこにホテルに戻りました。

雖然是第一次去國外出差,但因為連日的會議很疲累,觀光也就是隨便逛一下就回旅館了。

- 時間がなかったので、検証もそこそこにそのスクープを公開した。

  因為沒有時間，草草查證一下就公開那個獨家消息了。

- クライアントが来ると私たちは雑談もそこそこに、すぐ商談に入りました。

  客戶一來我們也沒什麼聊天，就馬上進入商談階段。

Level UP

「そこそこ」也能直接當副詞使用，或是採「そこそこの＋名詞」的方式連接名詞，均為勉勉強強、還可以的意思。

- 英語ですか？試験ではそこそこいい点数が取れてますけど、話す機会がないので会話はちょっと苦手です。

  英文嗎？考試是拿得到還可以的分數，但沒有機會說所以口說不太好。

- 小さな会社だけど、そこそこの収入が得られるので不満はないね。

  雖然是小公司，但能夠拿到還可以的薪水，所以沒有不滿。

接尾複合句型

日文句型 ① ～ぐるみ 🎧 156

名詞＋ぐるみ

來自動詞「包む（包起來）」，取其ます形「くるみ」與前方名詞複合產生連濁，作為接尾詞使用，複合完的意思是包含～在內的全部。

・ 関係者の証言によりますと、今回の事件は会社ぐるみの犯罪だということです。

　根據相關人士的證詞，這次的事件是公司集體的犯罪行為。

・ 国家ぐるみのサイバー攻撃は、ニューノーマルになりつつある。

　國家級網路攻擊已經慢慢成了新常態。

・ 学力低下やいじめ問題など、学校ぐるみで解決しなければならない課題は山ほどある。

　像是學力低下及霸凌問題等等，必須整個學校一起解決的課題繁多。

・ 新しい原発の建設に対し、住民が地域ぐるみで反対運動を行っている。

　整個區域的居民正一起展開針對建設新核能電廠的反對運動。

・ 海外で強盗に遭って身ぐるみ剥がされて困っていたときに、ある若い男性が「ヒロシ先生ですか？」と近づいてきて、100 ドルを渡してくれた。

　在外國碰到搶劫，全身被扒光不知所措之際，一名年輕男性走近問了一句「你是 Hiroshi 老師嗎？」之後，就塞了一百美金給我。

日文句型

② ～並み 🎧157

名詞＋並み

與名詞結合作為接尾詞使用時，意思是與～相同程度的意思。常見的使用形式有「～並みだ。」「～並みに、～（與～相同地）」「～並みの＋名詞（與～相同的～）」。

- 「彼女は通訳者になるためのトレーニングを受けていないそうだ。」「でも、彼女の通訳はプロ並みだよ。」

  「聽說她沒受過成為口譯員的訓練。」「但她的口譯媲美專業口譯員耶！」

- 気象庁の発表によると、今年の桜の開花時期は平年並みだということです。

  根據氣象局報導，今年櫻花開花期與往年相同。

- この国は平均所得こそ低いが、先進国並みの医療が受けられる。

  這個國家雖然平均所得很低，但可以接受與先進國家相同水準的醫療。

- 一口にお年寄りと言っても、若者並みに働ける人もいれば、介護者がいないと日常生活が難しい人もいるので、千差万別だ。

  雖然都說是老年人，但有些可以跟年輕人一樣工作，有些沒有照護者日常生活就很困難，也是各式各樣。

★以下兩種說法意思接近

A：この子は、日本に住んだことがないのに、日本人並みの日本語を話す。

  這孩子儘管沒住過日本，卻可以說跟日本人一樣的日文。

B：この子は、日本に住んだことがないのに、日本人並みに日本語を話す。

  這孩子儘管沒住過日本，日文卻可以說得跟日本人一樣。

★有許多慣用詞彙也含有「並み」，建議直接當作一個詞彙來記憶。

月並みな（平凡的、沒新意的）、人並みな／人並みの（普通的、與別人差不多的）、

十人並み（一般的）、並外れた（不普通的、非凡的）、軒並み（哪邊都是、每一個都）、

並々ならぬ（不普通的、非凡的）

・綺麗な景色を描写したくても月並みな表現しか思いつかない。

　就算想描寫美麗的景色，也只想得到一些很普通的說法。

・人並の暮らしができればそれでいいよ。

　能過上跟普通人一樣的生活那就可以了。

・この子は並外れた身体能力を持っている。

　這孩子有超凡的身體素質。

・大きな取引所が経営破綻したことを受け、仮想通貨は軒並み下落している。

　受到大型交易所倒閉的影響，加密貨幣全數下跌。

・東大に入るには並々ならぬ努力と運が必要です。

　要進東大需要非比尋常的努力及運氣。

③ ～以前 🎧158

> 各詞性常體（な形容詞、名詞現在肯定～だ／である）＋以前／
>
> 各詞性常體（な形容詞、名詞現在肯定～だ／である）～か（どうか）＋以前

代表談論～之前，有更基本更重要的事情或階段。連接後句時使用「～以前に、～」，後方若接名詞則使用「～以前の＋名詞」的句構。除了上述接續之外，也常使用相反意思的動詞或形容詞如「できるできない」「広い狭い」再加上「以前」。

- 脚本について語る<u>以前に</u>、この映画の主役にヒロシさんを起用するのはリスクが大きすぎない？

  談論腳本之前，這部電影找 Hiroshi 演主角會不會太冒險了阿？

- 連絡もせずによその会社を訪問するのはダメに決まってるじゃない。それはビジネスマナー<u>以前の</u>一般常識だよ。

  不聯絡就拜訪人家公司一定是不行的啊！那是一般常識還算不上商務禮儀吧。

- 車を借りる<u>以前に</u>、お前運転免許持ってるの？

  在思考租車之前，你有駕照嗎？

- 日本語の勉強法にこだわる<u>以前に</u>、なぜ日本語を勉強するのか自分なりに考えてみることが大切です。

  比起拘泥日文學習法，思考看看自己為什麼要學日文很重要。

- おいしいかどうか<u>以前の</u>問題だよ。このキノコ、本当に食べられるの？

  先還不要說好不好吃，這個菇真的能吃嗎？

- 仕事ができるできない<u>以前に</u>、時間を守ることは社会人として基本中の基本だよ。

  比起會不會工作，守時是社會人士基本中的基本。

日文句型 ④ 〜めく 159

名詞＋めく；名詞＋めいた＋名詞

與前方名詞複合，意為<u>帶有…感覺、氣息</u>。搭配的名詞相當有限，記得常用的即可。

- 風が涼しくなり、木の葉も色づき始めて、そろそろ秋<u>めいて</u>きたね。

  風也變冷了，樹葉也開始變色，漸漸有秋意了呢。

- 「この歌知ってる？」「知ってるよ。歌詞が皮肉<u>めいて</u>いて面白いよね。」

  「你知道這首歌嗎？」「知道啊！歌詞諷刺性很強很有趣。」

- 「何があったの？怖い顔をして。」「友達に誘われてヒロシ教っていう新興宗教の集会に参加したの。そしたら教祖ヒロシが私に「毎日たっぷり寝てるか」とか「睡眠の質はいいか」とか謎<u>めいた</u>質問をたくさんしてきてさ、もう怖くて怖くて。」

  「發生什麼事了？怎麼一臉驚恐。」「被朋友邀去一個叫做 Hiroshi 教的新興宗教集會。然後，教主 Hiroshi 就開始問我一些謎樣的問題，像是「每天有沒有睡飽啊？」「睡眠品質好不好啊？」之類的，嚇死我了。

- 別れた彼氏から「言うことを聞かないと後悔するぞ」という脅迫<u>めいた</u>メッセージが届いてから不安で夜も眠れない。

  自從分手的男友傳來「不聽話的話你會後悔喔！」這種語帶威脅的訊息後，我就超級不安、夜不成眠。

- 「雑用ばっかりでエンジニアらしい仕事は何もしてないよ」と友達はちょっと冗談<u>めいた</u>口調で新しい会社について話していた。

  朋友用略帶玩笑的口吻談著新公司：「都在打雜根本沒做什麼像工程師的工作。」

⑤ 〜びる 🎧160

> 名詞／い形容詞い＋びる；名詞／い形容詞い＋びた＋名詞

與名詞結合後，代表給人〜的感覺。常搭配的名詞如「大人びる（像大人）」「鄙び
る≒田舎びる（鄉下味重）」「古びる（老舊、過時）」，常以「〜て」「〜た」的
形式使用。注意「〜びる」採第二類動詞方式變化。

・あの子はまだ 12 歳なのに身長のせいか大人びて見えるね。

那孩子明明才 12 歲，不知道是不是因為身高太高，看起來很像大人。

・こちらがヒロシ館です。山奥にある 4 階建てのひなびた旅館ですが、窓が壊
れたままになっているので、宿泊客は毎日バッタなどの虫に囲まれながら大
自然を満喫できます。

這就是 Hiroshi 館，這棟位於深山中的四層樓旅館頗有鄉村味，因為窗戶一直是壞的，所以旅
客可以被蚱蜢等蟲蟲環繞充分體驗大自然。

・久しぶりに部屋を掃除したら古びた楽譜が出てきた。乾いた血痕が付いてい
るので、触ってみたら「ピアノを教えてあげましょうか」という声がしてき
た。

久違打掃房間時翻出了老舊的樂譜，因為上面有乾掉的血漬就碰了一下，然後就傳來「我來
教你鋼琴吧」的聲音。

・ホテルを出発して車で走ること 40 分。街中とは打って変わって田舎びた
景色が目の前に広がっていた。

從飯店出發大概開了 40 分鐘的車。映入眼簾的是與市中心截然不同，一整片的鄉村景色。

日文句型 ⑥ 〜ぶり、〜っぷり 🎧161

> 名詞／動詞ます形ます＋ぶり／っぷり

「〜ぶり」除了表達事隔多久之外（例：3 年ぶり），也能表達做一件事情的樣子、狀態。有些動詞常使用「っぷり」的型態如「食べっぷり」及「飲みっぷり」。

・あの市長は、秘書の慌てぶりをまったく意に介さず、記者会見で自分の私生活について延々と語っていた。

那個市長絲毫不在意秘書慌張的樣子，在記者會上不斷地談論自己的私生活。

・海外に嫁いだ日本人女性の暮らしぶりを取材する番組が流行っている。

最近流行一些節目，會去採訪遠嫁海外的日本女性，介紹他們的生活樣態。

・「小林さんは思ったより飲めますね。」「僕もあの豪快な飲みっぷりに驚かされましたよ。人は見かけによらないものですね。」

「小林比我想的還會喝耶。」「我也是被他那豪邁的喝法嚇了一跳。真的是人不可貌相阿。」

・〇B の各界での活躍ぶりを知ってもらおうと、学生向けの定期講座を開いている。

為了讓學生們知道本校校友在各界活躍的樣子，會定期舉辦給學生的講座。

・優れた上司は、部下の仕事ぶりを観察し、しかるべきフィードバックを与える。

優秀的上司會觀察部下的工作情形，並給予適當的反饋。

日文句型

⑦ 〜そびれる

動詞ます形ます＋そびれる

與動詞ます形複合後，意思為因為某原因失去做某動作行為的機會。

- 時間がなくてお土産を買いそびれてしまいました。

  因為沒時間沒買到伴手禮。

- 残業で見たかった番組を見そびれてしまった。

  因為加班沒看到我想看的節目。

- 帰国の準備で忙しくて、お世話になった先生にお礼を言いそびれてしまった。

  因為準備回國的事情很忙，沒有機會向照顧自己的老師道謝。

- 「ずっと聞きそびれてたんだけど、木村卓也って誰？」「え？自分の指導教官の名前も忘れたの？」

  「我一直很想問你但沒問成，木村卓也是誰啊？」「什麼？你連自己指導教授的名字都忘了阿？」

- せっかくバレンタインデーのプレゼントを買ったのに、彼氏に渡しそびれてしまった。

  都特地買情人節禮物了，卻沒順利拿給男友。

比較 與「ます形＋忘れる」不同的是，通常不是純忘記而是錯過機會或因為某因素無法做。

A：大山神社に行き忘れてしまった。

忘記去大山神社了。（純粹忘記）

B：大山神社に行きそびれてしまった。

沒去成大山神社。（因為時間不夠等原因）

★類似句型：〜損ねる、〜損なう、〜損じる

動詞ます形ます＋そこねる／そこなう／そんじる

此三種動詞有損害的涵義，動詞ます形與此三種動詞複合，代表一件事沒有做成功，或沒掌握到機會去完成某事。

・高速道路で渋滞に巻き込まれ、予定の便に乗りそこねてしまった。

在高速公路上碰到塞車，沒搭到原定的班機。

・急用ができて、楽しみにしていたNHKの特集番組を見そこなってしまった。

突然有急事，沒看到本來很期待的NHK特輯節目。

・会場の近くにあるレストランは全部混んでいて昼食を食べそこなったので、カップラーメンを買ってホテルで食べることにした。

會場附近的餐廳都超多人的沒吃到中餐，所以我決定買泡麵回飯店吃。

・最後にヒロシ選手が外角の変化球を打ち損じてゲームセット！

最後 Hiroshi 選手沒打到外角變化球，比賽結束！

・急いては事を仕損じる。

很急著做一件事，就會搞砸；欲速則不達。

Level UP

「〜損なう」及「〜損ねる」還有搞錯（例句 A，只用於見損なう），及差一點如何（例句 B）的意涵。

・A：陰で僕のことをそんな風に言ってたなんて（お前を）見損なったよ。

居然在背後那樣說我，我真是看錯你了。

・B：交通事故に巻き込まれて危うく死に損なった。

被捲入車禍，差點死掉。

日文句型 ⑧ ～じみる 🎧163

名詞＋じみる／名詞＋じみた＋名詞

「じみる」來自「染みる」，因為與前方名詞複合而產生連濁。「染みる」原意是液體、氣體、氣味等沾染擴散、汙染別物，與名詞複合後衍伸為<u>帶有某個不好的要素、狀態</u>的意思。注意「染みる」為二類動詞，所以複合過的「～じみる」也遵循二類動詞變化。

- 彼女は結婚してまだ一年も経ってないのに、急に所帯じみてきたね。

  她明明結婚不到一年，突然有黃臉婆的味道了耶。(所帯：成立家庭)

- このアニメはなんか説教じみていて面白くないな。

  這部動畫整個像在說教，真不好看。

- そんな年寄りじみた服を着ていたら、いつまで経っても彼女ができないよ。

  你穿那種老氣的衣服，不管過多久都交不到女友喔。

- 小林先生のあの芝居じみた喋り方はなんとかならないかね。

  小林老師那戲劇化的說話方式沒辦法改一下嗎。

日文句型 ⑨ ～きっての 🎧164

名詞＋きっての＋名詞

「きって」漢字寫成「切って」，是一個接尾詞連接前方名詞，代表在一個範圍當中<u>最如何</u>的意思。多半用於好事，但網路上也蠻多人用於負面的描述上。

- 警視庁きってのエリート刑事を演じるのは、小泉三郎です。

  飾演警視廳最傑出刑警的是小泉三郎。

- 佐藤さんは、うちの会社きっての変人だ。

  佐藤是我們公司最怪的人。

- 進藤さんは囲碁界きってのイケメンとして知られている。

  進藤以圍棋界首屈一指的帥哥聞名。

- ラーメン屋ヒロシは、京都きっての繁華街である四条河原町にある。

  Hiroshi 拉麵店位於京都最繁華的四條河原町。

日文句型 ⑩ ～越し 165

名詞＋越しに、～／名詞＋越し＋の＋名詞

用在空間上代表隔著，而用在時間上代表延續多少時間。可用於不間斷的情況如「10年越しの病（超過十年的病）」或是本來預定要做卻因故沒做的情況「20年越しの卒業式（事隔 20 年的畢業典禮）」。

- この部屋からの眺めは最高だよ。こうして窓越しに海を見ると心が落ち着く。

  這房間看出去的景色超讚的喔！隔著玻璃窗看海，內心會很平靜。

- 「ねえ、この本を 5 冊買えばヒロシ先生とマスク越しにキスできるらしいよ。」「うわっ、きもっ。出版社のアイディアなの？」

  「誒，這本書買五本好像可以跟 Hiroshi 老師隔著口罩親親耶。」「哇，好噁喔。這是出版社的主意嗎？」

- リモートワークが普及した分、画面越しのコミュニケーションも多くなった。

  隨著遠距辦公普及，隔著畫面溝通的情況也變多了。

- 今日は２年越しの入学式に参加してきた。コロナでずっと遠隔授業だったのでやっと同級生に会えてうれしかった。

  今天我去了事隔兩年的入學典禮。因為疫情一直都是遠距上課，很開心總算可以看到同學了。

- 昔は宵越しの金を持たない主義だったので、貯金はほとんどなかった。

  我以前是日光族，幾乎沒有存款。

⑪ ～気取り 166

名詞＋気取り

「A 気取り」來自動詞「気取る」，意思為認為自己是 A，把自己當作是 A 擺出那個樣子。與「～ぶる」意思相近。

- うちの母は海外に行くと、人気アイドル気取りで、あちこちでセルフィーを撮りまくる。

  我媽只要出國就會當自己是人氣偶像，到處自拍。

- 有名人気取りのバカ評論家でしかないあいつのラジオ番組など、聞くに値しない。

  那傢伙不過是以為自己是名人的笨蛋名嘴，他的廣播節目不值得聽。

- 迷子になった子供を助けたぐらいで、英雄気取りしてんじゃねえよ！

  只不過幫助了迷路的小孩，不要給我在那邊裝英雄。

* 以上兩句較粗俗，好孩子不要用。

日文句型 (12) ～がましい 🎧167

動詞ます形ます／名詞＋がましい

與前方ます形或名詞結合成複合形容詞，表示一種傾向、類似某種性質。

・命の恩人とはいえ、恩着せがましい態度を取られ続けると、さすがに不快になる。＊「恩に着せる（要人感謝自己的恩情）」省略助詞連接

　雖說是救命恩人，但一直被用要求感謝的態度對待，還真的是會不爽。

・3年前に別れた元カノが、今でも未練がましく連絡してくるんだよ。

　三年前分手的前女友，現在還是常常會依戀地跟我聯絡。

・うちの上司は親切ではあるが、少し押しつけがましいところがある。

　我們上司人是很親切沒錯，但有點硬要強迫別人接受自己的想法。

・我々は仕事でミスをすると、つい言い訳がましいことを言ってしまいがちだ。

　我們在工作上出錯時，總是容易不小心說出一些辯解的話。

* 「済む」原意是一件事情結束、順利解決。此節介紹的句型均可用此概念去理解。

・食事はもう<u>すみました</u>か？

吃過飯了嗎？

・もう<u>すんだ</u>ことだし、気にしてもしょうがないよ。

事情也都過了，在意也沒用了啦。

日文句型 ① 〜てすむ

| 動詞て形＋すむ／い形容詞〜くて＋すむ／名詞〜で＋すむ |

代表這樣就好了，沒事了、順利解決了。若為意圖要如何了事，採用使役形（他動詞）的「〜済ませる」或「〜済ます」。

・急に爆発したので、この携帯はもうダメかと思ってたけど、バッテリーの交換<u>だけですむ</u>らしい。

因為手機突然爆炸，想說這支手機應該沒救了，但好像只要換電池就好。

・4階から転落したが、ゴジラの着ぐるみを着ていたおかげで軽傷<u>ですんだ</u>。

從四樓摔落，但好在穿著哥吉拉的布偶裝，所以只受到了輕傷。

・<u>謝ってすむ</u>なら警察は要らないよ。

如果道歉就沒事，那需要警察幹嘛。

・それはれっきとしたセクハラだ。冗談<u>で済まされる</u>ことではない。

那是不折不扣的性騷擾喔，不是說開玩笑就能了事的。

・「え？事故物件に住んでるの？嘘だろう。」「だって家賃が<u>安くて済む</u>し、幽霊が見える体質じゃないから。」

「蛤？你住在凶宅裡？開玩笑吧。」「因為這樣房租就很便宜啊，而且我也不是會看見阿飄的體質。」

- いくらダイエットのためとはいえ、1日3食を全てゼリーで<u>済ませる</u>のは不
健康極まりないよ。

不管再怎麼講是為了減肥，一日三餐都靠果凍解決太不健康了啦。

日文句型 ② ～ないですむ／～なくてすむ／ ～ずにすむ 🎧169

> 動詞ない形ない＋ないですむ／なくてすむ／ずにすむ
>
> 不規則：する→せずにすむ

「てすむ」的否定形式，由「ないで／なくて／ずに（不這樣做）」＋「すむ（了事、結束）」組成，意思是<u>本來應該要做某一件事，但現在不做也可以了、不這樣做事情也可以圓滿解決、不～也 OK</u>。

- 中山駅？緑線で行けば、乗り換え<u>しないですむ</u>よ。

中山站嗎？搭綠線的話，不用轉車就到了喔。

- 働きがい？そんなのどうでもいいよ。正直、<u>働かないですむ</u>なら、僕は働かないよ。

工作意義？那種東西隨便啦。老實說如果可以不工作，我不會工作。

- 私は小学校のころ学校が大嫌いだった。仮病を使ったり、休校だと嘘をついたり、とにかく毎日学校に<u>行かなくてすむ</u>方法を考えていた。

我讀小學時超討厭上學的。要嘛裝病，要嘛騙說停課，總之每天都在想能不去學校的方法。

- リモートワークのおかげで、嫌な上司に<u>会わなくて済む</u>からストレスがだいぶ軽減された。

多虧了遠距辦公，不用見到討厭的上司，壓力小了很多。

- 敵国の要求を呑めば、戦争にならずにすむと思っているのなら、頭の中がお花畑だとしか言いようがない。

  如果以為只要吞下敵國的要求就不會演變成戰爭，那只能說真的是太天真了。

- 融資を受けることができてよかった。うちの会社は倒産せずにすみそうだね。

  可以接受融資真是太好了，看起來我們公司不用倒閉了。

日文句型③ 〜ないではすまない／〜なくてはすまない／〜ずにはすまない／〜なしではすまない 🎧170

> 動詞ない形ない＋ないでは／なくては／ずには＋すまない
> 不規則：する→せずにはすまない

將上一個文型後方改成否定，由「ないで／なくて／ずに（不這樣做）」＋「は（對比強調，〜的話）」＋「すまない（不會結束）」組成，意思是從狀況及社會常識來看①不這樣做的話是無法落幕的、說不過去②一定會造成的結果。

- 冗談のつもりでも、相手が不快な気持ちになってしまったのなら、謝らないではすまない。

  就算自己本意是開玩笑，但如果對方不舒服的話還是不能不道歉。

- 部長のカツラをなくしてしまった。これじゃ叱られないではすまない。

  把部長的假髮搞丟了，這樣一定會被罵。

- 部下のミスとはいえ、上司である私も責任を取らずにはすまないだろう。

  雖說是下屬的失誤，但身為上司的我也沒辦法不負責吧。

- 鼻がひどく曲がってる！これじゃ手術せずにはすまないよ。

  鼻子嚴重扭曲耶，這樣不動手術不行了。

- 戦争はしかけられた国のみならず、世界全体に影響を及ぼさずにはすまない。

  不僅僅只有被攻打的國家，戰爭也一定會對全世界造成影響。

Level UP

名詞連接時依照下面方式接續

| 肯定：名詞＋ではすまない／否定：名詞＋なしではすまない |

- これは重大な犯罪で、「知りませんでした」ではすまないぞ。

  這是嚴重犯罪，一句我不知道是無法了事的喔。

- 不倫が世間に知れてしまったら処分なしではすまないだろう。

  偷情的事情如果被大眾知道，那不處分也不行了。

④ ～ないではおかない、～ずにはおかない

🎧 171

動詞ない形ない＋ないではおかない／ずにはおかない
不規則：する→せずにはおかない

初級學過的「～ておく」代表一種處置（準備、處理等等）或放置的意思，因此「～ないでは（＝～ずに）＝不這樣做的情況下」＋「おかない＝不放置」代表不會這樣放置著不做一件事，通常代表<u>一定會做一件事的強烈意志或是必然會造成的自然性結</u><u>果</u>。

意思①：一定會做的事

- 彼は出世のために私を陥れた。待ってろ！絶対に仕返しを<u>しないではおかな</u><u>い</u>からな。

  他為了升遷陷害我，等著吧！我一定會報仇的。

- 八百長に関与した選手には、厳しい罰を<u>与えずにはおかない</u>。

  對於參與打假球的選手，一定會給予最嚴厲的處罰。

- 向こうがまた挑発的な行動に出たら、こちらも対抗措置を<u>取らずにはおかな</u><u>い</u>。

  對方如果再有挑釁動作，我們也一定會採取對抗措施。

- 隣国が飛ばした偵察用の風船が我が国の領空に侵入してきたら、<u>撃墜せずに</u><u>はおかない</u>。

  如果敵國的偵查氣球侵入我國領空，就一定會把它擊落。

意思②：自然造成的結果，自發性用法

・彼女の美しい歌声は聞く人を<u>感動させないではおかない</u>。

她的優美歌聲一定會讓聽的人感動。

・あの報道官の話し方は、記者に不快感を<u>与えずにはおきません</u>。

那個外交部發言人的說話方式，絕對會造成記者不舒服。

・サル痘の感染拡大は、国民を不安に<u>させずにはおかなかった</u>。

猴痘的疫情擴大讓國民相當不安。

* 在 **N4**、**N5** 有學過「～たくても、～られない」「～ようとしても～られない」的

用法，代表就算想做一件事情也無法，此節將介紹其他更高難度的同義句型。

> 動詞ます形ます＋たくても＋可能形否定；
> 動詞意向形＋としても＋可能形否定

- 彼氏は自分の星に帰っちゃったから、会いたくても会えない。

  男友回到自己的星球了，所以想見也見不到。

- 航空券が高すぎるので、日本に行きたくても行けない。

  因為機票太貴了，所以想去日本也去不了。

- 痔が痛くて自転車に乗りたくても乗れない。

  痔瘡很痛，所以想騎腳踏車也沒辦法騎。

- N1 の単語は難しすぎるから覚えようとしても覚えられない。

  N1 的單字太難了，所以想背也背不起來。

- 足裏マッサージはあまりにも痛いので、我慢しようとしても我慢できない。

  腳底按摩實在太痛了，所以就算想忍還是忍不住。

- 昨日何を食べたっけ？やばい、思い出そうとしても思い出せない。

  昨天吃了什麼啊？糟糕，努力想還是想不起來。

日文句型

① ～ようにも～られない

> 動詞意向形＋にも＋可能形否定

代表即使想做一件事也無法，通常是物理上的原因導致。

- 終電を逃してしまい、家に帰ろうにも帰れない。

  錯過最後一班電車，想回家也回不了。

- 部長の電話番号を知らないので、電話をかけ<u>ようにも</u>かけ<u>られません</u>。

我不知道部長的電話號碼，所以想打電話也打不了。

- 隣の家のお嬢さんが一日中ピアノの練習をしていて、うるさくて仕事をし<u>ようにも</u>集中できない。

隔壁家的大小姐整天練琴，吵死了想工作也做不了。

- 友達が彼氏から暴力を受けている。でもその彼氏はやくざだから別れ<u>ようにも</u>別れ<u>られない</u>みたいだ。

朋友遭受男友的暴力對待，但因為那個男友是流氓所以想分手也分不了。

- 頭が痛くて寝<u>ようにも</u>寝<u>られず</u>、一日中苦しんでいた。

頭超痛想睡也無法睡，整天都超痛苦。

- 数年前に、ある中年女性が公園の芝生でお尻を丸出しにしておしっこしているのを目撃した。あまりにも衝撃的だったので、あの光景を忘れ<u>ようにも</u>忘れ<u>られない</u>。

幾年前我目睹了一位中年女性在公園的草皮上露出屁股尿尿。實在是衝擊性太強了，所以那場景我想忘也忘不了。

Level UP

此句型也能<u>調換語序</u>。

- 頭が痛くて寝<u>ようにも</u>寝<u>られない</u>。
  ≒寝<u>ようにも</u>頭が痛くて寝<u>られない</u>。

頭很痛想睡也睡不著。

② 〜に〜られない 🎧174

動詞辞書形＋に＋可能形否定

代表就算想做一件事也無法，心理上的原因居多。

- 明るい人でも、言うに言えない悩みを抱えている可能性がある。

  就算是開朗的人，也可能有無法訴說的煩惱。

- 元カノからもらったプレゼントなので、捨てるに捨てられない。

  因為那是前女友送給我的禮物，所以捨不得丟掉。

- ここのラーメンを食べるためにはるばる台湾から来たのに、店がつぶれているなんて泣くに泣けない。

  我是為了吃這裡的拉麵遠從台灣過來，結果店居然倒了真是欲哭無淚。

- 「星座占いで今日は9時を過ぎてから出社した方がいいと言われたから、遅刻しました」って。部下の言い訳が理解不能すぎて怒るに怒れなかった。

  部下說「星座算命說我今天九點後再去上班比較好，所以我遲到了。」這理由實在太瞎，想氣也氣不起來。

- 水を飲みすぎて水中毒になるなんて笑うに笑えない話だよ。

  喝太多水最後水中毒，這真的是想笑也笑不出來的事耶。

- お世話になった先輩からのお願いなので、断るに断れないよ。

  因為是很照顧我的前輩拜託我，所以真的無法拒絕。

Level UP

實際使用上，後面也可以不接重複性動詞或予以省略。

- 面白い例文を書こうにもインスピレーションが湧かない（から書けない）。

  想寫有趣的例句，但沒有靈感所以寫不出來。

比較　此兩種句型雖可替換，但一般語感來說「〜ようにも〜られない」較常使用於外在或物理上的原因，而「〜に〜られない」較常使用於心理上的原因。

- 台風で新幹線が止まってしまったので、帰ろうにも帰れない。

  因為颱風新幹線停駛了，所以想回家也回不了。

- 上司も先輩も残業しているので、帰るに帰れない。

  因為上司跟前輩都在加班，所以我很難先回去。

～に＋動詞 的句型

① ～に先駆けて 🎧175

名詞＋に先駆けて～／名詞＋に先駆けた＋名詞

如同漢字含意，先驅代表在一個領域率先開拓的人，也就是日文的「先駆者（せんくしゃ）」、「草分け（くさわけ）」或外來語的「パイオニア（pioneer）」。本文型採取其動詞形式的「先駆ける（さきがける）（等同於先陣を切る)」，「A に先駆けて（さきが）B」代表比 A 先開始進行 B 這個動作。

- 弊社（へいしゃ）は他社（たしゃ）に先駆けて（さきが）、充電（じゅうでん）しなくてすむ携帯（けいたい）を開発（かいはつ）しました。

  敝公司領先其他公司，開發出不用充電的手機。

- ヒロシ国（こく）は他国（たこく）に先駆けて（さきが）、キャッシュレス決済（けっさい）を推進（すいしん）している。

  Hiroshi 國領先他國，正在推行無現金付款。

- 新商品（しんしょうひん）の発売（はつばい）に先駆け（さきが）、わが社（しゃ）のホームページにてライブ配信（はいしん）を行（おこな）います。

  新商品開賣之前，我們會在公司官網上進行直播。（表時間先後的此用法類似「に先立って」）

- 時代（じだい）に先駆けた（さきが）イノベーションは、外部（がいぶ）の環境（かんきょう）が目（め）まぐるしく変化（へんか）するこの時代（じだい）においては極（きわ）めて重要（じゅうよう）である。

  領先時代的創新，在這個外部環境變化劇烈的時代中甚為重要。

日文句型 ② ～にもまして 🎧176

名詞／疑問詞＋にもまして

「まして」是動詞「増す（增加、程度更大）」的「て形」，因此「**A** にもまして」
意思是比起 **A**，程度還更高。

- 彼は日本人の恋人ができてから、以前<u>にもまして</u>日本語の勉強に力を入れて
いる。

  他自從有了日本人的戀人之後，比以前更認真學日文了。

- 今年は例年<u>にもまして</u>、日本を直撃する台風が多かった。

  今年直擊日本的颱風比往年還多。

- ヒロシ社長は誰<u>にもまして</u>、社員の健康に気を配っています。

  Hiroshi 社長比誰都留心員工的健康。

- 私にとって通訳の仕事を通していろいろな人に接することができ、いろいろ
な分野の知識が学べるのは、何<u>にもまして</u>幸せなことです。

  對我而言，可以透過口譯工作接觸各式各樣的人，也可以學到各種領域的知識，這是比什麼
  都更幸福的事。

- おめでとうございます。いつ<u>にもまして</u>素晴らしい演奏でしたよ。

  恭喜你！這次的演奏比以往都更好喔。

③ ～にひきかえ 🎧177

名詞／各詞性常體（な形容詞及名詞的現在肯定～な／である）の＋にひきかえ

「ひきかえ」來自「引き換える（交換）」這個動詞，「A にひきかえ、B ～」意思是與 A 恰恰相反 B ～、或是與 A 有很大不同 B ～，常常對於 B 帶有不滿、可惜、難過等主觀心情。此句型通常使用連用中止型，且寫平假民居多。

- 引っ込み思案なお姉さんにひきかえ、彼女は目立ちたがり屋で承認欲求が強い。

  與畏縮內向的姊姊相反，她好出風頭且想獲得他人認同的慾望很強。

- インフレが進んで何もかも高くなっている。それにひきかえ、我々の給料は全く上がらず、生活が苦しくなる一方だ。

  通膨不斷升溫什麼都變好貴。相反的我們的薪水都完全沒漲，生活越來越苦。

- 客家人の父が倹約家であるのにひきかえ、母は浪費家でお金を湯水のごとく使ってしまう。

  身為客家人的爸爸非常節儉，但媽媽卻揮金如土很浪費。

- 父が頑固なのにひきかえ、母は説得しやすいです。

  我爸非常頑固，相反地我媽很好說服。

- 同級生がみんな幸せな人生を歩んでいるのにひきかえ、私は悲惨な毎日を送っている。

  同學們都過著幸福的人生，相反地我卻每天都很悲慘。

Level UP

代表交換的時候使用「～と引き換えに」

- 乗客全員の命と引き換えに、身代金 3000 万円を要求する。

  我們要求用 3000 萬日幣的贖金換取全體乘客的性命。

> **比較** 「～に対して」用於中性的對比，不含個人主觀感受。
>
> ・男性は内臓脂肪が蓄積しやすいのに対して、女性は皮下脂肪がつきやすいそうだ。
>
> 聽說相對於男性容易囤積內臟脂肪，女性容易累積皮下脂肪。

日文句型 ④ ～にたえる、～にたえない 178

> 名詞、動詞辭書形＋にたえる／たえない

「たえる」漢字寫作「耐える」及「堪える」，有以下幾種意思。

意思①：忍耐、承受

・毎日パンしか食べてないんですか？よくそんな生活に耐えられますね。

　　每天都只吃麵包嗎？你居然可以忍受那樣的生活。

・本の執筆でもう1週間も家から出ていない。孤独に耐えられる人が羨ましいよ。

　　因為寫書已經一週都沒出門了，真羨慕可以耐得住孤獨的人。

・ヒロシ大学は、6000度までの高温に耐える材料の開発に成功したと発表しました。

　　Hiroshi 大學對外發表已成功開發可以承受 6000 度高溫的材料。

・このビルは震度7の地震にも耐えうる耐震構造になっている。

　　這棟大樓採用耐震構造，可以承受震度 7 的地震。

意思②：具有某種能力或價值、值得、禁得起、耐得住（漢字為「堪える」）

- スパイファミリーは大人の鑑賞にもたえる素晴らしいアニメ作品だ。

  間諜家家酒是也值得大人觀賞的好動畫。

- 台湾のニュース番組は見るにたえないと言う人も多いが、私は質のいい番組もたくさんあると思う。

  雖然很多人說台灣的新聞節目看不下去，但我覺得也有很多品質好的節目。

- あの議員の歌声は、本当に聞くにたえないね。

  那議員的歌聲真的聽不下去。

- この週刊誌は読むにたえない記事が多いにもかかわらず、よく売れている。

  這個週刊雖然很多不堪入目的報導，但賣得很好。

意思③：無法壓抑某種心情（以「〜にたえない」的形式，極度生硬）

- 第1回睡眠選手権を開催することができ、主催者として喜びにたえません。

  可以順利舉辦第一屆睡眠大賽，作為主辦方真的非常高興。

- ミスさえしなければ勝てたかもしれないのに。本当に後悔にたえない。

  如果不失誤可能就贏了說，真的好後悔。

- 色々教えてくださり、感謝の念にたえません。

  您教了我這麼多，真是不勝感謝。

- 児童たちの模範であるべき教師が飲酒運転で逮捕されたことは大変遺憾であり、校長として慚愧の念にたえません。

  非常遺憾，本應作為兒童楷模的教師因酒駕被抓，作為校長我感到不勝慚愧。

日文句型 ⑤ ～に足る（～に足りる）／ ～に足らない（～に足りない） 🎧179

名詞（動作性）／動詞辭書形

<u>足以～、值得～</u>。注意「足る（一類動詞）」是「足りる（二類動詞）」古語的說法，此句型兩種動詞皆可使用。

・そんな根も葉もない噂は、まったく信用<u>に足らない</u>。

　那種空穴來風的傳言，完全不值得相信。

・従業員をクビにしたくても、解雇する<u>に足る</u>合理的な理由が必要だ。

　就算想開除員工，也需要有足以解雇的合理理由。

・このワクチンの効果を証明する<u>に足る</u>エビデンスが得られていない。

　尚未得到足以證明此疫苗效果的證據。

・きちんとした準備があれば、日本語能力試験も恐れる<u>に足りません</u>よ。

　只要有適當的準備，日檢也無需擔心。

・「社長、うちもフレックスタイム制を導入したほうがいいんじゃないでしょうか。」「はあ？そんな取る<u>に足らない</u>ことを考える暇があるなら、さっさと働けや。」

　「社長，我們是不是也引入彈性上班制比較好啊。」「蛤？有時間想那種不足為提的事情，還不快給我趕快工作。」

⑥ ～に差し支える／～ても差し支えない

🎧 180

名詞＋に差し支える；動詞て形／い形容詞～くて／な形容詞～で／
名詞～で＋も＋差し支えない

「差し支える」這個動詞意思是造成不方便、產生阻礙。其名詞形式為「差し支え」。
因此「～ても差し支え（が／は）ない」意思為就算～也沒關係（不會不方便）。「差
し支えなければ」也很常當開頭來禮貌詢問對方如果不介意的話，是否能做某事。

・アレルギー症状がひどい場合は日常生活に差し支えることもある。

　過敏症狀嚴重的話，也可能會影響到日常生活。

・私服で結婚式に出席しても差し支えないとのことだ。

　聽說穿便服參加婚禮也沒關係。

・ご都合が悪ければ、来週でも差し支えございませんよ。

　您如果不方便的話，下週也是沒有問題的喔。

・「ひとつ頂戴しても差し支えありませんか？」「すみません、それは展示品
　です。」

　「請問我可以拿一個嗎？」「不好意思，那是展示品。」

・差し支えなければ、電話番号を教えていただいてもよろしいでしょうか？

　如果可以的話，能否告訴我您的電話號碼呢？

日文句型 ⑦ 〜に越したことはない 🎧181

各詞性現在式常體（名詞現在肯定だ／である、な形容詞現在肯定だ／である）

「越す」這個動詞本意是超越，因此「Aに越したことはない」代表沒有超越A的事，就是如果可以的話最好是A這樣、A是最好不過的。

・日本は治安がよいけれど、海外なので用心する<u>に越したことはない</u>。

　雖然日本治安很好，因為是在國外最好還是小心一點。

・戦争は起きない<u>に越したことはない</u>が、もしもの時に備えておかなければならない。

　戰爭不發生是最好不過，但還是必需要做好最壞的準備。

・「安いホテルを探すならこのアプリは便利だよ。見て、この部屋は一泊2000円だって」「（安ければ）安い<u>に越したことはない</u>けど、この部屋、狭すぎない？」

　「要找便宜飯店的話，這個 APP 很方便喔！你看，這房間它說只要 2000 日圓。」「當然越便宜越好啦，但這房間不會太小嗎？」

・「卒業したらどんな会社に就職したい？」「まだ考えてないよ。親のすねをかじって生きていけるならそれ<u>に越したことはない</u>ね。」

　「你畢業後想去哪裡工作啊？」「我還沒想耶。如果可以啃老活下去，那樣會是最好的。」

・結婚相手はイケメンである<u>に越したことはない</u>が、年収も大事だ。

　結婚對象當然帥哥最好，但年薪也很重要。

⑧ 〜には及ばない 🎧182

動詞辭書形／名詞（動作性）＋には及ばない

「及ぶ」這個動詞是到達某個範圍、狀態、程度的意思，因此「**A には及ばない**」意思是 **1.** 到達不了那個程度 **2.** 沒有必要做到這個程度。「**〜の足元にも及ばない**」是慣用句，代表實在差太多不能比的意思。

- 勝つために日々猛練習をしていますが、まだ彼の足元にも及びません。

  為了獲勝每天瘋狂練習，但還看不到他的車尾燈。

- 近い将来大きな地震が起こると予測されているが、過剰に心配するには及ばない。

  雖然預測不久的將來會有大地震，但不需要過度擔心。

- 資料はお送りしますので、わざわざ弊社までお越しいただくには及びません。

  我會將資料寄給您，不需要專程來敝公司一趟喔。

- 「うちの子を指導してくださってありがとうございます。」「お礼には及びませんよ。教師として当然のことをしたまでです。」

  「謝謝您指導我家小孩。」「不需要道謝喔！我只是做了老師該做的事。」

- プロのテニス選手になるためには、テクニックは言うに及ばず、体力や精神力も求められます。

  要成為職業網球選手，技術就不用說了，也非常要求體力跟意志力。

★類似句型：〜に（は）あたらない

動詞辭書形／名詞（動作性）＋にはあたらない

「Ａに当たる」代表相當於Ａ的意思，因此其否定版本「Ａには当たらない」就是<u>沒有Ａ的必要，其程度不相當於Ａ</u>。強調對比的「は」可省略。

・N1試験に落ちたぐらいで、そんなに落ち込む<u>にはあたらない</u>よ。

　只不過沒考過 N1，用不著那麼沮喪啦。

・AI を使って描いた絵にすぎないので、称賛<u>にはあたらない</u>。

　這不過是用 AI 畫的圖而已，沒什麼好稱讚的。

・「信じられない。ナダルが怪我にもかかわらずまた全仏オープンで優勝したらしいよ。」「驚く<u>にあたらない</u>よ。クレー・キングだからさ。」

　「不敢相信。Nadal 儘管受傷聽說還是在法網奪冠耶。」「不用驚訝啦！他本來就是紅土之王阿。」

・お酒を勧められたとき、「お酒は飲めません」と断っても、失礼<u>にはあたりません</u>。

　被勸酒時就算說「我不會喝酒」拒絕對方，也不會失禮。

比較　「〜には及ばない」「〜にはあたらない」均有不必如何的意思，但「〜には当たらない」有<u>程度不相當，不夠格</u>的意思。

・（○）足をねん挫しただけですから、ご心配<u>には及びません</u>。

・（×）足をねん挫しただけですから、ご心配<u>にはあたりません</u>。

　　只不過是扭到腳，您不必擔心。

日文句型 ⑨ ～にかこつけて 🎧183

名詞＋にかこつけて

來自「託ける」這個動詞，代表以…為藉口、假借…名義去做一件事。

- 小さいとき、よく病気にかこつけて学校をサボって家でゲームをしていた。

  小時候我常常假借身體不舒服翹課在家玩遊戲。

- 出張にかこつけて、海外で思いっきり遊んでいた。

  我假借出差之名在國外盡情地玩樂。

- 接待にかこつけて、美人のクライアントと遅くまで飲んできた。

  假借招待客人的名義，跟美女客戶喝到很晚才回來。

- 夫は仕事にかこつけて、愛人に会っている気がする。

  總感覺老公假借工作的名義，跑去跟小三見面。

日文句型 ⑩ ～にかかっている 🎧184

名詞／～かどうかは＋名詞＋にかかっている

「かかる」有架在、掛在什麼上面的意思，例如「川に橋がかかっている（橋架在河上）」，因此可以將「AはBにかかっている」想成 A 架在 B 上面，A 要完全取決於 B。

- 台湾の将来は来年の選挙にかかっている。

  台灣的未來完全取決於明年的選舉。

・会社の運命は、この場にいる皆さんにかかっています。

公司的命運仰賴在場的各位。

・この授業を開講できるかどうかは、クラウドファンディングの結果にかかっている。

這門課能否開課端看群眾募資的結果而定。

日文句型⑪ 〜にかかっては／〜にかかったら／〜にかかると／〜にかかれば 🎧185

名詞＋にかかっては／にかかったら／にかかると／にかかれば

「かかる」也有作用、碰觸到的意思，例如「水が顔にかかる（水噴到臉上）」，可由此涵義聯想此句型。使用假定型意思為<u>一旦到了某個厲害的人手上會有完全不同的結果</u>。

・ごく普通のチャーハンでも、プロのシェフの手にかかれば絶品料理に変身してしまう。

就算是非常普通的炒飯，若是到了職業主廚的手上就會變成高檔料理。

・全く役に立たない商品でも、営業のプロにかかっては、あっという間に売れてしまう。

就算是沒什麼用的商品，一旦到了王牌銷售員手上，也會馬上賣光光。

・どんな美女でも俺にかかったら、イチコロだよ。

不管怎樣的美女只要我出馬，馬上就迷的不要不要的。（イチコロ＝一擊必殺）

・掃除のプロにかかると、ゴミ屋敷でも数日で新しい家に生まれ変わる。

交到清掃達人手上，就算是垃圾屋幾天後馬上變成新家。

日文句型 ⑫ 〜にかまけて 🎧186

名詞＋にかまけて、〜

動詞「かまける」意思為太熱中某事、太忙於某事而疏忽其他事情。

- 試験が迫ってきているのに、娘は恋愛にかまけて、全然勉強していない。

  考試迫在眉睫，但女兒成天忙著戀愛完全沒唸書。

- 仕事にかまけて家族を顧みない夫に絶望した。

  我對只顧著工作不管家人的老公絕望了。

- 最近の大学生はスマホゲームにかまけて、宿題をしようとしない。

  最近的大學生成天忙著玩手遊，都不想寫作業。

- 妻はドラマ鑑賞にかまけて、家事や育児をほったらかしにしている。

  太太忙著追劇，把家事跟育兒丟著不管。

日文句型 ⑬ 〜にもほどがある 🎧187

各詞性現在式常體（な形容詞及名詞不加だ）＋にもほどがある

「程」代表程度、限度，因此「Aにもほどがある」代表A也應該有個限度。

- 今何時だと思ってるんだ！夜中に電話してくるなんて非常識にもほどがある。

  你以為現在幾點鐘啊！半夜打電話來，白目也要有個限度吧。

- 音痴の小林さんが歌手になるなんて冗談にもほどがある。

  音癡小林要當歌手，開玩笑也要有個限度。

- 私が翻訳者だと知った彼は、100 ページもある論文を和訳してくれと頼んできた。しかも無償でだよ。まったく、図々しい**にもほどがある**よ。

  他知道我是翻譯之後，就拜託我幫他把多達一百頁的論文翻成日文。而且是無酬耶。真的是厚臉皮也要有限度吧。

- 社長の誕生日に時計を送るなんて、ものを知らないにも**ほどがある**。

  居然在社長生日時送鐘，無知也該有個限度。

- ボウリングが娯楽であってスポーツじゃないってとんでもない発言だね。プロボウラーを馬鹿にする**にもほどがある**よ。

  居然說保齡球是娛樂不是運動，這什麼荒唐的發言啊！瞧不起職業保齡球手也要有個限度吧！

日文句型 ⑭ 〜うちに（は）入らない 🎧188

> 常體（な形容詞現在肯定〜な、名詞現在肯定〜の）＋うちに入らない

「うち」代表裡面，所以「〜うちに入らない」代表**不夠格進去這個定義裏頭，根本就不算〜**的意思。可加上「は」強調對比意涵。

- カップラーメンに卵を入れただけじゃん。こんなの料理の**うちに入らない**よ。

  這不只是泡麵加蛋而已嗎？這種算不上料理吧。

- 「今何時だと思ってるんだ！」「5 分遅れただけでしょう？部長は南米に行ったことありますか？2 時間遅れても遅れた**うちに入らない**と主張する人もいますよ。」

  「你以為現在幾點了啊！」「我才遲到五分鐘吧？部長有去過南美嗎？也有人主張說遲到兩小時不算遲到喔。」

- この程度は汚い<u>うちに入らない</u>よ。小林さんの部屋にはキノコが生えているよ。

  這種程度不算髒啦！小林的房間長香菇了耶。

- 僕に言わせれば、手をつなぐぐらい、浮気の<u>うちには入らない</u>。

  要我說的話，牽牽手這種根本不算是外遇。

日文句型 ⑮ 〜には無理がある 🎧189

> 動詞辭書形／名詞＋には無理がある

如同字面的意思，代表前者<u>有困難、不太可能</u>實現。

- このスケジュール<u>には無理がある</u>よ。ホテルから会場に移動するのに、30分はかかるから。

  這個行程有難度吧。因為從飯店到會場至少要花三十分鐘。

- いやいや、今の推理<u>には無理があります</u>。犯人はスパイダーマンじゃあるまいし、4メートルもある壁をよじ登るのは不可能ですよ。

  不不，你剛剛的推理行不通。犯人又不是蜘蛛人，要攀爬4公尺高的牆不可能啦。

- ヒロシ先生ですか？かわいいはかわいいですけど、イケメンと呼ぶ<u>には無理があります</u>ね。

  Hiroshi 老師嗎？可愛是可愛啦，但要說是帥哥有點難耶。

- 一日でこれだけの資料を読み終える<u>には無理がある</u>。

  一天要看完這麼多資料有難度。

～を＋動詞的句型

① ～をおいて（ほかに）～ない 🎧190

名詞＋をおいて（ほかに）～ない

「おいて」來自動詞「措く」，意思是將～放一邊、除了～之外。「A をおいて他に ない」指的是除了 A 之外沒有別的了。

- この仕事を任せられるのは彼をおいてほかにいないだろう。

  可以交付這份工作的除了他沒有其他人了吧。

- 次の学長は、佐藤教授をおいてほかにふさわしい人はいない。

  下一屆校長除了佐藤教授外沒有其他適合的人了。

- 面白い日本語を学びたいなら、ヒロシ塾をおいてないよ。

  如果想學有趣日文的話，除了 Hiroshi 補習班沒有其他地方了。

- もう 29 でしょう？ワーホリに行くなら今をおいてほかにありませんよ。

  你已經 29 了吧？如果要去打工度假除了現在沒有更好的時間了喔。

② ～をよぎなくされる／～をよぎなくさせる

191

名詞＋をよぎなくされる／をよぎなくさせる

此兩個句型構造為「余儀（別的方法）」＋「なく（沒有）」＋「される（被弄成）／させる（使變成）」。「Ａは／がＢを余儀なくされる」意思是儘管Ａ不願意但被迫只能Ｂ；而使役形的「Ａは／がＢにＣを余儀なくさせる」意思是Ａ這個外在因素逼迫Ｂ只能Ｃ。

・交通事故に遭った彼は、両足の切断を余儀なくされた。

　遭逢車禍的他不得已只能把兩隻腳截肢。

・連日の豪雨により川が氾濫し、数千人の住民が避難を余儀なくされている。

　因為連日豪雨河川氾濫，數千名居民被迫避難。

・次に紹介するのは佐藤直美さんです。彼女はがんの治療で長期入院を余儀なくされた患者の一人ですが、ヒロシ教に入信してからたった1週間でガンは完治したんです。

　接下來介紹的是佐藤直美。她是因為癌症治療被迫長期住院的其中一位病患，但信奉Hiroshi教之後，短短一週癌症就痊癒了。

・急に増えた業務が、多くの社員に残業を余儀なくさせました。

　突然增加的業務，讓許多員工不得不加班。

・貧困が多くの人々にホームレス生活を余儀なくさせている。

　貧困迫使很多人過著流浪街頭的生活。

・子供に戦うことを余儀なくさせるような世界を変えていかなければならない。

　必須改變這個逼迫孩子不得已只能戰鬥的世界。

比較 　因主詞及聚焦重點的不同，可以選用 A 或 B 兩種句構。

A：地域住民は、漏れ出した放射性物質で長期にわたる避難生活を余儀なくされた。

當地居民因為洩漏的放射性物質，被迫過著長期避難的生活。

B：漏れ出した放射性物質が、地域住民に長期にわたる避難生活を余儀なくさせた。

洩漏的放射性物質迫使當地居民過著長期避難的生活。

日文句型
③ 〜を経て 192

名詞＋を経て

「経る（第二類動詞）」代表經過、通過，前方名詞可以是時間、場所、過程、經驗等等，與中文使用沒太大差別。

・彼は厳しいトレーニングを経て、プロ通訳者としてデビューした。

　他經過嚴格的特訓後，以專業口譯員之姿出道了。

・ご搭乗ありがとうございます。このバスは、三途の川を経て、地獄に参ります。

　歡迎搭乘本巴士，本巴士經過冥河開往地獄。

・私はもともと理系の人間で、外国語にまったく興味がなかったんですけど、いろんな紆余曲折を経て通訳者になったんです。

　我本來是理工人，對外語一點興趣都沒有，但經過各種迂迴曲折之後我成為了口譯員。

- 15 年の歳月を経て再会した 2 人は、何も言わずに抱き合った。

  經過 15 年歲月重逢的兩人，一句話都沒說就抱在一起了。

- 失敗は成功の母なり！人は様々な失敗を経て、成長していくのだと思います。

  失敗為成功之母，我認為人經歷過各式各樣的失敗後才得以成長。

日文句型 ④ 〜を控えて、〜

名詞＋を控えて、〜

「控える」這個動詞有時間或空間很靠近的意思，常用在即將發生的事情或空間上緊鄰的狀況。常使用「〜を〜に控える」的形式。

- このホテルは、背後に山を控え、前には海が開けている。

  這旅館背後緊靠著山，前面對著大海。

- ヒロシ市は北側に大きな湖を控えた自然豊かな観光都市です。

  Hiroshi 市是一個北側緊鄰大湖泊，自然景色豐沛的觀光都市。

- 卒業を半年後に控えていて論文を早く完成させないといけないけど、まだテーマすら固まっていない。

  半年後馬上就要畢業，不趕快完成論文不行，但連論文題目都還沒確定。

- 試験を目前に控えた学生たちは、死に物狂いで勉強している人もいれば、諦め半分で合格祈願のお守りを買いまくっている人もいる。

  即將面臨考試的學生們，有的拼命唸書有的呈現半放棄狀態，到處買求合格的御守。

Level UP

「〜に、〜が控える」的形式也可以。

・このホテルは、後^{うし}ろに山^{やま}を控^{ひか}えている。

＝このホテルは、後^{うし}ろに山^{やま}が控^{ひか}えている。

這間旅館的後方緊鄰一座山。

★類似句型：〜を前にして、〜を目前にして

・恋愛経験^{れんあいけいけん}のない私^{わたし}は、気^きになる異性^{いせい}を前^{まえ}にして何^{なに}を話^{はな}せばいいか分^わからない

ことがしょっちゅうある。

沒有戀愛經驗的我，在喜歡的異性面前常常不知道該說什麼好。

・無実^{むじつ}を訴^{うった}え続^{つづ}けていた小林容疑者^{こばやしようぎしゃ}は、裁判^{さいばん}を前^{まえ}にして突然逃亡^{とつぜんとうぼう}した。

不斷主張自己無罪的小林嫌疑犯，在開庭之前突然逃亡了。

・勝利^{しょうり}を目前^{もくぜん}にして緊張^{きんちょう}してしまい、ありえないミスを連発^{れんぱつ}して負^まけてしまっ

た。

眼看勝利就在眼前而緊張，不斷發生離奇失誤最後輸了。

～と＋動詞形 句型

名詞＋ときたら

用法①：說到～（帶有不滿、憤怒、嘆息、傻眼等批判語氣）

・最近の若者ときたら、お年寄りが乗ってきても席を譲らないんだよ。

　　說到最近的年輕人啊，老人家上車了也不會讓坐。

・うちの息子ときたら、勉強もしないで遊んでばかりいる。

　　說到我家兒子，都不唸書總是在玩。

・山田課長ときたら、ろくに仕事もできないのに部下に説教するのが大好きなんだって。

　　講到山田課長啊，聽說明明自己工作也沒做得多好卻超愛對下屬說教。

用法②：講到～當然是～（聯想）

・夏ときたら、やっぱりかき氷だよ。

　　說到夏天，當然還是刨冰啊。

・高雄ときたら、何と言ってもラブラブ観覧車だろう。

　　說到高雄，不管怎麼說當然是愛情摩天輪。

・シリーズX、シリーズYときたら、次はシリーズZだね。

　　講到X系列及Y系列的話，按順序下一個當然是Z系列吧。

Level UP

「～ときているから」是延伸用法，代表因具備這些要素，當然會如何。

- スポーツもできて頭もいい<u>ときているから</u>、彼はモテモテだ。

  因為他會運動頭腦又好，所以夯的不得了。

- ノルウェーは美しい自然が楽しめるうえに、学費や医療費も無料<u>ときているから</u>、移住に適している国とされている。

  挪威除了可以享受美麗的大自然，學費、醫療費都免費，所以被視為適合移民的國家。

日文句型 ② ～ともなると、～ともなれば 🎧195

> 動詞辭書形／名詞＋ともなると、ともなれば

由「と（内容）」＋「も（強調）」＋「なると／なれば（如果變成這樣）」組成，意思是<u>如果是這種與一般程度不同的（高程度的）狀況、立場</u>，那就會如何。其中「も」可以省略。

- ベテラン獣医<u>ともなると</u>、匂いを嗅ぐだけで動物の健康状態がわかる。

  如果是資深獸醫的話，光聞味道就能知道動物的健康狀態。

- 国内旅行と違って海外旅行に行く<u>ともなれば</u>、トラブルがつきものなので保険に加入した方がいい。

  與國內旅遊不同，如果要去國外旅遊的話，因為問題如影隨形最好投保。

- 動画の撮影や編集は好きだが、それが仕事<u>ともなると</u>ストレスを感じてしまう。

  我很喜歡影片拍攝及後製，但那如果是工作的話，我會感到很有壓力。

- 社会人<u>ともなれば</u>、嫌な人とも付き合わざるを得ない場合が多くなる。

  出了社會之後，也不得不與討厭的人打交道的情況就會變多。

- 自宅をリフォームしてカフェを開く**となると**、大掛かりな工事が必要なため、最低でも 100 万元はかかります。

  要改裝自家開咖啡廳的話，因為需要大規模的施工，最少需要 100 萬台幣。

★類似句型：いざ〜となると、いざ〜となれば、いざ〜となったら

一旦真的要如何的話，就〜。常用來說明想的跟實際狀況不同。也可以直接連起來使用「いざとなると」「いざとなれば」「いざとなったら」代表到了某個關鍵時刻、危急時刻如何的意思。

- 一見簡単そうだが、**いざ**自分でやる**となると**分からないことだらけだ。

  雖然看似簡單，但一旦自己要做就一堆不懂的事。

- 自分の気持ちを伝えたいけれど、**いざ**告白する**となったら**緊張して何も言えないよ。

  雖然想表達自己的心意，但一旦要告白時就很緊張什麼都說不出來。

- 心配すんな。**いざとなったら**、ヒロシ先生の友達だと言え！あいつらはビビって逃げちゃうよ。

  別擔心！真的怎麼樣的話就說是 Hiroshi 老師的朋友。那些傢伙就會落荒而逃了。

  (＊心配すんな＝心配するな的口語音變)

日文句型 ③ （まさか）～とは 🎧196

常體（な形容詞現在肯定及名詞現在肯定可不加だ）＋とは

強調驚訝或不敢置信、感慨等情緒，沒想到居然會這樣。「～とは」可以直接放在句尾表驚訝，不需將句子說完。

- 木下課長が会社の金を使い込む**とは**、本当に信じられない。

  木下課長居然會挪用公司公款，真的不敢置信。

- まさか彼氏が父を殺した犯人だ**とは**、思ってもみなかった。

  想都沒想過男朋友居然會是殺害我爸的犯人。

- 政治に無関心だったヒロシさんが大統領選に出馬する**とは**ね。

  沒想到以前對政治不感興趣的 Hiroshi 居然要參選總統。

- 北海道の冬がこんなに寒い**とは**、思いもよりませんでした。

  真是沒想到北海道的冬天居然這麼冷。

- こんな時間に起きる**とは**珍しいね。悪夢でも見たの？

  你居然這時間起來真稀奇耶，做惡夢了嗎？

★「とは」也可以代表定義的說明，或單純內容的「と」加上對比的「は」。

- 無償の愛**とは**、見返りを求めずに相手を愛することです。

  所謂的無償的愛，是指不求回報愛對方。

- 相手の遺産を期待している以上、それは無償の愛**とは**言えません。

  既然你期待對方的遺產，那就不能說是無償的愛。

日文句型 ④ 〜との＋名詞 🎧197

完整句子＋との＋名詞

代表內容的「と」加上名詞接續的「の」組成的，與「という」同義。「〜とのことだ」相當於「〜ということだ」，用於傳聞。

- 夕べ一緒に食事した友達から、コロナに感染した<u>との</u>連絡があった。
  昨晚一起吃飯的朋友聯絡我說他確診了。

- 「不細工すぎて顔認証ができません」<u>との</u>エラーメッセージが出た。
  跳出「長得太難看無法進行臉部辨識」的錯誤訊息

- 先生の話によると、この学校はもうすぐ廃校になる<u>との</u>ことだ。
  根據老師的說法，這間學校馬上就要廢校了。

日文句型 ⑤ 〜を／も兼ねて〜 🎧198

名詞＋を／も＋兼ねて〜

看漢字可以想像所謂的「一兼二顧」，代表一次滿足兩個目的、功用。「A を兼ねて B」，代表 B 這個主要目的下順便也完成 A。也可使用「A と B を兼ねて、C」這種句構。

- JLPT 合格祝いを<u>兼</u>ねて、みんなですき焼きパーティーをした。
  一方面為了慶祝 JLPT 合格，大家一起辦了壽喜燒派對。

- 趣味と実益を<u>兼</u>ねて、旅行の動画を撮影し、ユーチューブにアップしています。
  我兼顧興趣和實際的利益，定期拍旅遊影片上傳 Youtube。

- 日本語の勉強も兼ねて、毎日日本のバラエティー番組を見ている。

我每天都看日本的綜藝節目兼學日文。

- 日頃のストレス発散も兼ねて、最近ジムに通い始めた。

一方面也是為了紓解平時的壓力，我最近開始去健身房了。

- この部屋は、寝室と作業室を兼ねているので、一日のほとんどの時間をこの部屋で過ごしている。

因為這間房間同時兼具寢室及工作室的功能，所以我一天大部分的時間都是在這間房間度過。

日文句型 ⑥ 〜と相まって、〜も相まって 🎧199

名詞＋と／も＋あいまって、〜

表示相結合、互相作用後產生疊加的效果（畫龍點睛），常用以下三種句構。

○ Aは／がBとあいまって、〜

○ AとBがあいまって、〜

○ AとBとがあいまって、〜

- 「うそ！スイカに七味をかけて食べるの？」「そう！甘さと辛さが相まってすごく美味しいんだよ。」

「真假啦！你西瓜撒七味粉吃喔？」「對阿，甜味跟辣味融合超好吃的。」

- 綺麗な花火と川の上に浮かぶ灯ろうが相まって、夏の情緒たっぷりです。

美麗的煙火搭配上河面上漂浮的燈籠，真是夏季氛圍滿點。

- 真っ白な雪景色と色とりどりのイルミネーションとが相まって、幻想的な雰囲気を醸し出している。

全白的雪景與色彩繽紛的燈光相結合，營造出非常夢幻的氣氛。

- 森の木々が見事に紅葉していて、青い空と相まって、ポストカードにできそうな感動的な景色です。

  森林的樹木紅得真美，再配上藍天，景色真令人感動，都可以做成明信片了。

- ヒロシ先生がファンページで紹介しているサプリメントは、最近の健康ブームと相まって、売り上げが伸びている。

  Hiroshi 老師在粉專上介紹的保健食品，配合最近的健康風潮，業績蒸蒸日上。

日文句型 ⑦ 〜という〜 🎧200

| 名詞 A ＋という＋名詞 A |

用法①：強調

- 夫はまた不倫した。今度という今度は彼を許さない。

  老公又外遇了。這次我一定不原諒他。

- 今日という今日は、絶対にお前を倒す。覚悟しろ！

  就是今天，我一定要打倒你。你做好心理準備吧。

用法②：全部的、所有的

- この国は休日だと店という店が閉まっているので、何かを買うなら今のうちだよ。

  這個國家一到假日所有的店都休息，所以要買什麼的話要趁現在喔。

- 津波で家という家が流されてしまった。

  因為海嘯所有的房子都被沖走了。

・選挙が近づき、壁という壁に立候補者のポスターが貼られている。

選舉近了，所有牆壁上都貼著候選人的海報。

日文句型 ⑧ 〜としたところで、〜としたって、（＝としても） 🎧201

常體（な形容詞、名詞現在肯定不加だ）＋としたところで／にしたところで〜

由「〜にする／〜とする」＋「ところで（就算）」組成，口語可以講成「〜にしたって／〜としたって」。意思是就算從〜的立場來看、即便是〜。

・社長にしたところで、会社のことを全部知っているわけではない。

就算是社長，也不是公司所有事情都知道。

・台湾人にしたって、分からない四字熟語がたくさんある。

就算是台灣人，不知道的四字成語還是很多。

・今から毎日10時間勉強するにしたところで、1か月じゃ合格できないだろう。

就算現在開始每天讀十小時書，才一個月的話應該也無法合格。

・臭豆腐？仮においしいとしたって、そんな臭い食べ物は食べたくないよ。

臭豆腐？就算好吃，那麼臭的食物我也不想吃。（* 純造句，我覺得臭豆腐比納豆好吃）

⑨ 〜とみえる 🎧202

常體＋とみえる（名詞及な形容詞現在肯定可不加だ）

根據某種跡象做出判斷，給人某種印象。

- 小林さんのプレゼンは完璧だったよ。相当練習したとみえる。

  小林的簡報超完美的，感覺應該是練習很久。

- あちこちから歓声が聞こえてきた。どうも台湾チームが勝ったとみえる。

  到處都傳來歡呼聲，好像台灣隊贏了。

- 佐藤さんはここ最近かなり忙しいとみえて、メッセージを送っても返事が来ない。

  佐藤最近感覺非常忙，傳訊息也都沒回。

- 部長は何かいいことがあったとみえて、朝からにこにこしている。

  部長好像有什麼開心的事，從早就笑咪咪的。

⑩ 〜とばかりは言えない 🎧203

常體＋とばかりは言えない（名詞及な形容詞現在肯定可不加だ）

由「〜と（內容）」＋「ばかり（全部、都是）」＋「は（對比）」＋「言えない（不能說）」組成，代表**不能全說是這樣，也會有例外。**

- 学生が試験に合格できないのは、先生のせいとばかりは言えない。

  學生無法通過考試不能全都說是老師的問題。

- 「小林さんはビジネスに成功して何十億円も稼いだらしいよ。それだけ稼いだら欲しいものは全部手に入るだろうから羨ましいよ。」「そう<u>とばかりは言えない</u>よ。愛はお金で買えないから。」

「聽說小林事業成功賺了好幾十億日圓耶。賺那麼多想要的東西應該全都可以到手真令人羨慕啊。」「可不一定能這樣說喔。愛是錢買不到的。」

- スマホゲームにもいろいろな種類があるので、教育上よくない<u>とばかりは言えない</u>。

手遊也是有多種類，不能都說教育層面上不好。

- この試験は出題傾向がよく変わるので、過去問をたくさん解いたからといって、いい点数が取れる<u>とばかりは言えない</u>。

這考試出題方向常常改變，就算做了很多考古題，也不能說一定能獲得好成績。

日文句型 ⑪ てっきり〜と思っていた／〜と思い込んでいた 204

てっきり＋常體（名詞な形容詞現在肯定〜だ）＋かと思っていた／かと思い込んでいた；てっきり＋常體＋と思っていた／と思い込んでいた

「てっきり」是副詞，代表一定是如何的推測語氣，後面搭配過去進行式的「思っていた」意為<u>原本以為一定</u>是如何但結果不是，「思い込む」是<u>明明沒有根據卻深信不疑</u>的意思。

- 脇毛長は<u>てっきり</u>男性の名前<u>だと思っていました</u>が、女性だったんですか！

原本一直以為腋毛長是男生的名字，原來是女生阿！

- ヒロシさんって、**てっきり**男_{おとこ}らしい人_{ひと}だと思_{おも}ってたけど、ゴキブリを見_みて絶_{ぜっ}叫_{きょう}するなんて。幻滅_{げんめつ}したわ。

  以為 Hiroshi 先生一定是很 man 的男生，但居然看到蟑螂會大叫，整個幻滅了啦。

- N1 試験_{しけん}は最高_{さいこう}レベルだから**てっきり**難_{むずか}しいと思_{おも}い込_こんでいたが、意外_{いがい}と簡単_{かんたん}だった。

  N1 考試因為是最高級，本來以為一定很難，卻意外地簡單。

- 0 対_{たい} 6 だったので、**てっきり**負_まけたかと思_{おも}っていたが、逆転_{ぎゃくてん}勝_がちしたなんて信_{しん}じられない。

  因為比數一度是 0:6，原本以為一定輸了，但居然逆轉勝太令人難以置信了。

- え、もう 43 なの？**てっきり**大学生_{だいがくせい}かと思_{おも}っていたよ。

  什麼？你已經 43 歲了？我一直以為你是大學生耶。

～て形連接句型

日文句型 ① ～ては 🎧205

用法①：這樣的話

- カップラーメンばかり食べていては、体を壊しますよ。

  一直吃泡麵的話，會搞壞身體唷。

- こんなに寒くては、布団から出られないよ。やっぱり今日は休もう。

  這麼冷的話離開不了棉被啦。今天還是休息好了。

- 愛する妻をけなされては、さすがに黙ってはいられません。

  深愛的妻子被批評的話，那真的沒辦法默不吭聲了。

- 愛さえあれば幸せになれる？甘いね。この社会ではな、金がなくては何にも

  できねえんだよ。（口氣粗魯，好孩子不要這樣講話）

  只要有愛就能幸福？你太天真了。這個社會沒有錢的話什麼都做不了。

Level UP

名詞及な形容詞使用「では」

- 結婚相手は若いに越したことはないが、大学生ではさすがに若すぎる。

  結婚對象是越年輕越好沒錯啦，但大學生的話實在是太小了。

用法②：反覆（每次都是這樣重複）

- 鏡で自分の顔を見ては悲しくなる。昔はあんなにイケメンだったのに、やはり年には勝てないな。

  每次在鏡中看到自己的臉就會悲從中來。我曾經那麼帥，還是抵擋不了歲月的摧殘。

- お金を稼いではすぐに使いきってしまう。それじゃ、いつまで経っても貯金できないよ。

  每次一賺錢就花光，那樣不管過了多久都是存不了錢的。

・今日は雨が降っては止み、止んではまた降るという煩わしい一日でした。

今天雨下了又停，停了又下，真的是很讓人煩躁的一天。

・書いては消し、書いては消しして、この１ページを書き終えるのに丸１日かかった。

寫了又刪寫了又刪，寫完這一頁就花了我整整一天。

・うちの柴犬はおもちゃを咥えては離して、離しては咥えてを繰り返して遊んでいる。

我家的柴犬咬了玩具又放掉，放掉又咬，就這樣一直重複玩耍著。

Level UP

「ては／では」口語會說成「ちゃ／じゃ」。

・コロナが怖くて外に出られず、家で食っちゃ寝、食っちゃ寝の生活を送っている。

新冠肺炎太可怕無法出門，每天都過著在家吃飽就睡的生活。

用法③：姑且這樣（消極語氣）

・試してはみるけど、うまくいかないと思う。

我是會姑且試看看啦，但我覺得應該不會成功。

・何とか生きてはいるけど、将来には全く希望が持てない。

活著是還活著啦，但對未來完全不抱希望。

日文句型 ② ～てみせる 🎧206

具體做給別人看、呈現給別人看，或是代表自己強烈的決心要完成一件事。

- 悲しかったけど、カメラの前では強がって笑ってみせた。

  雖然我很難過，但在鏡頭前還是逞強笑給大家看。

- このウイルスの恐ろしさを理解してもらうために、実際にウイルス感染させたパソコンを遠隔操作してみせました。

  為了使大家瞭解這個病毒有多可怕，我遠距操作了事前故意感染病毒的電腦給大家看。

- 外国人にとっては難しい音だと思うので、自分の名前をゆっくり発音してみせた。

  想說對外國人來說可能是很難的發音，所以我慢慢地唸出自己的名字。

- 去年は数点差で合格できなかったけど、今年こそ N1 に合格してみせる！

  去年差幾分沒有考過，但今年一定要考過 N1 給你看。

- 素質がないと言われましたが、僕は絶対にプロの選手になってみせます。

  雖然被說沒有天份，但我一定要成為職業選手給大家看。

日文句型 ③ ～てやる 🎧207

「動詞て形」加上授受動詞「やる」原意是上對下的恩惠給予，引申為自己要向對方進行某動作（常為有害性的）的強烈意志，帶有說話者的強烈情感。

- バカにしやがって。待ってろよ！いつか絶対に大金持ちになってあいつを見返してやる。（＊見返す＝爭氣讓自己更好給對方看）

  居然瞧不起我！他給我等著。我有一天一定要變超級好野人給他看。

- 「止めるな。あのくそじじい、一発殴ってやんないと気が済まねえんだよ。」
「マジで社長を殴るの？」 （口語）やんない＝やらない；ねえ＝ない

  「別攔我。那個死老頭，不揍他一拳我無法罷休。」「你真的要揍社長？」

- 彼女と別れたいが、「別れたら死んでやる」って言われたからどうしていい
か分からない。

  想跟女友分手，但她說分手的話就死給我看，所以不知道該怎麼辦。

- バスを待っていたらある髪の長い女子大生が封筒を渡してくれた。ラブレタ
ーかと思って開けてみたら、「呪ってやる」と書かれた紙が入っていた。い
たずらかな？

  等公車的時候一名長髮女大學生給了我一個信封。想說是不是情書打開一看，裡面有張紙寫
著「我要詛咒你！」。是惡作劇嗎？

日文句型
④ 〜あっての 〔208〕

名詞 A 加上「あって」再加「の」連接後方名詞 B，代表是因為有了前面的 A 才會有
B，A 是關鍵原因。雖然一般會省略格助詞が，但強調時說成「A があっての B」「A
があってこその B」也可以。

- 顧客あっての商売だから、クレーム処理をないがしろにしてはダメだ。

  因為有客人才有生意，所以客訴的處理不能馬虎。

- 今回のイベントを無事に開催できたのもひとえに皆様のご協力あってのこと
です。この場を借りて改めて感謝を申し上げます。

  這次的活動可以順利舉辦，全都是有了各位的協助才能做到。我藉此機會再向各位表達一次
感謝。

- パートナーあっての私です。彼のサポートなくして今の私はいません。

  有了另一半才有我。沒有他的支持就沒有現在的我。（* 人也可以使用あっての）

240

- 命あっての物種だから、いくら面白い動画を撮るためとはいえ、素手で毒蛇を捕まえるのは危険すぎるよ。

  所謂留得青山在不怕沒柴燒，不管再怎麼說是為了拍有趣的影片，徒手抓毒蛇太危險了啦。

  （命あっての物種為慣用句，直譯為有了命才有的萬物根源）

日文句型 ⑤ 〜てやまない 🎧209

「やまない」來自動詞「止む（停止）」，此句型意思是某種情感、動作不間斷地持續下去，帶有說話者強烈的情緒。

- この世界から戦争がなくなる日を願ってやまない。

  我一直期盼戰爭從世界上消失的那一天。

- 私が尊敬してやまない小池先生が来年定年退職されるそうです。

  我尊敬不已的小池老師聽說明年要退休了。

- 成功の秘密を知りたいということなので、私が愛してやまない仕事道具をご紹介します。はい、ラー油の入った目薬です。眠くて眠くてしょうがないときは、この目薬を差せば眠気など吹っ飛びます。

  因為大家說想知道成功的秘密，那我就來介紹我深愛不已的工作小物。就是這瓶含有辣油的眼藥水。想睡到不行的時候，只要點這瓶眼藥水，睡意就會瞬間消散。

- お大事になさってください。一日も早いご回復を祈ってやみません。

  請好好保重身體。我衷心祈禱您早日康復。

- 面白半分で手をワニの口に入れなければよかったと、今でもあのときの行動を後悔してやまない。

  沒鬧著玩把手伸進鱷魚的嘴巴中就好了，我至今仍為當時的行為感到後悔萬分。

日文句型

⑥ 〜てはばからない 🎧210

動詞「はばかる」意為有所忌憚，此句型使用否定型，意思為<u>完全沒在顧忌、光明正大地去做一件正常應該要有所顧忌的事</u>。

- こばやしきょうじゅ
小林教授は、大した実力もないのに、自分のことを天才学者だと<u>言ってはばからない</u>。

  小林教授明明沒什麼實力，卻肆無忌憚地說自己是天才學者。

- あの政治家は、「不倫したのは妻が自分の言うことを聞いてくれないからだ」と<u>公言してはばかりません</u>。

  那個政治家公然說自己外遇都是因為太太不聽他的話，絲毫沒有一絲顧忌。

- A国の政府は丸腰の国民に発砲した上に、デモ参加者はみな醜いネズミだと<u>言い放ってはばからなかった</u>。

  A國的政府不但對手無寸鐵的國民開槍，還大放厥詞地說參加示威的民眾都是醜陋的老鼠。

- 汚職で逮捕されたラファエル元大統領は、メディアの前で自分こそがこの世界の救世主であると<u>主張してはばからなかった</u>。

  因為貪汚被逮捕的 Rafael 前總統在媒體前，大言不慚地說自己才是這個世界的救世主。

⑦ 〜ても〜きれない 🎧211

由「〜ても（就算是）」加上「〜きれない（〜きる的可能形否定代表無法完全如何）」組成，代表<u>不管再怎樣〜都無法完全〜</u>的意思。

- N1の単語はあまりにも多いので、いくら<u>覚えても覚えきれない</u>。

  N1 單字實在是太多了，怎麼背也背不完。

- 今まで支えてくれたファンの皆さんには感謝<u>してもし</u>きれません。

  對至今一直支持我的各位粉絲，我真的是感激不盡。

- 日本語の勉強を放棄したら、あなたのお父さんは死ん<u>でも</u>死に<u>きれない</u>よ。

  如果你放棄學習日文，你父親會死不瞑目的。

日文句型 ⑧ ～ても～すぎることはない 🎧212

由「～ても（就算是～）」加上「～すぎることはない（沒有～太多這回事）」組成，代表再怎麼做都不會做太多，應該越多越好的意思。

- 治安の悪い都市にいるときは、いくら注意を払<u>っても</u>払い<u>すぎることはない</u>。

  在治安不好的城市時，不管多麼小心都不嫌多。

- 睡眠の重要性は、いくら強調<u>しても</u>し<u>すぎることはない</u>。

  睡眠的重要性，不管怎麼強調都不嫌多。

- 災害は忘れたころにやってくると言うので、防災への備えはいくらし<u>てもし</u><u>すぎることはありません</u>。

  都說災害是在人們忘記的時候到來，所以防災準備不管怎麼做都不嫌多。

⑨ ～てもはじまらない 🎧213

由「～ても（就算是～）」加上「始まらない（不會開始）」組成，意思是就算～事情也不會開始產生進展、無濟於事。其他類似句型還有「～ても仕方がない」、「～てもどうなるものでもない」、「～てもどうにもならない」。

- いまさら部下を責めても始まらないよ。被害が拡大する前に対策を打とう。

  事到如今責備部下也沒用啦。在災情擴大之前採取對策吧。

- 「同僚が産休に入ってさ、上司がね、彼女の仕事を全部僕に押し付けたんだよ。こんなのあり？」「文句ばかり言っても始まらないよ。僕も手伝うから早くこの仕事を終わらせよう。」

  「我同事請產假後，上司就把她的工作全部丟給我。哪有這樣的事？」「一直抱怨也無濟於事啦！我也來幫忙，快點把這工作結束掉吧。」

- 一人で悩んでも仕方がないよ。先生に相談してみたら？

  一個人煩惱也沒用啦！試著跟老師談談呢？

- 過去のことをずっと考えていてもどうにもならないよ。将来に目を向けよう。

  一直想過去的事情也無濟於事啦！放眼未來吧。

- 火山噴火？そんなの気にしてもどうなるものでもないよ。ケセラセラ、なるようになるさ。

  火山噴發？你擔心那種事也無濟於事啦！該發生就會發生的。

  * ケセラセラ為西文「que será, será（會怎樣就會怎樣）」

日文句型 ⑩ 〜ても知らない 🎧214

由「〜ても（就算是〜）」加上「知らない（我不知道、不管）」組成，意思是對方如果怎樣的話可能會出問題、產生不好的結果，帶有一點忠告或警告的語氣說到時候怎樣我不管喔的意思。

・スマホばっかり見てないで早く勉強しなさい。試験に落ちても知らないわよ。

不要一直看手機了快點念書，考試考不過我不管你喔。

・またポテチ？そんなもんばかり食べて太っても知らないからね。

又吃洋芋片？你一直吃那種東西到時候胖了我不管喔。

・初対面の女性に年齢を聞くの？嫌われても知らないよ。

你確定要問第一次見面的女生年齡？你到時候被討厭不關我的事喔。

日文句型 ⑪ 〜と言っても過言ではない 🎧215

常體（名詞及な形容詞現在肯定可不加だ）＋と言っても過言ではない

由「〜と言っても（就算說〜）」加上「過言ではない（不會說過頭）」組成，意思是這樣說也不為過。「過言」就是「言い過ぎ」的意思。

・野球は台湾を代表するスポーツだと言っても過言ではない。

說棒球是代表台灣的運動也不為過。

・ナダルはテニス史上もっとも偉大な選手だと言っても過言ではない。

說 Nadal 是網球史上最偉大的選手也不為過。

- 私は若い子とデートするために生きていると言っても過言ではない。

  說我活著是為了跟年輕人約會也一點都不為過。

- 異常気象が人類にとって最も大きな脅威だと言っても過言ではない。

  說極端氣候對人類而言是最大的威脅一點也不為過。

日文句型 ⑫ これといって〜ない／これといった〜ない 🎧216

これといって＋否定內容；これといった＋名詞＋否定內容

「これと言う（說就是這個）」＋「〜ない（否定）」，意思是沒有特別〜，後方必須連接否定內容。

- 明日から3連休だけど、これといってしたいことがない。

  明天開始連放三天，但我沒有什麼特別想做的事。

- 「誕生日プレゼントは何が欲しい？」「これといって欲しいものはないね。」

  「生日禮物你想要什麼？」「好像沒有特別想要的耶。」

- これといった趣味はありません。強いて言えば公園で寝ることかな。

  我沒什麼特別的興趣。硬要說的話，應該是在公園睡覺吧。

日文句型 ⑬ 〜てなにより 🎧217

「なにより」直翻是比起任何東西（都更好、更重要…）。前方可以放任何詞性的連接形（動詞〜て、い形容詞〜くて、な形容詞＆名詞〜で），代表這樣真的是最好的、很令人高興。

- 「ヒロシさんのおかげで、無事に帰国できました。」「いえいえ、お役に立てて何よりです。」

  「多虧 Hiroshi，我順利回國了。」「沒有啦，能幫到你最重要。」

- 合格点すれすれだが、試験に合格できて何よりだ。

  雖然是低空飛過，但能通過考試真是太好了。

- ご意見ありがとうございます。気に入っていただけて何よりです。

  謝謝您的意見。能承蒙您喜歡最重要。

- カメに噛まれたって聞いて心配しましたけど、元気そうで何よりです。

  聽說你被烏龜咬到我擔心了一下，但看到你狀態還不錯真是太好了。

日文句型 ⑭ かろうじて〜 🎧218

從「辛くして」轉音而來，意思是辛苦地、好不容易地才完成一件事。

- 山で遭難してしまい、自分の尿と残り僅かなパンでかろうじて生き延びた。

  在山中遇難，靠著自己的尿及剩下不多的麵包，才好不容易活了下來。

- 空港の中をひたすら走って、かろうじてフライトに間に合った。

  我一個勁地在機場內狂奔，才好不容易趕上班機。

- 去年は N2 に<ruby>去年<rt>きょねん</rt></ruby>にかろうじて<ruby>合格<rt>ごうかく</rt></ruby>したので、<ruby>今年<rt>ことし</rt></ruby>は N1 にチャレンジしたいと<ruby>思<rt>おも</rt></ruby>う。

  去年勉強通過 N2，所以今年想挑戰 N1。

- フリーランサーになった<ruby>最初<rt>さいしょ</rt></ruby>の 3 <ruby>年間<rt>ねんかん</rt></ruby>は、かろうじて<ruby>食<rt>た</rt></ruby>べていけるだけの<ruby>収入<rt>しゅうにゅう</rt></ruby>しか<ruby>稼<rt>かせ</rt></ruby>げていなかった。

  我剛當自由業者的前三年，只能賺到勉強餬口的收入。

日文句型 ⑮ せめて～／せめてもの～／せめて～だけでも 🎧219

「せめて」是副詞，代表一種<u>最低程度的願望語氣</u>，<u>儘管這樣也是不夠的但至少如何</u>的意思。後面連接名詞時可加上「も（強調）」及助詞「の」。

- この<ruby>本<rt>ほん</rt></ruby>の<ruby>内容<rt>ないよう</rt></ruby>を<ruby>全部<rt>ぜんぶ</rt></ruby><ruby>消化<rt>しょうか</rt></ruby>するのは<ruby>大変<rt>たいへん</rt></ruby>だと<ruby>思<rt>おも</rt></ruby>うけど、せめて<ruby>試験<rt>しけん</rt></ruby>によく<ruby>出<rt>で</rt></ruby>る<ruby>文型<rt>ぶんけい</rt></ruby>は<ruby>覚<rt>おぼ</rt></ruby>えてほしい。

  消化這本書全部的內容可能很辛苦，但希望至少可以把考試常出的句型記一記。

- いまさら<ruby>何<rt>なに</rt></ruby>をしても<ruby>許<rt>ゆる</rt></ruby>してもらえないとは<ruby>思<rt>おも</rt></ruby>いますが、せめて<ruby>話<rt>はなし</rt></ruby>だけでも<ruby>聞<rt>き</rt></ruby>いていただけないでしょうか。

  事到如今可能做什麼都很難獲得您的原諒，但能不能至少聽聽我說呢？

- あなたがしたことは<ruby>決<rt>けっ</rt></ruby>して<ruby>許<rt>ゆる</rt></ruby>されるものではありません。<ruby>一生<rt>いっしょう</rt></ruby>その<ruby>罪悪感<rt>ざいあくかん</rt></ruby>を<ruby>背負<rt>せお</rt></ruby>って<ruby>生<rt>い</rt></ruby>きていってほしいです。それが<ruby>亡<rt>な</rt></ruby>き<ruby>息子<rt>むすこ</rt></ruby>へのせめてもの<ruby>償<rt>つぐな</rt></ruby>いです。

  你做的絕不是可被原諒的事，但我希望你一輩子帶著那份罪惡感活下去。那是對我已故的兒子一點點的補償。

- 火事でオフィスが全焼してしまった。ヒロシの写真集が焼けなかったのが<u>せめてもの</u>救いだった。

  因為火災辦公室燒得精光。Hiroshi 的寫真集沒燒掉算是不幸中的大幸。

- 小学校の教員になって以来、児童の不登校やいじめなど職場のストレスは増加の一途を辿っています。まだモンスターペアレントに遭遇していないのが、<u>せめてもの</u>慰めです。

  我自從當了小學老師之後，因為學生不上學啦或是霸凌等等的問題，工作壓力不斷累積。還沒碰到怪獸家長算是稍微感到一點安慰。

  （怪獸家長指的是自我中心、會對老師進行不合理要求的家長）

日文句型 ⑯ ～は、～てのこと 🎧220

針對前面的主題進行說明，後面使用「て形」加「の」連接名詞「こと」，代表前者是因為有後者的條件才能成立。

- N1 に合格したの<u>は</u>、弛まぬ努力が<u>あってのこと</u>です。

  我能考過 N1 是因為不懈的努力才能做到。

- 家から追い出したの<u>は</u>、息子の将来を<u>考えてのこと</u>です。

  我將兒子趕出家門，是考慮到他的未來才這麼做。

- フリーの通訳者になったの<u>は</u>、喋るだけでお金ががっぽがっぽ入ってくるような仕事をしたいと<u>思ってのこと</u>です。

  我變成自由口譯員，是因為想做一份只出一張嘴，很多錢就能源源不絕進來的工作。

  （うそです！通訳者は大変です！）

具有負面意涵的句型

① ～きらいがある 🎧221

動詞辭書形／ない形／名詞の＋きらいがある

有某種不好的傾向。這邊的「きらい」不是討厭的意思，而是一種**不好的傾向**，作為名詞使用。此句型較書面口語較少用。

- うちの上司は、ストレスが溜まると部下に八つ当たりする**きらいがある**。

  我們上司只要壓力大就容易遷怒部下。

- あの先輩はいい人に見えるが、陰で人を批判する**きらいがある**。

  那個前輩雖然看起來人很好，但有背地裡批評他人的傾向。

- まじめな人ほど物事を複雑に考えすぎる**きらいがある**。

  越是認真的人，越有將事情想得太過複雜的傾向。

- 大学院生になってから運動不足の**きらいがある**ので、大学のテニスクラブに参加した。

  當研究生後就有運動不足的傾向，所以我參加了大學的網球社。

- 日本人は誰にでもお世辞を言う**きらいがある**ので、褒められても額面通りに受け取らない方がいいよ。

  日本人有對誰都會講客套話的傾向，所以被稱讚也不要照單全收比較好。

  (* 實際上還是要看人就是)

☞ 注意，通常不用於自然現象及個人論述上。

- 近年は、この時期になると集中的に大雨が降る**きらいがある**。（×）
  →近年は、この時期になると集中的に大雨が降る**傾向がある**。（○）

  這幾年只要到了這個時期，就容易下集中性的大雨。

・私は子供のころ病弱だったため、学校を休むきらいがあった。（×）

→私は子供のころ病弱だったため、学校を休みがちだった。（〇）

我小時候因為體弱多病，常常向學校請假。

日文句型 ② ～はおろか 🎧222

名詞＋はおろか

～就別說了，就連～。只用於負面的描述上，若前方為動詞需做名詞化。因較文言，口語常使用「～どころか」代替。

・私は恋人はおろか、友達もいない寂しい生活を送っている。

別說交往對象了，我過著連好朋友都沒有的寂寞生活。

・私は生まれてこの方、海外はおろか、台北を出たことすらない正真正銘の天竜国の住民だ。

我從出生到現在不要說國外了，連台北都沒出過，是個真正的天龍國人。

・上げ膳据え膳で育った彼は、料理はおろか、洗濯機の使い方も知らないらしい。

從小茶來伸手飯來張口的他別說做飯了，聽說連洗衣機的用法都不知道。

・私は日本語学科の４年生だけど、論文を書くことはおろか、日本語で自己紹介することもできない。

我雖然是日文系四年級的學生，但不要說寫論文了，我連用日文自我介紹都不會。

・足をねん挫してしまって、走るのはおろか歩くこともままならない。

扭傷腳別說跑步了，連走路都有問題。

「～はもちろん」可用於正反兩種論述上，「～はおろか」只用於負面描述。

・日台ハーフの彼は、日本語と中国語はおろか（×）／もちろん（○）、英語や韓国語もできる。

　台日混血的他，日文跟中文就不用說了，也會英文和韓文。

日文句型

③ 〜始末だ、〜始末だった 🎧223

動詞辞書形＋始末だ

帶著傻眼的語氣敘述一件事情的始末，經過種種不好的過程最終變成某一個不好的結果。

・昼夜を問わず働いた結果、体がボロボロになったばかりか、彼女に別れを告げられる始末だ。

　不分晝夜工作的結果，不僅身體疲憊不堪，還被女友提分手。

・あいつほど図々しい人を見たことがない。貸した金を返してくれるどころか「もっと貸してくれ」と言ってくる始末だ。

　真沒看過像他那樣不要臉的人耶！借他的錢不但沒還，結果竟然跟我說再借他一點。

・最近の若者は、人にぶつかっても謝りもせず、注意したら逆ギレする始末だ。

　最近的年輕人撞到人也不道歉，講一下他們反而還惱羞成怒。

・目の前で事故が起こったというのに、高校生たちは警察に通報せずに写真を撮ってインスタにアップする始末だった。

　明明眼前發生事故了，高中生們竟然不報警，在那邊拍照上傳 IG。

・何度も行くなとアドバイスしたのにこの始末だ。もう俺は知らない。

　勸你多少次不要去結果變這樣！我不管你了。

日文句型 ④ 〜をいいことに 🎧224

名詞／句子常體（な形容詞〜な／である、名詞〜な／である）の＋をいいことに

先前介紹過「ＡをＢに」是以Ａ為Ｂ、把Ａ當作Ｂ的意思，所以「ＡをいいことにＢ」
指的是把Ａ當作一個好機會、好藉口去進行Ｂ（通常是不好的事情）。「いいこと（好
事）」在此句型中延伸為好藉口、好機會的意思。

- 観光客がタクシー料金の相場を知らないのをいいことに、法外な料金を請求
  する運転手がいる。

  有些計程車司機看準觀光客不懂計程車收費的行情，會向乘客收取貴得嚇人的乘車費用。

- 品薄なのをいいことに、値段を釣り上げてぼろ儲けする業者がいる。

  有些業者會利用商品缺貨，來哄抬價格大賺一筆。

- 言論の自由をいいことに、ネットで他人を誹謗中傷する奴が増えている。

  把言論自由當擋箭牌，在網路上誹謗、重傷別人的傢伙變多了。

- 彼は議員の息子であるのをいいことに、会社で威張り散らしている。

  他仗著自己是議員的兒子，在公司裡囂張跋扈。

- 妻が海外出張に行っているのをいいことに、愛人を家に連れ込んだ。

  利用太太海外出差的機會，我把小三帶回家裡了。

日文句型

① ～かたがた 🎧225

名詞＋かたがた

「A かたがた B」意思是 A 之餘順道 B，或是帶有 A 的目的下去做 B 的意思。表示 A 之餘順道 B 時，與「～ついでに」同義但更生硬書面。本句型常搭配的名詞非常有限，建議記得常用的即可。

・出張で京都に来たので、先日のお礼かたがた、先輩のお宅に伺いました。

因為出差來了京都，拜訪了前輩家順便為前一陣子的事致謝。

・先日お渡しした資料には誤植がございましたので、メールにてお詫びかたがた訂正箇所をお知らせします。

先前給的資料中有誤植的內容，因此用 mail 向您致歉，並通知您更改的地方。

・本日はご挨拶かたがた、弊社の新商品をご紹介したいと思います。

今天想向各位打個招呼，並介紹敝公司最新的商品。

・N1 合格のご報告かたがた、先生方に感謝の言葉をお伝えしたいと思います。

我想報告一下我 N1 考過了，並向老師們傳達感謝的話。

・入院しているクライアントのお見舞いかたがた、プロジェクトの進捗状況を伝えてまいりました。

去探望住院中的客戶，順便報告了計畫進展的狀況。

★類似句型：〜がてら

動詞ます形／名詞＋がてら

「AがてらB」與「AついでにB（做A時順便做B）」意思類似，但較生硬。此外，與「AかたがたB」一樣，也有同時兼具兩種同等重要目的（做B時同時帶有A的目的）之意，此時與「AをかねてB」同義。〜がてら後方常接移動類的內容。

• 仕事で東京に行きがてら、上野公園で桜を見てきた。

因為工作去東京之餘，在上野公園看了櫻花。

• 友達を駅まで送りがてら、デパートでケーキを買ってきた。

送朋友去車站，順便在百貨公司買了蛋糕回來。

• 散歩がてら、新しくできた本屋を覗いてきます。

散步順便去看一下剛開的書店。

• 旅行がてら、ワーホリで現地に滞在中の友人に会いに行きました。

旅行時順便去見了正在當地打工度假中的朋友。

• 運動がてら、今日は自転車で会社に行こうと思う。

一方面也為了運動，今天想騎腳踏車去公司。

② ～とて 🎧226

名詞＋とて

逆接的語氣，表示即便是、就連…也如何的意思。與「～であっても」或口語的「だって」意思相同但更生硬。

- 先生<u>とて</u>人間だから、知らないことがあるのは当たり前だ。

  即便是老師也是人，有不知道的事是理所當然的。

- 専門家<u>とて</u> AI がどこまで発展するか断言できません。

  即使是專家也無法斷言 AI 會發展到哪裡。

- 私に文句を言われてもどうすることもできませんよ。私<u>とて</u>被害者ですから。

  跟我抱怨也無濟於事，因為我也是受害者。

- 双子<u>とて</u>遺伝子が 100％同じだというわけではありません。

  即使是雙胞胎，基因也並不是 100% 完全相同。

★類似句型：～からとて

常體＋からとて

「～からといって」較生硬的版本，表示雖然是因為這樣沒錯但～。

- いくらお金がない<u>からとて</u>、3 食をカップラーメンで済ませるのはダメだ。

  不管再怎麼樣沒錢，不能一天三餐都靠泡麵解決。

- 難しい<u>からとて</u>、N1 の文型はフォーマルな場面では役に立つので、勉強しないわけにはいかない。

  雖然很難，但 N1 的文法在正式的場合上很有用，所以不能不讀。

- 簡単<ruby>簡単<rt>かんたん</rt></ruby>だから<u>とて</u>、<ruby>誰<rt>だれ</rt></ruby>にでもできるわけじゃない。

  雖然很簡單，但並不是每個人都可以做到。

日文句型 ③ ～こととて 🎧227

> 常體（な形容詞現在肯定～な；名詞現在肯定～の）＋こととて

「～だから（因為）」較正式生硬的版本。強調是<u>因為在這樣的情況下沒辦法</u>，常用來道歉、解釋原因、或是做某種請求。

- <ruby>子供<rt>こども</rt></ruby>のした<u>こととて</u>、<ruby>大目<rt>おおめ</rt></ruby>に<ruby>見<rt>み</rt></ruby>てやってください。

  因為是小孩做的事，請大人有大量不要跟他計較。

- <ruby>慣<rt>な</rt></ruby>れぬ<u>こととて</u>、ミスばかりして<ruby>申<rt>もう</rt></ruby>し<ruby>訳<rt>わけ</rt></ruby>ありません。

  因為不太熟悉，一直犯錯很不好意思。（慣れぬ＝慣れない，因為是生硬句型否定很常使用「ぬ」）

- <ruby>同時通訳<rt>どうじつうやく</rt></ruby>は<ruby>初<rt>はじ</rt></ruby>めての<u>こととて</u>、<ruby>大変緊張<rt>たいへんきんちょう</rt></ruby>しました。

  因為是第一次做同步口譯，非常緊張。

- かなり<ruby>昔<rt>むかし</rt></ruby>の<u>こととて</u>、<ruby>朧<rt>おぼろ</rt></ruby>げにしか<ruby>覚<rt>おぼ</rt></ruby>えていません。

  因為是很久以前的事，我只隱約記得。

- <ruby>急<rt>きゅう</rt></ruby>な<u>こととて</u>、<ruby>自分<rt>じぶん</rt></ruby>の<ruby>判断<rt>はんだん</rt></ruby>で<ruby>返事<rt>へんじ</rt></ruby>をしてしまい、<ruby>申<rt>もう</rt></ruby>し<ruby>訳<rt>わけ</rt></ruby>ございません。

  因為很突然，我就靠自己的判斷回覆了對方，真不好意思。

日文句型

④ ～かたわら 🎧 228

> 動詞辭書形／名詞の＋かたわら

「かたわら」漢字寫作「傍ら」，意思是<u>旁邊</u>。句型中衍伸義為<u>做某事之餘，也從事另一個活動</u>；<u>一邊～一邊～</u>，一般習慣寫假名。

- 道のかたわらに髪の長い女性が立っていた。よく見てみると、その女性は恐ろしい形相でこっちを見ていた。

  路邊站著一位長髮女性。仔細一看發現那位女性用很可怕的表情看著我。

- 佐藤先生は語学センターで日本語を教えるかたわら、大道芸人としても活動している。

  佐藤老師一邊在語言中心教日文，一邊也作為街頭藝人進行各種表演。

- 父はサラリーマンとして働くかたわら、趣味でポールダンスを習っている。

  我爸上班之餘，也因為興趣學習鋼管舞。

- 子育てのかたわら、ユーチューバーとして活躍する主婦が増えている。

  一邊養兒育女一邊活躍於 Youtuber 界的家庭主婦增加中。

- ヒロシ先生は、会議通訳のかたわら、人工知能による通訳ツールの開発にも携わっている。

  Hiroshi 老師做會議口譯之餘，也從事 AI 口譯工具的開發。

Level UP

「かたわら」與「ながら」用法類似，都能代表同時做兩件事，但「かたわら」主要動作在前方，而「ながら」主要動作在後方。另外短時間的同時進行不能使用「かたわら」。

- （〇）<ruby>英語<rt>えいご</rt></ruby>を<ruby>教<rt>おし</rt></ruby>えるかたわら、<ruby>恋愛<rt>れんあい</rt></ruby>コンサルタントもしている。

  我一邊教英文，一邊做戀愛顧問。（主要動作是教英文）

- （〇）クラシック<ruby>音楽<rt>おんがく</rt></ruby>を<ruby>聴<rt>き</rt></ruby>きながら、<ruby>勉強<rt>べんきょう</rt></ruby>している。

  我一邊聽古典樂，一邊讀書。（主要動作是讀書）

- （×）テレビを<ruby>見<rt>み</rt></ruby>るかたわら、<ruby>晩<rt>ばん</rt></ruby>ご<ruby>飯<rt>はん</rt></ruby>を<ruby>食<rt>た</rt></ruby>べている。

- （〇）テレビを<ruby>見<rt>み</rt></ruby>ながら、<ruby>晩<rt>ばん</rt></ruby>ご<ruby>飯<rt>はん</rt></ruby>を<ruby>食<rt>た</rt></ruby>べている。

  我一邊看電視一邊吃晚餐。

組合型句型

① ～たら／なら／ば、～で 〔229〕

～たら／～ば／～なら＋常體（な形容詞、名詞的現在肯定だ）＋で、～

「**A たら A で**」表示 1. 不是 A 的話的確不太好，但即便是 A 這種情況，又會有別的缺點 2. 一般認為不好，但 A 這種狀況其實也沒什麼了不起的。

用法①：

• 車がないと不便だけど、あっ**たら**あっ**た**で駐車場を探さないといけないし、ガソリン代もかかってくる。

　雖然沒有車很不方便，但有了車又要找停車場也要花油錢。

• 恋人がいないと寂しいが、い**たら**い**た**で一人の時間が欲しくなる。

　沒有情人的話很寂寞，但有了又會想要一個人的時間。

• 家がもっと駅に近かったらとよく思う。でも、近かっ**たら**近い**で**、家賃も高くなるし、電車の騒音なども気になるだろう。

　常常會想如果家離車站近一點就好了，但離車站很近的話房租會變貴，也會很在意電車的噪音吧。

• 宝くじに当たってから働く必要がなくなり、毎日暇だ。でも、暇**なら**暇**で**、何をしたらいいか分からなくて苦痛なんだ。

　中樂透後就不需要工作了，每天都很閒。但很閒歸很閒，不知道要做什麼很痛苦。

用法②：

- N1試験に落ち<u>たら</u>落ちた<u>で</u>、落ち込むことはない。半年後にまたチャレンジすればいいから。

  N1沒考過就沒考過，不用沮喪。半年後再挑戰一次就好了。

- 俺のことが嫌い<u>なら</u>嫌い<u>で</u>いいんだよ。俺もお前のことが大嫌いなんだから。

  你討厭我的話就討厭沒差，反正我也超討厭你的。

比較 **兩種用法的使用比較**

用法1：お金がないと何もできないが、あっ<u>たら</u>あった<u>で</u>、また別の悩みが出てくる。

　　沒有錢什麼都無法做，但有了錢又會有別的煩惱出現。

用法2：お金がな<u>ければ</u>ないで、人生を楽しむ方法はいくらでもある。

　　沒錢就沒錢，享受人生的方法多的是。

日文句型 ② とかく〜がちだ 🎧230

「とかく」是副詞，意思是容易有某種傾向的樣態，後方常搭配表傾向的句型如「〜がちだ」及「〜きらいがある」。「とかく」也可換成「ともすると」、「ともすれば」、「ややもすると」、「ややもすれば」等類義副詞。

- 寒くなると、我々は<u>とかく</u>運動不足になり<u>がちだ</u>。

  天氣一冷，我們就容易運動不足。

- 人間は、<u>とかく</u>自分のことを棚に上げて、他人の欠点ばかり指摘し<u>がちだ</u>。

  人就是容易把自己的事擺一邊不提，然後只指責別人的缺點。

- 人はとかく目先の利益にとらわれるきらいがある。

  人往往容易被眼前的利益給束縛住。

- 梅雨の季節に入ると、雨の日が多くなり、我々はともすれば悲観的になりがちだ。

  進入梅雨季後下雨的天數變多，我們往往容易變得悲觀。

- 私たちはややもすれば、自分の考えこそが正しく、他人の意見など聞くに値しないと考えてしまいがちだ。

  我們很容易認為自己的想法才正確，別人的意見不值得一聽。

③ ＡがＡだけに 🎧231

正因為 A 很特殊，從 A 的性質及狀態來看有後方必然的結果。

- 時期が時期だけに、人が多い場所には行かないほうがいいよ。

  畢竟現在這個時期嘛，不要去人多的場所比較好喔。

- 内容が内容だけに、子供に説明するのは大変だ。

  因為內容本身的性質，對小孩說明蠻困難的。

- 難しい作業じゃないけど、量が量だけに3日はかかると思う。

  雖不是很困難的作業，但畢竟量也不少，我想至少要花三天。

比較

A：病気が病気だけに、職場に復帰するのは難しいかもしれない。

B：重い病気だけに、職場に復帰するのは難しいかもしれない。

正因為是重病的關係，所以要回歸職場可能很難了。

A 的說法由於本身名詞重複兩次，代表這個疾病非同小可（具有特殊性）。但若不重複兩次，則必須說明是怎樣特性的疾病才能與後面的內容銜接。

日文句型

④ たかが～ぐらいで 🎧 232

常體 (名詞現在肯定だ) ＋ぐらいで

初級學過「くらい／ぐらい」有輕視 (程度很低) 的意涵，前面加上表示不足為提的副詞「たかが」，意思是這種程度的小事根本沒什麼大不了的 (不需要大驚小怪、反應過度)。連接名詞也可使用「たかが～ぐらいの～で」的句構。

- たかが同僚に悪口を言われたぐらいでめそめそ泣くな。

  只是被同事講壞話而已，不要哭哭啼啼的。

- たかが一度の失敗ぐらいで諦めてしまっては、お前は何をやってもものになるまい。

  只不過是一次的失敗就放棄的話，你做什麼應該都不會成功的。

- たかが携帯を没収されたぐらいのことで先生を殺すなんて、今の子供は怖すぎる。

  只不過是手機被沒收就殺老師，現在的小孩太可怕了。

- たかがこれぐらいのケガで、病院に行く必要はないよ。

  這種程度的傷勢，不需要去醫院啦。

⑤ いかに、～か 🎧233

> いかに＋常體（な形容詞、名詞的現在肯定だ）＋か

「いかに」漢字寫作「如何に」，此句型稍微生硬，相當於更口語的「どんなに～か（多麼地～）」，常用於間接句構中。

・好きな人ができて、自分の気持ちを相手に伝えることが**いかに**難しい**か**を痛感しました。

有了喜歡的人後，我深刻了解到將自己的心意傳達給對方有多難。

・この弱肉強食の社会では、自分が他者より**いかに**優れている**か**をアピールしないと成功できません。

在這個弱肉強食的社會中，不好好展示自己是如何比別人優秀，是不能成功的。

・僕の作品を通して、映画においてサウンドエフェクトが**いかに**重要**か**お分かりいただけると思います。

透過我的作品，大家應該能了解到在電影中音效有多重要。

・ユーチューバーになってから、動画の編集が**いかに**大変な作業**か**、身をもって知りました。

成為 Youtuber 之後，我切身了解到編輯影片是多麼辛苦的工作。

日文句型 ⑥ なんて〜だろう 🎧234

感嘆的句型，**怎麼這麼〜阿、是多麼〜阿**。尾巴可放「だろう／でしょう」、「のだろう／のでしょう」、「ことだろう（か）／ことでしょう（か）」三種類型。「なんて」也可以說成「なんと」，後方也可以加「いう」再接名詞。

- 僕の顔がフライパンみたいだって？なんて失礼な人だろう。

  說我臉像平底鍋？怎麼有這麼失禮的人啊。

- このノートパソコン、なんて軽いんだろう。信じられない！

  這台筆電怎麼這麼輕啊！不敢相信！

- 私利私欲のために戦争を起こし、罪のない人を大量に殺すなんて、人間ってなんて醜い生き物なんだろう。

  為了一己私慾發動戰爭，大量殺害無辜的人們。人類是多麼醜陋的生物啊。

- 高校の修学旅行で初めて京都に行ったとき、なんという美しい都市なんだろうと思った。

  我高中校外教學去京都時，覺得京都是一座多麼美麗的城市啊。

- 憧れの先輩と一夜を共にできるとは、なんと幸せなことだろう。

  居然可以跟仰慕的前輩共度一晚，這是多麼幸福的一件事啊！

日文句型 ⑦ 〜ないものは〜ない 🎧235

否定的強調，表示<u>沒辦法就是沒辦法</u>。前面也常接「〜ても」，表示就算是這樣還是做不到。常與<u>可能形</u>或<u>能力動詞</u>合用。

- 見せられないものは見せられない。コンフィデンシャルな資料だから。

  不能給你看就是不能給你看，因為是機密資料。

- お金を積まれてもできないものはできない。

  就算你堆鈔票在我面前也一樣，做不到就是做不到。

- 知らないものは知らないんだから、何度聞いたって無駄だよ。

  不知道就是不知道，你問幾次都是白問。

- 理解しようと思っても分からないものは分からないよ。

  就算我想理解，不懂的就是不懂啦。

日文句型 ⑧ ～といおうか、～といおうか 🎧236

常體（な形容詞、名詞現在肯定可不加だ）＋といおうか

不知道要說～還是要說～。類似句型還有「～というべきか、～というべきか～」及「～というか～というか」。

- 私は、ソーシャルスキルが低い**といおうか**、空気が読めない**といおうか**、どこに行っても浮いてしまう。

  不知道要說是社交技巧不夠，還是說不會察言觀色，我不管到哪都很孤立。

- うちの旦那は優柔不断**といおうか**何**といおうか**、決断にいつも時間がかかりすぎる。

  我老公不知要說是優柔寡斷還是什麼，下決定都要很久。

- 最近入ってきた新人は、おっちょこちょい**というか**情緒不安定**というか**、思慮に欠ける行動が多くて、一緒にいるとイライラする。

  最近進來的新人不知道要說冒失還是情緒不穩，行動常欠缺思考，跟他在一起會很煩躁。

- ヒロシ先生の本は傑作**というべきか**、奇書**というべきか**、とにかく一風変わっている。

  Hiroshi 老師的書不知道該說是傑作還是該說是奇書，反正就是有獨特的風格。

⑨ いかにも〜そうだ／らしい 🎧237

「いかにも」是副詞，代表呈現出來的就是那個樣子、不管怎麼看怎麼想就是那樣的樣態。後方的「〜そうだ(看似)」「〜らしい(符合該特徵)」等句尾也是呼應這種樣態推測。

・台湾大学の図書館に行ったら、**いかにも**頭が良さ**そうな**学生たちが勉強していた。

　去了台大圖書館看到很多一看就很聰明的學生在讀書。

・近くの公園で、**いかにも**毒があり**そうな**キノコを発見した。

　我在附近的公園中，發現一看就有毒的香菇。

・N1の文型は**いかにも**難し**そうに**見えるが、実はそれほどでもない。

　N1的句型看起來就很難，但其實也沒那麼難。

・スマホを冷蔵庫に置き忘れるなんて、**いかにも**彼**らしい**。

　居然把手機忘在冰箱裡，真的很像他會做的事。

日文句型 ① ～たためしがない 🎧238

「ためし」意思是前例，漢字寫作「例」但一般寫假名居多。「～た形」＋「ためしがない」意思是沒有這種前例、從未有過這種事。

- 小林君は入学してから一度も宿題を提出したためしがない。

  小林自從入學以來從來沒有交過作業。

- 物心がついてから女性にモテたためしがない。

  我自從有記憶（懂事）以來，從來沒被女生喜歡過。

- 遅刻魔のあいつは約束の時間通りに来たためしがない。

  他那個遲到鬼從來沒有準時來過。

- うちの弟は何をやっても三日坊主で、1ヶ月以上続いたためしがない。

  我弟做什麼都是三分鐘熱度，沒有超過一個月的紀錄。

- 恋愛占い？そんなの当たったためしがないから、僕は信じませんよ。

  算戀愛運勢？那種沒有準過我不信啦。（＊純造句我個人是很信）

日文句型 ② ～た拍子に／～た拍子で 🎧239

た形／名詞の＋拍子に／拍子で

「拍子」原義就是中文的節拍，作為句型使用時可以想成就在那個拍子上、那個瞬間如何。

- くしゃみをした拍子に、ぎっくり腰になってしまった。

  打噴嚏的瞬間，不小心閃到腰了。

- つまずいた拍子に、持っていた熱いコーヒーを前の人の顔面にかけてしまいました。

  絆倒時不小心將手中握著的熱咖啡整個潑到前面的人臉上。

- せんべいをかじった拍子に、前歯が折れてしまった。

  我咬下煎餅（仙貝）的瞬間，門牙斷了。

- 重いものを持ち上げようとした拍子に便が漏れてしまったことがありますか？

  你有沒有試著搬起重物時，不小心漏便的經驗呢？

★類義句型：〜たはずみに／〜たはずみで

> た形／名詞の＋はずみに／はずみで

「はずみ」漢字寫做「弾み」，原義是一種慣性的反彈，句型中一般不寫漢字，代表某個衝擊的瞬間順勢造成什麼結果的意思。

- 人にぶつかったはずみで、携帯を落として画面を割ってしまった。

  撞到人時把手機摔到地上螢幕因此破了。

- 転んだはずみに、部長のズボンを引きずり下ろしてしまった。

  跌倒時順勢把部長的褲子扯了下來。

- 30人を乗せた観光バスが軽自動車と衝突したはずみに、高架橋の下に転落してしまった。

  載著30人的觀光巴士跟小客車碰撞時，順勢翻落高架橋下。

- 急ブレーキのはずみで、乗客の一人が車外に投げ出されてしまった。

  車子急煞時，一位乘客順勢被拋出車外。

★「ふとした拍子に（Or で）／ふとしたはずみに（Or で）」是慣用句，指的是<u>突然某個瞬間如何</u>的意思。「何かの拍子に」指的是<u>不知道具體是何時，但做某件事的瞬間</u>的意思。

- <u>ふとした拍子に</u>、別れた彼氏のことを思い出した。

  我突然想起以前的男友。

- <u>ふとしたはずみで</u>、布団がストーブに接触し、燃え始めることがあるので、気を付けよう。

  有時候棉被可能會突然接觸到暖爐而開始燃燒，要小心一點。

- カツラが<u>何かの拍子に</u>飛んでいっちゃったようだ。

  假髮似乎不知何時飛走了。

日文句型 ③ ～た分だけ 🎧240

由「た形」＋「分（份量、程度）」＋「だけ（符合前述的程度）」組成，「**A した分だけ B**」意思是 **A 做了多少**，**B** 的程度也會隨之增加。常以「～ば～た分だけ」、「～たら、～た分だけ」的形式出現，也能單獨使用「分」。

- ネットワークビジネスだと、商品を売ったら<u>売った分だけ</u>報酬が入ってくるので、モチベーションが上がる。

  如果是多層次直銷的話，賣多少商品就有多少收入進來，所以會更有動力。

- 外国語は使えば<u>使った分だけ</u>うまくなるから、チャンスを見つけては練習している。

  外語越使用就會越厲害，所以我一找到機會就會練習。

- ピアノは練習したら<u>した分だけ</u>腕が上がる。

  鋼琴是練習多少技術就會進步多少。

・私は食べたら食べた分だけ太るので、食べ放題のレストランには行かない。

我是吃多少胖多少，所以不會去吃到飽的餐廳。

・使い放題の「欲張りプラン」と使った分だけ支払う「けちんぼプラン」がございますが、どちらになさいますか？

我們有吃到飽的貪心鬼方案和用多少付多少的小氣鬼方案，您要哪一種呢？

・期待していなかった分、優勝したときの喜びは大きかった。

也因為本來就不怎麼期待，所以拿到冠軍時的喜悅非常大。

N1 其他句型

日文句型 ① 〜はめになる 🎧241

| 動詞辭書形＋はめになる |

「はめ」漢字寫成「羽目」或「破目」，意思是令人困擾的局面、不好的狀況。此句型意思為<u>落得這步田地、陷入這樣的狀況中</u>。

- 社長のことをイノシシと呼んだばかりに、解雇される<u>はめになった</u>。

  只不過稱社長為野豬，就落得被解雇的下場。

- 痩せたい一心でキャベツしか食べないダイエットを1週間続けていたら、仕事中に倒れて入院する<u>はめになった</u>。

  一心想變瘦，持續只吃高麗菜的飲食生活一週後，在工作時倒下，落得住院的下場。

- 人手不足で、エンジニアの僕まで工場で手伝わされる<u>はめになった</u>。

  因為人手不夠，連工程師的我都落得要去工廠幫忙。

- 若いうちに好きなことをしておかないと、一生後悔する<u>はめになる</u>よ。

  如果不趁年輕做想做的事情，會落得一輩子後悔的下場喔。

日文句型 ② 〜すべがない 🎧242

| 動詞辭書型＋すべがない |

「すべ」漢字寫成「術」，是<u>達成某目的的方法或手段</u>的意思。此句型表示<u>沒有方法可以達成前述動作</u>。

- 「ヒロシ先生は今何歳なの？」「さあね。確かめる<u>すべがない</u>が、本人は25歳だと言ってる。」

  「Hiroshi 老師現在幾歲阿？」「不知道耶。我沒法查證，但本人是說 25 歲啦。」

- 唯一の目撃者が死んでしまった今は、事件の真相を知る**すべはもうありません**。

  唯一的目撃者死掉後，現在已經沒有得知事件真相的方法了。

- 彼女はスマホもパソコンも持っていないので、連絡する**すべがない**。

  因為她沒有手機也沒有電腦，所以沒有聯絡她的方式。

- やれることは全部やった。もうなす**すべがない**。

  能做的都做了。已經無計可施了。

日文句型 ③ ～手前 🎧243

> 動詞た形／ている形／辭書形＋手前；名詞＋手前

因為在～的前面，因為是～的狀況，含有都已經這樣了，這種處境、立場下，為了保有面子、維持形象，除了這樣做之外別無其他方法的語氣。

- プロの通訳者だと自己紹介した**手前**、難しい日本語であっても聞き取れないなんて言えない。

  都介紹自己是專業口譯員了，就算是很難的日文也不能說自己聽不懂。

- 任せてくださいと言ってしまった**手前**、今更プロジェクトから降りるわけにはいかない。

  都說交給我了，事到如今也沒辦法退出計畫。

- 自分から別れようと告げた**手前**、やっぱりやり直そうとは言えませんよ。

  當時自己說要分手的，還是說不出復合吧這種話。

- 好きな人の**手前**、号泣している姿なんて見せられない。

  在喜歡的人前面沒辦法讓他看到自己大哭的樣子。

日文句型 ④ 〜からする／〜からある／〜からいる／〜からの 🎧244

> 名詞（數量詞）＋からする／からある／からいる／からの＋名詞

前方接大約的數字，代表<u>起碼有這樣的程度</u>。「からする」用於花費的金額；「からある」用於重量、高度、大小等數量；「からいる」用於人數，而以上均可以簡化成「からの」。

- 1万字<u>からある</u>資料を一日で英訳しなければならない。

  我必須要在一天內將超過一萬字的資料翻成英文。

- 2メートル<u>からある</u>男が目の前に現れ、僕の行く手を阻んだ。僕が大声で叫びそうになった時、彼は真剣な眼差しで「ヒロシ先生、サインをいただけますか？」と囁いた。

  一個身高超過 200 公分的男子出現在我的眼前，並擋住了我的去路。在我快要放聲大叫時，他用認真的眼神輕聲問說「Hiroshi 老師，我可以跟您要簽名嗎？」

- ジェリーさんは 30 万円<u>からする</u>ワインを何の躊躇いもなく 5 本買った。

  Jerry 毫不猶豫地買了五瓶要價 30 萬日幣以上的葡萄酒。

- ヒロシ先生のコンサートには 10 万人<u>からの</u>ファンが詰めかけた。

  Hiroshi 老師的演唱會湧入超過 10 萬名粉絲。

> **比較**
> A：30 万円のワイン（30 萬日圓的葡萄酒）
> B：30 万円ものワイン（要價高達 30 萬日圓的葡萄酒）
> C：30 万円からするワイン（要價 30 萬日圓以上的葡萄酒）

日文句型

⑤ ～からなっている、～からできている 🎧245

名詞＋からなっている／からできている

「から（由；表成分、原料、組成要素）」＋表狀態的進行式「なっている（成為）」
「できている（構成）」組成。此句型用於表達組成成分或構成要素。純敘述常態事
實時也能使用非進行式的「～からなる」。

・パソコンは数千種類以上の部品からできている。

電腦是由數千種以上的元件組成的。

・インドネシアは数多くの島からなっています。

印尼是由數量眾多的島嶼組成。

・N1 試験に出る文型は、古文の文型と現代文の文型からなっている。

N1 考試會出的句型由古文句型及現代文句型組成。

・メタンは炭素と水素からなる。

甲烷是由碳和氫組成。

Level UP

「～でできている」一般表示物理性變化（看的見原來的樣貌、性質），而「～からでき
ている」表示化學性變化。

・このワインは、スペインで栽培されたブドウからできている。

這瓶葡萄酒是由西班牙栽種的葡萄製成。

・この筆箱は、木でできている。

這個鉛筆盒是木頭做的。

日文句型 ⑥ 〜ものと思われる／〜ものと考えられる／〜ものと見られる 🎧246

「〜れる」除了以前學過的被動及尊敬語用法外，也有一種稱為「自発（じはつ）」的用法。意思是自然產生的情感或情況，而不是刻意、主觀或有意志的動作。客觀敘述時，常常加上形式名詞「もの」再使用自發動詞的「思われる」、「考えられる」、「見られる」代表並不是主觀認定，而是客觀來看自然有的推論、一般人的看法。

• この写真（しゃしん）を見（み）ると、あの日（ひ）のことが思（おも）い出（だ）される。

  看到這張照片，我就會自然想起那天的事。

• 海外（かいがい）に行（い）くと、なぜか一日（いちにち）が長（なが）く感（かん）じられる。

  去國外不知道為什麼就會感覺一天比較長。

• 犯人（はんにん）は家族（かぞく）を連（つ）れて海外（かいがい）に逃亡（とうぼう）したと思（おも）われます。

  客觀推測犯人應該帶著家人逃亡海外了。

• 台風（たいふう）は今夜（こんや）にも本島（ほんとう）に上陸（じょうりく）するものと思（おも）われます。

  客觀看來颱風應該最快今晚就會登陸本島了。

• AIの進歩（しんぽ）が、人々（ひとびと）の考（かんが）え方（かた）を大（おお）きく変（か）えていくものと考（かんが）えられる。

  一般認為 AI 的進步將會大大改變人們的想法。

• 今日未明（きょうみめい）国道（こくどう）で起（お）こった事故（じこ）は、飲酒運転（いんしゅうんてん）によって起（お）こったものと見（み）られます。

  客觀看來今天清晨在國道發生的事故，應該是因為酒駕所造成的。

日文句型

⑦ ただ～のみ 🎧247

> 動詞辭書形／い形容詞～い／な形容詞～である／名詞（である）＋のみ

由「ただ（只有、只剩）」＋「のみ（而已）」組成，意思是只有這樣而已。

- できる準備（じゅんび）は全部（ぜんぶ）した。あとは**ただ**たっぷり寝（ね）て試験（しけん）に臨（のぞ）む**のみ**だね。

  可以做的準備都做了，剩下的就只是睡飽應試而已。

- 次（つぎ）の試合（しあい）まであと１か月（げつ）足（た）らずだ。前回（ぜんかい）の失敗（しっぱい）を忘（わす）れて**ただ**練習（れんしゅう）に励（はげ）む**のみ**
  です。

  距離下次比賽剩不到一個月。只有忘記上次的失利，努力練習一途。

- 何（なに）もかも失（うしな）った今（いま）の私（わたし）にできるのは、**ただ**復讐（ふくしゅう）**のみ**だ。

  現在的我已經什麼都失去了，能做的就只有復仇而已。

- 今（いま）すぐ逃（に）げなければ、**ただ**死（し）ある**のみ**だ。

  現在不馬上逃走的話，就只有死路一條了。

- 今（いま）は**ただ**雪崩（なだれ）に巻（ま）き込（こ）まれた観光客（かんこうきゃく）の無事（ぶじ）を祈（いの）る**のみ**だ。

  現在只有祈禱碰到雪崩的觀光客可以沒事。

日文句型

⑧ ひとり／ただ～のみならず 🎧248

> 動詞辭書形／い形容詞～い／な形容詞～である／名詞（である）＋のみならず

前面學過「ならず」是「で（は）ない」的意思，而「のみ」是「だけ」的意思，所以「のみならず」就是「だけでなく（<u>不只</u>）」較生硬的說法。前方常常搭配代表只有的副詞「<u>ひとり</u>」、「<u>ただ</u>」。

・空き巣に入られて、現金やアクセサリー<u>のみならず</u>、掃除ロボットまで盗まれてしまった。

　家裡遭小偷，不僅現金及首飾，連掃地機器人都被偷了。

・この国は<u>ただ</u>物価が高い<u>のみならず</u>、雨の日が多く、公共交通機関も発達していないので住みにくい。

　這個國家不僅物價高，下雨天數很多，大眾運輸又不發達，非常難以居住。

・笹岡先生は<u>ただ</u>僕の恩師である<u>のみならず</u>、良きパートナーでもある。

　笹岡老師不單單是我的恩師，也是很好的夥伴。

・環境保護は<u>ひとり</u>大企業<u>のみならず</u>、国民にも責任がある。

　環境保護不只是大企業而已，國民也有責任。

・少子高齢化は<u>ひとり</u>日本<u>のみならず</u>、台湾でも大きな問題になっている。

　高齡少子化不單單只有日本，在台灣也是一個大問題。

・疲労運転は<u>ひとり</u>本人<u>だけでなく</u>、周りの人にも危害を与えてしまう。

　疲勞駕駛不僅會給本人，也會給周遭的人帶來危害。

N1 文法模擬
試題暨詳解
（第一回）

問題1：請選出底線處最適合放入的選項

1 次から次へと生み出されるイノベーションが、企業活動のみならず、人々
の生活＿＿＿＿＿＿＿＿＿ 変化させてしまいます。

A）までに
B）ででも
C）にまで
D）をも

2 期末試験の時間を間違えるなんて、＿＿＿＿＿＿＿＿＿ 彼のやりそうなこと
ですね。

A）まるで
B）どうやら
C）いかにも
D）まさか

3 綺麗な景色だったので、携帯を取り出して写真を撮ろうとしたら、うっか
り手を＿＿＿＿＿＿＿＿＿、携帯を川に落としてしまいました。

A）滑って
B）滑られて
C）滑らせて
D）滑っていて

4 私も飲んだのであれば＿＿＿＿＿＿＿＿が、一口も飲んでいないのに飲み

代を払わされるのはちょっと納得できない。

A）払いはしない

B）払わないでもない

C）払ってはいない

D）払うまい

5 翻訳者たるもの、不注意＿＿＿＿＿＿＿＿誤訳や見落としはできるだけ減

らさなければならない。

A）ゆえの

B）ゆえに

C）によらぬ

D）により

6 またフェイクニュース？まったく、よく＿＿＿＿＿＿＿＿嘘の報道をする

なんて、メディアとして失格だと言わざるを得ない。

A）調べてはいるものの

B）調べもしないで

C）調べつつも

D）調べるには調べたが

7 お客様、ご購入の商品はご自宅までお届けしますので、わざわざ店に

＿＿＿＿＿＿＿＿結構ですよ。

A）お越しいただかなくては

B）参らなくては

C）お越しいただかなくても

D）お伺いしなくても

8 社会人になってから英語の重要性に気づかされた。学生でいるうちにもっとまじめに英語を勉強しておけばよかったのにと、＿＿＿＿＿＿＿＿＿。

A）後悔しようにもできない

B）後悔しないではおかない

C）後悔するまでのことだ

D）後悔してもしきれない

9 いいか、このミッションは成否の＿＿＿＿＿＿＿＿＿、公にされるだけで取り返しのつかないことになる。くれぐれも口外しないように。

A）いかんによっては

B）いかんにかかわらず

C）ことだし

D）こととて

10 締め切りまでに絶対に完成させると言っておいて、いまさらできないと言うなんて、人を馬鹿にする＿＿＿＿＿＿＿＿＿。

A）ほどのことでもない

B）にもほどがある

C）と言うには無理がある

D）だけのことはある

問題２：請將選項排序後，選出放入★格中最適當的選項

1 情報化社会になるにしたがって、スマホは今や大人 ＿＿＿＿ ＿＿＿＿ ＿＿★＿ ＿＿＿＿ が持っているので、目のケアがますます重要になってきている。

1. も

2. まで

3. のみならず

4. 小学生

2 極秘情報だから誰にも言うなよ。このことがマスコミ ＿＿＿＿ ＿＿＿＿ ＿＿★＿ ＿＿＿＿ とんでもないことになってしまう。

1. でも

2. 知られ

3. したら

4. に

3 私は、＿＿＿＿ ＿＿＿＿ ＿★＿ ＿＿＿＿ ぐっすり眠れた日はない。

1. 息子が

2. 一日たりとも

3. というもの

4. 行方不明になってから

4 この映画は、ある少年が ＿＿＿＿ ＿＿＿＿ ＿★＿ ＿＿＿＿ ストーリーを描いたものです。

1. 小さいころから夢見ていた

2. プロ野球の舞台に立つまでの

3. 様々な困難に直面しながらも

4. それをものともせずに乗り越え、

5 ファイルが認識できません ＿＿＿＿ ＿＿＿＿ ＿★＿ ＿＿＿＿ ファイルを再度アップロードしてください。

1. エラーメッセージが出た場合は

2. との

3. 画面の上にある

4. 四角いボタンを押して、

問題３：請閱讀下面文章後，從文意中選出各小題最適合的選項。

　近年、人工知能の発展には、目を見張るものがある。人工知能、いわゆる AI の機能はよく人間の脳に例えられるが、これまでの人工知能は、人間が与えた大量のデータから、ルールや法則を見出すという、いわゆるパターン認識のようなものだった。画像認識やメールの分類などはできても、自らの思考で何かを作り出すことはできなかった。 1 、真の人工知能とは程遠い存在だった。

　昨年、OpenAI が開発した ChatGPT がリリースされ、話題を呼んでいる。ChatGPT は人間とチャットできるチャットボットで、ユーザーの質問に対して自然な文章で回答できるのみならず、文章の添削や、翻訳、新聞記事の要約、カリキュラムの提案に至るまで、今までできなかったことが 2 。それに加えて、進化した AI は、入力されたキーワードをもとに、イラストや画像を生成することもできるし、曲やプログラムを作ることもできる。今まさに、万能な存在になりつつある。

　このままでは、人間は AI に取って代わられるのではないかと危惧する人が増えている。現に、仕事の効率化を目的として AI を導入している企業は少なくはない。 3 にしかできなかった仕事を進化した AI が肩代わりするようになったら、多くの職業が消え、大量の失業者が出る恐れもある。また、自意識を持った AI が人間を支配する日も、いずれ来るかもしれないと警鐘を鳴らす専門家までいる。

　AI はどこまで発展するのだろうか。これは現時点では誰にも予測できない。ただ１つだけ言えるのは、多くの仕事が 4 、新しい仕事がきっと生み出されるということだ。少子高齢化によって人口が減少の一途をたどるなか、労働者の数が急激に減ることも予想されている。ただでさえ人手不足に陥りやすい業界がたくさんあるので、労働力不足を補うために AI を活用するのもいいのでは

ないだろうか。激動の時代だからこそ、AI を 5 、機会と見なす発想が必要な
のかもしれない。

1 1. しかし
   2. とはいえ
   3. そのため
   4. それにもかかわらず

2 1. できるようにならないものだろうか
   2. できるようになるのではあるまいか
   3. できないままである
   4. できるようになっている

3 1. 今までの AI
   2. 人間
   3. そのような企業
   4. AI の脅威を知った人

4 1. AI に奪われるぐらいなら
   2. AI に奪われるか否かで
   3. AI に奪われるとしても
   4. AI に奪われると思いきや

5 1. 単なる脅威と捉えず
   2. 労働力の代替品としてはならず
   3. 謎のテクノロジーに過ぎないと考え
   4. 人間に取って代わる存在と見なすべく

1 正解：D

中譯：不斷出現的創新，不僅會改變企業活動，也會改變人們的生活。

解析：因為後方使用使役形的「変化させる（使…變化）」，前方必須要有直接受詞的助詞「を」，因此要選 (D)，「も」只是強調作用。

2 正解：C

中譯：居然會搞錯期末考的時間，真像他會做的事。

解析：考搭配詞「いかにも〜そう（感覺就是那樣）」，其他三個選項意思分別是 (A) 宛如（比喻）(B) 似乎（大致推測）(D) 居然（不敢置信）。

3 正解：C

中譯：因為景色很美，拿出手機正準備拍照時，不小心手滑讓手機掉進河裡了。

解析：表達身體一部分有什麼反應或動作，常使用使役型，如「目を輝かせる（眼睛為之一亮）」、「表情を曇らせる（表情一沉）」，這些不一定與意志有關也可能是自然發生的狀況。

4 正解：B

中譯：如果我也有喝的話那也許還會付錢，一口都沒喝到卻被要求付酒錢實在是無法接受。

解析：「払わないでもない」是雙重否定，代表也不是不付，其他三個選項分別是 (A) 絕不會付 (C) 付是沒付 (D) 決不會付（意志）or 應該不會付（推量）。

5 正解：A

中譯：身為翻譯員，因不小心造成的誤譯及漏看必須要盡可能減少。

解析：因為後方連接名詞「誤譯」，以「（が）ゆえ」連接時需加上「の」。(C) 的によらぬ也是連接名詞的形式，意思是與…無關的，(D) 要改成による（因為…的）才能連接後方名詞。

6 正解：B

中譯：又是假新聞？真是的，也不好好查證就做錯誤的報導，不得不説作為媒體真失職。

解析：本題考點是特殊句構的「〜もしない」，強調連什麼都不做、完全都不的意思。其他選項的意思為 (A) 儘管查是有查 (C) 一邊查證 (D) 查是有查了。

7 正解：C

中譯：客人您購買的商品我們會送至您府上，所以您不用特地來店裡拿。

解析：此題考敬語，承蒙客人做的事情要用授受動詞的謙讓語，而句尾要使用「〜ても（就算）」而不是「〜ては（這樣的話）」。「お越しいただかなくても結構です」就是「来てもらわなくてもいいです（不承蒙您來也可以）」。選項 (B) 中的「参る」是自己動作「来る、行く」的二類謙讓語（對聽者表達禮貌），選項 (D) 中「伺う」是自己動作「訪問する、行く」的一類謙讓語（抬高句中人物）。

8 正解：D

中譯：出社會後切身發覺英文的重要。學生時期如果更認真念英文就好了，真是後悔莫及。

解析：句型「〜ても〜きれない」代表再怎樣都無法完全如何，非常如何的意思。其他選項的意思分別是 (A) 想後悔也沒辦法 (B) 一定會做後悔這個動作 (C) 大不了就後悔。

9 正解：B

中譯：聽好了，這個任務不論成敗如何，只要公諸於世就會造成無法挽回的後果。請絕對不要說出去。

解析：考句型「～いかんにかかわらず（不論…如何）」，其他選項的意思為 (A) 根據～的某些情況之下 (C) 一方面也是因為 (D) 因為。

10 正解：B

中譯：自己說期限前絕對會完成，現在才在說沒辦法，要人也要有限度吧。

解析：考句型「～にもほどがある」代表前者也有限度，常為批判的語氣。其他選項意思為 (A) 也沒到這個程度 (C) 這樣說有困難、牽強 (D) 真不愧是這樣、有它的價值。

問題 2

1 正解：2

正確排序：3421

中譯：隨著資訊社會的到來，智慧型手機現在已經不只大人而已，連小學生都有，因此眼睛的保健越來越重要了。

策略：從選項中可以知道「まで」及「も」可以放一起，代表連這個程度都如何。由於「大人」是名詞，後方接「のみならず（3）」代表不僅僅如何也很通順。而 4 要放在 21 前面。

2 正解：1

正確排序：4213

中譯：因為這是機密資訊，誰都不可以說喔。這件事如果被媒體知道，事情就大條了。

策略：考對特殊句構「ます形＋でも＋したら（萬一～之類的狀況下）」的熟悉程度。若看到ます形，記得想起本書特殊助詞的章節「～もしない」「～はしない」「～やしない」「～でもしたら」等句構。

3 正解：3

正確排序：1432

中譯：我自從兒子失蹤之後，連一天都沒有熟睡過。

策略：「てから（之後）」與「というもの（這段期間）」緊密度很高可以先排，43 確定之後可以發現 1 放在前方較通順，因為失蹤的主詞是兒子。最後一格放 2 剛好連接後方「沒有熟睡的日子」。

4 正解：1

正確排序：3412

中譯：這部電影是描述一位少年儘管遭遇種種困難，還是不當一回事順利克服，最終站上從小夢想的職棒舞台的故事。

策略：此題從最後一格破題，因為是修飾名詞（故事）因此只有 1 和 2 文法正確，連 1 文意不合（夢想什麼？），但 1 適合修飾 2，因此最後兩格放入 12。前方兩格由句意可知應該是 34（儘管遭遇困難但順利克服）。

5 正解：3

正確排序：2134

中譯：如果有無法辨識檔案的錯誤訊息出現，請按畫面上方的四方形按鈕再重新上傳一次檔案。

策略：因為開頭是一個完整句子，因此適合連接 2 代表前方這種內容的什麼，後方再連接 1（錯誤訊息），剩下兩格依照修飾關係得知 3 放 4 前面。

中譯：近年人工智慧的發展讓人瞠目結舌。人工智慧，也就是 AI 的功能常被比喻為人類的大腦，但以往的人工智慧都是從人類給予的大量資料中找出規則或法則，也就是所謂圖形識別這種類型。但儘管能做到圖像辨識或是郵件分類，也沒辦法透過自己思考創作出什麼東西，因此距離真正的人工智慧還是非常遙遠。

去年，OpenAI 開發的 ChatGPT 正式上線引發了話題。ChatGPT 是可以跟人類聊天的聊天機器人，不但可以針對使用者的提問以自然的文句回答，修改文章、翻譯、歸納報導，甚至連課綱的提案等以往做不到的事都能做到。除此之外，進化的 AI 可以根據輸入的關鍵字產生插畫或圖像，也可以作曲或寫程式。AI 現在確實正逐漸變得無所不能。

越來越多人擔心這樣下去，人類是不是會被 AI 取代。實際上，也有不少企業為了讓工作更有效率而導入 AI。如果以往只有人類能做的工作，進化的 AI 也能代替人類做的話，很多職業恐怕會消失，產生大量的失業者。另外，甚至也有專家警告，擁有自我意識的 AI 可能有一天將會控制人類。AI 到底會發展到什麼地步呢？這個現階段沒有人能夠預測。唯一可以說的一件事是，就算有很多工作被 AI 奪走，一定也會有新的工作產生。因為在高齡少子化、人口不斷減少的背景下，預測勞動人口也會急遽減少。原本就容易陷入人手不足的業界也很多，因此為了彌補勞動力不足，活用 AI 應該也不是件壞事吧。或許正因為是動盪的時代，才不要把 AI 認知成單純的威脅，而需要有將之視為一個機會的思考方式才對。

1 正解：3

選項意思：

1. 但是
2. 雖說如此
3. 因此
4. 儘管那樣

解析：此處選連接詞，因為前後是因果關係選擇そのため。

2 正解：4

選項意思：

1. 難道不能變得可以做到嗎（希望）
2. 應該能變得可以做到吧（推測）
3. 仍舊是做不到
4. 已經做得到（狀態）

解析：依照上下文，這邊應該是已經能夠做到。

3 正解：2

選項意思：

1. 以往的 AI
2. 人類
3. 那種企業
4. 知道了 AI 威脅的人

解析：依照上下文，這邊應該是說過去人類才能做的事情被 AI 取代。

4 正解：3

選項意思：

1. 與其到被 AI 奪走的地步（倒不如～）
2. 看是否被 AI 奪走（結果會有不同）
3. 就算被 AI 奪走
4. 才想說會被 AI 奪走（但事實上不同）

解析：後方內容是「新的工作也會產生」，因此邏輯上應該是「就算現有工作被奪走」。

5 正解：1

選項意思：

1. 不理解成單純的威脅
2. 不能作為勞動力的替代品
3. 想說它不過是謎樣的科技罷了
4. 為了將其視為取代人類的存在

解析：後句為也要將之視為機會，因此「不
　　　將其理解成單純的威脅」較符合文
　　　意。

N1 文法模擬試題暨詳解（第二回）

問題1：請選出底線處最適合填入的選項

1 毎月1万 ＿＿＿＿＿＿＿＿ 2万、一定額をこつこつと優良株に投資していれば、30年後には大金持ちになること請け合いですよ。

A）に

B）や

C）も

D）で

2 詐欺師は、＿＿＿＿＿＿＿＿ 本当であるかのような口調で嘘を言って、被害者からお金を騙し取るので、知らない人から電話がかかってきたら警戒してくださいね。

A）たとえ

B）かえって

C）むしろ

D）あたかも

3 別れてから一度も連絡してこなかった元カレから、食事をおごるから今晩会えないかという内容のメッセージが届いた。会いたくないわけじゃないが、何かを企んでいるのではないかと ＿＿＿＿＿＿＿＿ ならない。

A）思わせて

B）思われて

C）思っていて

D）思って

4 せっかくの海外出張を利用して、たっぷり観光を楽しもうと思っていた
が、予想以上に会議が多くて、どこにも ＿＿＿＿＿＿＿ じまいだった。

A）行き

B）行かない

C）行けない

D）行けず

5 せっかく台湾に来たからには、台湾 ＿＿＿＿＿＿＿ 美味しいものを味わ
ったり、足裏マッサージを体験したりしないと。

A）ならではの

B）並みの

C）あっての

D）まみれの

6 田中「鈴木さん、この前お願いした設計図はもうできていますか？」鈴木
「もう少し時間がかかりそうです。でき次第メールでお送りしますので、
今しばらく ＿＿＿＿＿＿＿ 幸いです。」

A）お待ちであれば

B）お待ちできれば

C）お待ちいただければ

D）お待ちしていただければ

7 弟が去年事故で亡くなってから、母は弟の写真を ＿＿＿＿＿＿＿＿＿ 泣いているので、何とかしたいと思っている。

A）見ては

B）見かねて

C）見ようによっては

D）見るまでもなく

8 次のニュースです。ヒロシ銀行で銀行強盗を働いた犯人の身元が判明しました。無職の鼻毛長容疑者です。鼻毛容疑者は犯行後、偽のパスポートを使って海外に逃亡した ＿＿＿＿＿＿＿＿＿ 。

A）にほかなりません

B）ものと思われます

C）に越したことはありません

D）と言っても過言ではありません

9 病気に ＿＿＿＿＿＿＿＿＿ 、それに越したことはないが、万が一の場合を考えてやっぱり保険に加入しておこうと思っている。

A）ならずとも

B）なろうとなるまいと

C）ならずにはすまないものの

D）ならずにすむのであれば

10 本サイトに掲載されている内容は、営利目的 ＿＿＿＿＿＿＿＿＿ 学術研究以外の目的で利用することを禁ずるものとする。

A）であるにもかかわらず

B）でありつつも

C）であるか否かを問わず

D）であることによって

問題2：請將選項排序後，選出放入星號處的選項

1 食糧不足 ＿＿＿＿ ＿＿＿＿ ＿★＿ ＿＿＿＿ 木の皮を食べている子供の姿をテレビで見たとき、あまりのショックに言葉を失った。

1. 飢え   2. 飢えて

3. ゆえに   4. に

2 定年退職したら、 ＿＿＿＿ ＿＿＿＿ ＿★＿ ＿＿＿＿ 人里離れた山奥に引っ越すことを決意した。

1. と思って   2. 誰にも邪魔されることなく

3. 晴耕雨読のような   4. 悠々自適の生活を

3 この新しいプロジェクトは、廃棄物の持つ資源 ＿＿＿＿ ＿＿＿＿ ＿★＿ ＿＿＿＿ 目的としている。

1. 価値を   2. としての

3. 最大限に生かす   4. ことを

4 幸せな人生を送りたいと言う人が多いですが、そもそも ＿＿＿＿ ＿＿＿＿ ＿★＿ ＿＿＿＿ 答えがあるので、自分の幸せとは何か、それを知ることが大事です。

1. は   2. 幸せとするか

3. 人の数だけ   4. 何をもって

5 2000人の男性を対象に、「好きな人に対してどんな態度で接しているか」
についてアンケート調査を行った結果、積極的に自分の気持ちを伝える
＿＿＿＿ ＿＿＿＿ ＿★＿ ＿＿＿＿ ということが分かった。

1. あえて冷たくしてしまう　　　　　2. 男性が多い一方で
3. 相手のことが好きだからこそ　　　4. という男性も少なからずいる

問題３：請閱讀下面文章後，從文意中選出各小題最適合的選項。

　デジタル化が進む中、情報セキュリティーの重要性は年々増している。サイバー攻撃の手口が日増しに巧妙化し、大企業 **1**、中小企業や個人にも多大な損害をもたらしている。サイバー攻撃とは、外部の人間がネットワークを通じて特定のコンピューターに侵入し、システムの破壊やデータの改ざん、機密情報の窃取などの不法行為を行うことである。攻撃の目的は様々で、いたずらやハッキングスキルの誇示といった愉快犯的なものから、国の機密情報を盗み出すスパイ活動や、企業のイメージダウンを狙う工作活動 **2**、多岐にわたっている。

　ここ数年、急激に増えているのはランサムウェアによる感染被害だ。パソコンがランサムウェアに感染すると、保存されているファイルは全て暗号化され、開けなくなる。元のファイルに戻すためには、一定期間内にハッカーに身代金を支払うしかない。**3**身代金を支払うことは必ずしも得策ではない。なぜなら、ハッカーに身代金を支払ったとしてもファイルを元に戻せる保証はないからだ。

　日頃からデータのバックアップを取っているなら、被害を最小限に抑えることができるかもしれないが、バックアップされたデータまでも被害に遭うケースが少なくないので、**4**を知っておく必要がある。その最たるものは隔離である。感染したコンピューターから USB メモリーや外付けハードディスク、そしてネットワーク上の他のデバイスに感染していく場合もあるので、バックアップデータをネットワークから切り離すことが原則だ。

　また、ランサムウェアの主な感染経路はメールなので、添付ファイルを安易に開かない、不審なリンクをクリックしないなどの注意が必要だ。**5**予防対策を講じることで、感染リスクを低減することができる。ランサムウェアに感染

しないためには、一人一人が正しい知識をもってしかるべき行動を取ることが極めて重要だ。

1 1. にもまして   2. とあいまって

      3. とまでは言わないが   4. にとどまらず

2 1. にかかっては   2. にいたるまで

      3. をかわきりに   4. はおろか

3 1. それゆえ   2. とはいえ

      3. すなわち   4. それどころか

4 1. ランサムウェアの脅威

      2. 正しいバックアップ方法

      3. ネットワークの仕組み

      4. ハードディスクを取り扱うときの注意点

5 1. こうした   2. ある

      3. 例の   4. それ以外の

1 正解：B

中譯：每個月花一兩萬定額投資績優股的話，30 年後保證你可以變成大富翁喔。

解析：表示「一兩萬、一兩天」之類的概數，日文使用「や」連接。

2 正解：D

中譯：詐騙份子騙人會講得很像真的一樣，來詐取被害者錢財，所以不認識的人打電話來請保持警覺。

解析：「あたかも～よう」是常見搭配，表示「好像、宛如…似的」。其餘選項的意思分別為 (A) 就算、即使（常與～ても搭配）(B) 卻、反而 (C) 與其…寧可、比起…反而是（常以～より、むしろ形式出現）。

3 正解：B

中譯：分手後都沒聯絡的前男友突然傳訊息說要請我吃飯，問我晚上有沒有空見面。我也不是不想見他，但總感覺他是不是有什麼企圖。

解析：表示自然而然如何或有什麼感覺，使用自發性動詞（被動型態）。

4 正解：D

中譯：本想說利用難得的海外出差好好享受觀光，沒想到會議比想像的多最後哪都沒去成。

解析：考句型的動詞型態搭配，表示遺憾最終沒做成什麼事使用「～ずじまい」。

5 正解：A

中譯：既然都來了台灣，不品嚐點台灣才有的美食或體驗腳底按摩不行啊。

解析：「A ならではの B」表示「只有 A 才有的 B」，其他選項意思為 (B) 與…同水準的 (C) 有了～才有的 ~(D) 沾滿 ~ 的。

6 正解：C

中譯：田中「鈴木桑，我之前委託您的設計圖已經好了嗎？」鈴木「感覺還要一陣子。好了我就馬上用郵件寄給您，請您再等一下。」

解析：請對方再等一下，所以要使用授受動詞的謙讓版本「お＋ます形＋いただく」，選擇 C 選項的「お待ちいただければ幸いです（若能承蒙您等待就太好了；注意要使用可能形）」。其他選項的意思為 (A) 若您等的話 (B) 如果我可以等的話 (D) 此處「して」文法錯誤，加上之後變成自己動作的謙讓語，而非承蒙對方做的動作。

7 正解：A

中譯：自從去年弟弟車禍走了之後，我媽每次看到弟弟的照片就會哭，想找個辦法幫助媽媽。

解析：表示反覆會使用「～ては」，其他選項意思為 (B) 看不下去 (C) 某種看法下 (D) 不需要看

8 正解：B

中譯：下一則新聞。犯下 Hiroshi 銀行搶案的搶匪身份已經曝光，是無業的鼻毛長嫌犯。目前跡象顯示鼻毛嫌犯作案後，已使用假護照逃至國外。

解析：表示一種客觀推測使用「～ものと思われる」。其中「思われる」為自發性動詞表示客觀狀況下自然會有如此判斷或推測。其他選項意思分別為 (A) 正是這個其他都不是 (C) 這樣最好 (D) 這樣說也不為過。

9 正解：D

中譯：如果可以不生病當然最好，但考慮到萬一還是想保個險。

解析：依照句意選擇表示「不如何也可以、能不要如何」的「～ずに（＝ないで）すむ」。其他選項意思分別為 (A) 就算不變成這樣（生病）(B) 不管是否變成這樣（生病）(C) 雖然不這樣（生病）無法了事、沒辦法不這樣（生病）。

10 正解：C

中譯：本網站所刊載的內容不論是否為營利目的，禁止學術研究外的任何目的使用。

解析：依據上下文推測應為「不管是否為營利目的」，選擇「か否か（是否）を問わず（不問）」，其他選項意思分別為 (A) 儘管是如此 (B) 一方面是如此、儘管是如此 (D) 因為是如此。

問題 2

1 正解：4

正確排序：3142

中譯：電視上看到因糧食不足而餓到吃樹皮的小孩，當下太過震驚而説不出話來。

解析：糧食不足的後方選擇表原因的「ゆえに（3）」，看到強調程度很高的「動詞ます形＋に＋動詞」句構，知道剩下的順序應為 142。

2 正解：4

正確排序：2341

中譯：想説退休後過著不被他人打擾、晴耕雨讀的悠然生活，因此決定搬到遠離人群的深山中。

解析：從選項中先找可以結合的 34（晴耕雨讀這樣的悠然自得生活），然後 4 後方可以接 1 形成「をと思って（をしようと思って的省略）」，最後再依照文意確定 2 要放在最前方修飾後方內容。

3 正解：3

正確排序：2134

中譯：這個新計劃是以將廢棄物所擁有的資源價值發揮到最大為目的。

解題策略：先從選項找出可以結合的 21（作為…的價值），然後句尾的受詞助詞「を」需要接上動詞 3（發揮到最大限度），最後再修飾 4 並形成「～ことを目的としている（以…這件事為目的）」的句構。

4 正解：1

正確排序：4213

中譯：很多人説想要過幸福的人生，但到底要以什麼基準來判斷是否幸福，這個每個人正解都不同，所以知道自己的幸福是什麼很重要。

解析：可以從選項中找出 42 為一組（以什麼為依據定義成幸福），1 的「は」是用來明示主題接在 42 後面，最後放入 3「人の数だけ答えがある（有多少人就有多少正解）」形成完整句子。

5 正解：1

正確排序：2314

中譯：以「會用什麼態度對待喜歡的人」為題，對 2000 名男性進行問卷調查，結果發現很多男性會積極表達自己的心意，但也有不少男性説正是因為喜歡對方所以會故意冷淡地對待。

解析：要使選項 3 的「だからこそ（正因為）」形成因果關係，後方連接 1 句意最適合。另外，看到 2「一方で（一方面是這樣）」就知道它是一個斷點，而後方 314 形成一個很完整的概念（正因為喜歡對方所以故意冷淡對待的男性不少）且與 2 前方的（積極傳達心意）形成對比，因此 2 要放在 314 前方。

中譯：在走向數位化的過程中，資安的重要
性年年上升。網路攻擊的手法日漸高
明，不僅大企業，也對中小企業及個
人帶來很大的損害。所謂的網路攻擊
指的是外部人士透過網路入侵特定的
電腦，進行系統破壞、資料竄改、或
竊取機密資訊等不法行為。攻擊的目
的非常多種，從惡作劇與炫耀自己的
駭客技術等娛樂性動機（愉快犯），
到竊取國家機密的間諜活動，以及試
圖破壞企業形象的計畫性操作，涉及
面向很廣。

最近幾年急遽增加的是勒索軟體的受
害案件。如果電腦中了勒索軟體，儲
存的檔案全都會被加密而開不了。要
還原成原本的檔案，只能在一定期間
內支付駭客贖金。雖然這麼說，支付
贖金不見得是最好的策略。因為就算
支付贖金給駭客，也不保證一定可以
將檔案還原成原本的檔案。

如果平時就有做好資料備份或許能將
受害程度降至最低，但不少案例中連
備份的檔案也中鏢，因此需要知道正
確的備份方式。其中最典型的做法就
是隔離，在不少情況下病毒會從已經
受感染的電腦轉移到隨身碟或外接硬
碟、以及網路上其他連線的裝置上，
所以將備份檔案從網路中分離是一個
大原則。

另外由於勒索軟體的主要感染途徑是
電子郵件，所以必須注意不要輕易地
打開附件或點擊可疑連結等等。透過
採取這種預防對策，可以降低感染的
風險。為了不中勒索軟體，每一個人
都有正確的知識並採取應有的行動是
極為重要的。

1 正解：4
選項意思：
1. 比起…更
2. 與…結合、搭配

3. 不會說到這種程度
4. 不僅限
解析：依照下文的「也對中小企業及個
　　　人帶來損害」，可知應該是「不限」大企
　　　業。

2 正解：2
選項意思：
1. 到了…手上
2. 甚至到…
3. 以…為開端
4. …就不用說了
解析：「～から～いたるまで」是常見句構，
　　　代表一個範圍「從…到」。

3 正解：2
1. 因此
2. 雖說如此
3. 也就是
4. 豈止如此
解析：因為前面說支付贖金是唯一方式，但
　　　後方又說不見得是好的策略，所以知
　　　道這邊要選逆接的接續詞。

4 正解：2
1. 勒索軟體的威脅
2. 正確的備份方式
3. 網路的機制
4. 操作硬碟時的注意事項
解析：依照前文提到的「備份檔案仍可能中
　　　鏢」，以及後文的「最典型作法是隔
　　　離」，可得知這邊在說「正確的備份
　　　方式」。

5 正解：1
1. 如此的、這種的
2. 某一個
3. 你我都知道的
4. 除此之外的
解析：表示前述的那些內容可以使用「そ
　　　ういう」「そういった」，這邊因為與
　　　前例距離很靠近，使用「こうした」。

索引

句型索引

索引

MEMO

MEMO

MEMO

MEMO

JLPT 新日檢文法實力養成：N1 篇（內附 MP3 音檔、
模擬試題暨詳解）/ Hiroshi(林展弘) 著 . -- 初版 . -- 臺
北市：日月文化出版股份有限公司 , 2023.5
　面；　公分 . -- (EZ Japan 教材 15)

ISBN 978-626-7238-68-4（平裝）

1.CST: 日語　2.CST: 語法　3. CST: 能力測驗
803.189　　　　　　　　　　　　　　112003992

JLPT新日檢文法實力養成：N1篇
（內附MP3音檔、模擬試題暨詳解）

作　　者 ： Hiroshi
編　　輯 ： 林詩恩
校　　對 ： Hiroshi、笹岡敦子、黑田羽衣子、蘇星王、千坂悠、林詩恩
版型設計 ： 謝捲子
封面設計 ： 謝捲子
內頁排版 ： 簡單瑛設
錄　　音 ： 今泉江利子、吉岡生信
行銷企劃 ： 張爾芸

發 行 人 ： 洪祺祥
副總經理 ： 洪偉傑
副總編輯 ： 曹仲堯
法律顧問 ： 建大法律事務所
財務顧問 ： 高威會計師事務所

出　　版 ： 日月文化出版股份有限公司
製　　作 ： EZ叢書館
地　　址 ： 臺北市信義路三段151號8樓
電　　話 ： (02) 2708-5509
傳　　真 ： (02) 2708-6157
客服信箱 ： service@heliopolis.com.tw
網　　址 ： www.heliopolis.com.tw
郵撥帳號 ： 19716071日月文化出版股份有限公司

總 經 銷 ： 聯合發行股份有限公司
電　　話 ： (02) 2917-8022
傳　　真 ： (02) 2915-7212

印　　刷 ： 中原造像股份有限公司
初　　版 ： 2023年5月
定　　價 ： 420元
I S B N ： 978-626-7238-68-4